Nils Mohl

**Zeit für
Astronauten**

Roman

Rowohlt
Taschenbuch Verlag

Der Autor dankt der Bodenstation:
Industry Style (Max Reinhold), Manhattan

Originalausgabe
Veröffentlicht im Rowohlt Taschenbuch Verlag,
Reinbek bei Hamburg, Mai 2016
Copyright © 2016 by Rowohlt Verlag GmbH,
Reinbek bei Hamburg
Lektorat Christiane Steen
Umschlaggestaltung any.way, Barbara Hanke/Cordula Schmidt,
Umschlagillustration Raphael Schils
Satz aus der Apollo PostScript, PageOne,
bei Dörlemann Satz, Lemförde
Druck und Bindung CPI books GmbH, Leck, Germany
ISBN 978 3 499 21678 7

für Finn, Minnie und Nike

Sie werden gelebt haben.
Futur II

Für diesen Roman standen, behelfsweise, der Hamburger Stadtteil Jenfeld sowie ein rund 2700 Kilometer entfernter Landstrich auf dem Peloponnes Modell. Beliebtes Urlaubsziel ausländischer Gäste: Meer, Sandstrände, mediterranes Klima. Die fiktiven Schauplätze sollten mit den realen aber nicht verwechselt werden. Gleiches gilt für die handelnden Personen. Leben, Ansichten, Träume und Sonnenbrände aller Figuren sind freie Erfindungen: Jeder Reisebericht aus der Wirklichkeit bildet nicht einfach bereits Existierendes ab, sondern erschafft Welt. (So die Hoffnung.)

Körts

|Freitag, 6. Mai
Ein unschuldiger Morgen am Stadtrand, also. Offiziell längst Frühling. Was man auch am Licht merkt. Wie es mit dem Beton der Hochhausriegel und noch mehr Hochhausriegel ringsum Geometrie betreibt.

Häuserschatten.

Scharfe Schatten.

Grün meldet sich in Büschen und Bäumchen zurück, grell und satt und frisch, durchsetzt mit Sprenkeln und Tupfern: Giftgelb Brautweiß Filzstiftrosa Tuschkastenorange Zirkuslila.

Raketensalven der Natur, schallgedämpft abgefeuert.

In die Lebewesen der Gegend kommt mehr und mehr Wallung, dass es überall nur so amselt und zwitschert und hummelt seit Tagen.

Das alles unter einem Himmel, an dem es nichts zu meckern gibt, der sich heute mit Maiwölkchen wie aus dem Prospekt dekoriert hat, der ein prima Sonnenbrillenargument liefert.

Körts verspiegeltes Modell sitzt schief im Gesicht. Ein prallbackiges Jungengesicht: glatt wie ein Pfirsich. Körts stupst gegen den Brillensteg. Das klobige Hörgerät hängt dem Bügel rechts im Weg. Nichts zu machen.

8.30 Uhr.

Vielleicht ein paar Minuten eher, vielleicht ein paar Minuten später.

Jedenfalls ... die letzte Welle Berufsverkehr rollt, und

die Schülerhorden sind inzwischen durch. Das macht es leichter, den Platz im Blick zu behalten, wo diese abstrakte Skulptur in der Sonne blitzt. Silbrige Elemente fügen sich zu einem lichten, kubistischen Großgebilde, das auf massivem Sockel ruht. Wie der Baum aus einem Science-Fiction-Film. Da soll das Geschäft gleich laufen.

Stichwort: Raketensalven.

– Du, Kevin!

Körts vernimmt den Ruf hinter sich.

Im Rücken, in Spuckweite, wenn er sich umdreht: Cems Markt, Zwitter aus Stehcafé-Kiosk und Gemüseladen. Dort deckt man sich vorm Unterricht mit Kaltgetränken Knabberartikeln Süßwaren ein. Meist belegt dann schon ein Trio Lederjackensenioren einen der Bistrotische. Frühschoppen.

Körts dreht sich nicht um. Ächzt stattdessen vor sich hin:

– Du Riesenbaby, Adil ...

Körts reagiert nicht auf seinen Vornamen. Was wohl auch Adil wieder eingefallen sein muss. Denn, nächster Versuch:

– Körts! He, ich brauche dich mal eben.

Körts' Kinn sinkt kurz auf die Brust, bevor er sich erbarmen lässt. Adil kämpft mit dem Portemonnaie. Sein Daumen steckt in einem pompösen Verband. Körts schnappt sich die Geldbörse und übergibt seinen Posten an Adil, deutet mit zwei gespreizten Fingern abwechselnd auf dessen Augen und die Metallbaum-Skulptur:

– Nur dahin gucken, nicht in die Wolken glotzen und

nicht auf deine Latschen, einfach nur dahin! Kriegst du das geregelt?
– Warum sollte ich auf meine Latschen glotzen?
– Du trägst zwei unterschiedliche Turnschuhe, darum.
– Ist ein Test, oder?
– Nö, Adil, kein Test.
– Im Ernst?
– Nicht nach unten gucken!
Adil trägt wirklich zwei unterschiedliche Turnschuhe und hat es nicht gemerkt. Körts betritt Cems Markt: Kühlschränke, Gemüseregale, Cem mit kaltem Zigarrenstumpen zwischen den Zähnen. Bei ihm am Tresen schlürft ein kompakter Mann Kaffee. Arbeitsklamotten, Klempner-Schirmmütze, Tochter dabei. Cem:
– Bildhübsche Tochter hast du. Sieht gar nicht aus wie Papa.

Dreckiges Cem-Lachen.

Der Kaffeeschlürfer drückt sich die Tochter gleich mal fest in den Arm:
– Die Süßeste in der ganzen Gegend. Wird langsam flügge.

Ein Veilchen hat die Süßeste unterm Auge. Sieht man. Trotz der Schminkorgie. Rötlich bemalte Wangen, Lidschatten pink, schwarz umrandete Augen, körniger Lippenstift.
– Hi Kevin, wie läuft's?, sagt die Süßeste.

Und linst zu Körts rüber, hinweg über das Klatschmagazin, in dem sie nebenbei blättert.

In Körts' Jahrgang machen gerade alle Praktikum. Sie vermutlich im Nagelstudio oder Friseursalon. Oder Puff.

Wo Papa sie gleich absetzen wird. Körts nickt der aus der Parallelklasse kaum merklich zu. Ihren Namen hat er gerade nicht parat. Dieser Parfümnebel.
— Der Stoff für Adil, sagt Körts zu Cem.
— Aye aye, Commander, sagt Cem zu Körts.
Reicht ihm die Papiertüte mit dem Gebäck. Außen zeichnen sich bereits Flecken vom Zuckerguss ab. Körts zahlt, Sonnenbrille immer noch schief auf der Nase. Die Süßeste meldet sich zu Wort.
— Heute frei im Reisebüro?, fragt sie Körts.
Das Klatschmagazin jetzt fest an die Brust gedrückt. Ein prominenter Schauspieler grinst vom Titelblatt herab. Grübchen im kantigen Kinn. Perfekte Zahnreihen. Verschattete Augen. *Der Polarisierer! Das große Interview – über Erfolg, Feinde und wer künftig die Hauptrolle in seinem Privatleben spielt!*
— Oha, Praktikum im Reisebüro, sagt der Klempner, ist das nicht was für Röckchenträger? Bleistifte anspitzen, Kataloge sortieren und so Zeug.
Körts dreht am Hörgerät. Mit Bei-mir-kommt-gerade-nicht-viel-an-Miene. Stirn in Falten. Cem hebt die Hand zum Abschied:
— Commander!
Körts hört im Rausgehen noch den Klempner fragen:
— Commander?!?
Cem, bestens aufgelegt:
— Jeden Tag jetzt gebügeltes Hemd. Vielleicht mal einer für deine Kleine. Der will nach oben.
— Pffah.
Auch das hört Körts noch. Plus: wie ein Schluck Kaffee zurück in einen Becher geprustet wird.

Was für ein Planet!

Wo hat man ihn, Commander Körts, hier nur abgesetzt?

=

Körts hat immer schon in den Hochhausriegeln rund um das Einkaufszentrum gelebt. Früher waren die Fassaden aus Waschbeton. Nach und nach wurde saniert und damit alles bunt.

Die Leben der Bewohner blieben, wie sie immer waren. Grau.

Die Lederblousons der Senioren vor dem Kiosk sind braun. Kackbraun.

Körts übergibt Adil die Papiertüte und befragt das Trio, ob sich etwas Auffälliges getan hat, während er im Kiosk war. Müdes Verneinen. Unterlippen, die feucht vorgeschoben werden.

– Aber geiles Oberhemd, sagt der eine Alte, schniekes Teil, nur, warum machst du oben am Hals nicht einmal einen Knopf auf, Sportsfreund?

Körts lässt nicht locker:

– Zwei Typen mit einem mickrigen Hund, sagt er, nichts gesehen?

Adil macht sich bereits über das Gebäck her.

– Die waren noch nicht da, vermeldet er kauend, hätte ich dir auch sagen können.

Der eine Alte wieder zu Körts:

– Geile Sonnenbrille und geiles Oberhemd, wirklich. Von deinem Opa?

Körts zu Adil:

– Du hast unter Garantie wieder in die Wolken gegafft. Du gaffst immer hoch. Selbst wenn kein Flugzeug fliegt, selbst wenn keine Zugvögel da oben unterwegs sind, gaffst du rauf.

– Ich schwör's, die ganze Zeit nur auf den Platz, nuschelt Adil.

Körts nimmt die breiten Stufen runter zur Straße. Am Fuß der Treppe, bei den Findlingen, an denen die Hunde gerne das Pinkelbein heben, fällt Körts auf, dass er Adils Portemonnaie noch immer in der Hand hält.

Adil folgt Körts bei Rot über die Straße.

Körts baut sich an der Skulptur auf.

Diese Schatten: Kanten wie mit dem Lineal gezogen.

– Hast du das überhaupt gemerkt, sagt Körts zu Adil, du nimmst dein Gebäck. Und das Portemonnaie? Das Portemonnaie ist dir egal.

– Ich vertrau dir.

– Weißt du, was? Du interessierst dich überhaupt nicht für Geld. Du solltest dir ernsthaft Sorgen um deine Zukunft machen.

Ein Gebäckkrümel baumelt an Adils Nase.

Adil Suleman: Körts' Klassenkamerad und Nachbar. Ein Lulatsch mit müden Knopfaugen wie ein Ameisenbär. Die Nase wirkt zu groß für sein Gesicht. Adil könnte eins a den Nebendarsteller in einem dieser uralten Sandalenschinken mimen. Diese Art Film, die abends manchmal auf den Sendern läuft, von denen kein Mensch weiß, wer die wohl guckt.

Vielleicht liegt es auch an Adils breiten Augenbrauen.

Aber: Brillie im Ohr.

Und riecht immer nach Kokosseife.

Kokosseife.

– Ich mache mir laufend Sorgen um die Zukunft.

– Tust du nicht.

– Doch. Weil, ich komme nie dort an.

– Der ist gut, Adil, sagt Körts.

Krümmt einen Zeigefinger, klemmt den Fingernagel fest gegen die Daumenkuppe. Hebt die Hand.

– Autsch!, sagt Adil.

Körts hat ihm den baumelnden Krümel weggeschnippt, dabei auch Adils Nase erwischt. Er gibt das Portemonnaie zurück. Bringt das Thema dann auf die Süßeste aus Cems Markt. Seine knochenfeste Überzeugung: Jungs von fast 16 Jahren sollten sich für alles interessieren, was mit den Geschlechtern und deren kompliziertem Verhältnis zu tun hat. Ganz natürlich. Er fängt an:

– Heißt die nicht wie diese eine Sängerin von früher? Mireille?

Adil zuckt mit den Schultern.

– Kann sein.

Körts schraubt an seinem Hörgerät.

– Kann sein? Das ist alles? Mehr fällt dir nicht ein? Wenn du so weitermachst, kann ich dir genau sagen, was später kommt. Mehr Schmerz nämlich vor allem. Richte dich schon mal drauf ein.

– Ich kenne mich mit Sängerinnen von früher nicht so aus.

– Darum geht's doch gar nicht. Was ist bloß los mit dir, Adil?

Adil tastet mit dem bandagierten Daumen die Nasenspitze ab:

– Die Woche war hart. Das Praktikum. Mitten in der Nacht aufstehen ...

– Und sich mit dem Cutter in den Finger säbeln, sagt Körts, und das gleich am zweiten Tag. Dann erst einmal krankfeiern. Hart, du sagst es. Und jetzt lass mal deinen Zinken in Ruhe. Da hing ein Krümel.

– Ich habe drei Tage in der Frühschicht Kartons gefaltet, ich habe nur einen halben Morgen gefehlt nach dem Unfall, mehr nicht, und helfe seitdem im Lagerverkauf aus. Weißt du doch.

– Bravo. Glück gehabt. Richtig Glück.

Adil spuckt sich sofort doppelt über die linke Schulter. Aberglaube. Eine Sache, die Körts immer fasziniert hat: Sobald er dies eine Wort ausspricht, spuckt Adil sich über die Schulter. Adil mault:

– Du hast heute frei. Ich nicht.

– Roger! Ich habe frei. Dafür arbeite ich morgen. Am Samstag. Doch jetzt zum eigentlichen Thema. Sprechen wir über Mireille. Oder wie immer sie auch heißt.

– Die da eben aus Cems Markt, sagt Adil.

– Exakt, genau die, sagt Körts, das dralle Klempnertöchterchen, das gerochen hat, als wäre sie vorhin an einer Parfümerie entlangmarschiert, als dadrin plötzlich ein Sprengsatz hoch ist. Fette Explosion. Das ganze Sortiment zerdeppert. Pamm!

– Und? Stehst du vielleicht auf die, Kevin?

Adil guckt so teilnahmslos wie ein Stopp-Schild.

– Bist du irre! Die hatte ein blaues Auge. Entweder macht die mit so einem Prügelmacker rum oder der Vater langt gerne mal zu. Hier war bei der alles richtig bunt.

Körts hebt kurz die Sonnenbrille und zeigt die Stelle.
– Üble Geschichte, sagt Adil.
– Weißt du, was echt übel ist? Die kennt meinen Namen. Die kennt meinen Namen, und die weiß auch, wo ich Praktikum mache. Hast du eine Ahnung, was das bedeutet?
– Nein.
– Ich auch nicht. Aber eins steht mal fest: Die hat Informationen über mich gespeichert. Stell dir das mal vor. Auweia, meine Eier! Vielleicht steht die auf mich.

Adil nimmt den letzten Happs. Knüllt die Papiertüte zur Kugel.
– Kann man nie wissen, sagt er, kann ja immer passieren, dass es bei jemandem funkt, und das bleibt absolut einseitig.
– Demnächst habe ich dann vielleicht ihren Prügelmacker am Hals. Oder den Klempnerpapa. Dabei würde ich mir von der Süßesten vermutlich nicht mal umsonst einen blasen lassen. He! War das eine Anspielung?
– Wegen was?
– Von wegen, dass es bei jemandem einseitig funkt. Ich dachte für eine Sekunde, vielleicht spielst du ja auf eine gewisse Person an, bei der meine Wenigkeit vor einiger Zeit mal unglücklich abgeblitzt ist.

Adil macht mit dem bandagierten Daumen und seinem Zeigefinger eine Handbewegung, als schlösse er seine Lippen wie einen Reißverschluss.
– Keine Anspielung.
Körts:
– Vielleicht meinst du, die Sache mit Mireille oder Monique oder was weiß ich, wie die heißt, das wäre so-

zusagen Ironie des Schicksals. Aber zur Erinnerung: Die fragliche Person, um die es mir ging, war liiert seinerzeit. Und ich sage dir, Domino ist jetzt über ein halbes Jahr solo. Guter Zeitpunkt, um noch einmal anzugreifen. Beste Aussichten. Schätze ich.

Adil gönnt seinen Gesichtsmuskeln eine weitere Pause. Macht nur:

— M-hm.

— Was soll das nun wieder heißen, Adil? Willst du mir vielleicht erzählen, Mireille-Monique wäre eine Alternative? Soll ich dir mal die Brustwarzen umdrehen? Vielleicht stehst du ja drauf.

Körts macht Anstalten, Adil zu kneifen. Der wehrt ihn ab:

— Ich will dir gar nichts erzählen. Nur: Schon vergessen, wie du damals ordentlich den Kopf gewaschen bekommen hast von deiner Mutter?

— Und?

— Und wollte sie ihn dir nicht sogar abreißen, wenn du dich nicht von Domino fernhältst?

Körts:

— Was ist klein, rot und dreht sich?

Er kneift nun doch zu.

— Au, sagt Adil.

— Angekommen in der Zukunft, sagt Körts, so!

Dann lockert Körts die Schultern und schraubt wieder am Ohrkasten. Er verschränkt die Arme. Adil:

— Immer Stress wegen dieser Domino. Merkst du das?

— Für mich ist der Altersunterschied kein Problem, sagt Körts, wenn sie jetzt, was weiß ich, 42 wäre. Aber was bitte sind schon fünf Jahre? Ein Witz. Vier lausige Jahre und ein paar Monate. Ich bin inzwischen gereift.

– Bitte sag, dass das nicht wieder von vorn anfängt, Kevin.

– Die Mädchen der Gegend kennen meinen Namen. Richtig? Ich werde demnächst 16, Adil. Trage gebügelte Hemden. Es ist an der Zeit, sich bei Domino zurückzumelden. So weit der Plan. So weit der Stand der Dinge. So weit, so weit. Es wird ein Feuerwerk gezündet. Jetzt weißt du es.

Adil reibt sich gedankenverloren die Brust.

– Feuerwerk?!

– Raketen, Adil. Raketen. Deswegen haben wir hier Posten bezogen.

=

◀◀

|zurück: Anfang April,
gut einen Monat zuvor

Erst nach dem dritten Klingeln öffnet sich die Wohnungstür. Im Spalt, den die eingeklinkte Sicherungskette erlaubt, sieht Körts die wuchtige Hornbrille, dahinter bläuliche Augenringe: Heinrich Himmelein-Roden.

— Ich dachte schon, es wäre wieder eines dieser Gören. Weißt du, warum die klingeln? Die konsumieren Rauschgift. Die wollen in die Keller, Klebstoff schnüffeln.

Körts:

— Ihre Einkäufe. Nun lassen Sie mich schon rein.

In der Wohnung riecht es, wie es in ungelüfteten Wohnungen eben riecht, nach Fenster zu und Wäschetonne, und das alles mollig warm. Ein Geruchsandenken, das Körts jedes Mal mitnimmt und das ihm für ein paar Stunden bleibt.

Körts, in Trainingsanzug und Daunenweste, trägt die Tragetüte in die Küche. Graubrot Honig Mettwurst Schnittkäse Klopapier. Das Übliche.

— Wechselgeld ist für dich, Kevin Körts.

Der Alte schneidet eine Grimasse. Die blasse Gesichtshaut an Stirn und Wangen wie benutztes Backpapier, dünn und knittrig.

— Guter Versuch, sagt Körts, merke ich mir.

Er präsentiert den Bon. Er hat vorgeschossen. HHR legt ein bisschen Trinkgeld drauf, als er die Rechnung begleicht. Wie gehabt. Der Alte:

– Dank dir, mein Junge. In ein paar Wochen streiche ich hier endgültig die Segel. Ich werde dich tatsächlich vermissen. Wirklich leiden kann ich dich zwar nicht, aber du bist nicht auf den Mund gefallen. Das gefällt mir.

Auf altmodischen Hausschuhen und im obligatorischen Tweedjackett schlurft HHR ins Wohnzimmer, plumpst in den Sessel mit dem verstellbaren Fußteil. Faltet die Hände im Schoß. Gerade Haltung. Sitzt da, in diesem dunklen Raum, an dessen Wänden überall Regale bis unter die Decke emporgewachsen zu sein scheinen. Bücher und Tinnef.

– Mir bricht das Geschäft weg, sagt Körts, erst Almut, dann Tatterbernd, dann die künstliche Hüfte aus Nummer 10. Und jetzt Sie! Und ich brauche noch einen Anzug für das Praktikum.

– Die gute Almut.

Himmelein-Roden verschluckt sich beim kehligen Lachen. Körts klopft ihm hilfsbereit zwischen die Schulterblätter. Nicht sauber rasiert heute, der Alte, silberne Stoppeln überziehen das Kinn, aus der Nase ragen ein paar lange, weiße Haare. Körts so:

– Die gute Almut, genau. Musste sie auch die Pantoffeln auf die heiße Herdplatte stellen, um die Küche halb abzufackeln?

HHR fängt wieder das Husten an:

– Gib mir mein Asthmaspray!

Körts übertreibt bei der Geschichte, wenigstens ein bisschen. Einen großen Feuerwehreinsatz gab es zwar nicht. Was aber stimmt: Der Pantoffel war hinüber. Bis letzten Herbst hat er Almut zwei Mal die Woche ins Eiscafé begleitet. Beim letzten Treffen hat sie ihm gegen die Nasenspitze getippt: *Dudidudidu!*

Und ins Heim.

Almut war die erste Alte, die Körts aufgesucht hat, um ihr unter die Arme zu greifen. Teil des Konfirmandenunterrichts zunächst, eine Idee des Pastors, um einsamen Menschen im Stadtteil zu helfen. Wie sich rausstellte, durchaus lukrativ. Körts blieb dabei, kümmerte sich um den Ausbau seiner Kundschaft, die ihm nun nach und nach wieder abhandenkommt.

Jetzt also auch HHR.

— Was machen Sie da? Sie wollen sich doch wohl nicht zudecken. Hier drinnen herrscht locker Schwimmbadtemperatur.

Der Alte winkt ab. Wirft die grün-rot karierte Wolldecke über die Beine. Auf der Lehne liegt ein stark angegilbtes Taschenbuch: *Kometen-Brevier für jedermann.* Auf dem Cover: ein Schweif vor nachtblauem Himmel.

HHR schaut zum Fenster.

Kein Komet.

Kein Nachthimmel. Richtig hell ist es aber auch nicht. Die Aprilwolken lassen sich hängen wie zerfaserte, nasse Lappen. Nicht weit darunter die Türme des Einkaufszentrums. Von der Sonne in Jahrzehnten ausgeblichen, vom Regen verwaschen. Himmelein-Roden:

— Warum verbringe ich meinen Lebensabend nicht im Süden?

— Zu hohes Hautkrebsrisiko?

— Kevin Körts, du solltest schnellstmöglich das Weite suchen. Das ist das, was ich an deiner Stelle machen würde. Reisen! Auswandern! Bloß weg!

– Großstadtleben. Gibt härtere Schicksale. Ich weiß nicht, was Sie immer haben.

– Kurz nach der Mondlandung bin ich hier eingezogen. Damals ein Ort der Hoffnung. Fließend warmes Wasser. Gab's nicht überall in der Stadt. Inzwischen allerdings: ein schlechter Ort, um hochtrabende Erwartungen zu haben. Ein guter Ort, um auf die schiefe Bahn zu gelangen. Oder zum Verrecken. Schnüffelst du auch Klebstoff im Keller? Nimmst du Drogen?

– Das fragen Sie mich jedes Mal. Weniger als Sie.

Die vage Andeutung eines Lächelns auf dem Furchengesicht:

– Weißt du, warum ich junge Menschen nur schwer ertragen kann? Weil mir nicht passt, wie euereins die Jugend achtlos verplempert. Was würde ich damit anfangen!

– Meinen Sie jetzt, ich sollte mehr Drogen nehmen? Davon abgesehen: Sie hatten Ihre Chance, richtig?

– Na, ich weiß nicht. Soll ich dir jetzt mit Kriegsgedöns kommen? Mit den Storys, wie wir damals eine Stunde lang barfuß durch den Schnee zur Schule latschen mussten? Jeden Tag Sauerampfersuppe. Vergiss es.

HHR schnaubt trotzig die Verachtung durch die Nase. Körts dreht am Hörgerät und wechselt das Thema:

– Wir könnten mal lüften. Was meinen Sie?

Körts öffnet das Fenster auf Kipp. Regengepladder. Ein erfrischender Hauch Kühle. HHR zieht die Decke höher an die eingefallene Brust. Dann so:

– Ich habe mir was überlegt, Kevin. Ich habe mir sogar mehrere Dinge überlegt. Kannst du bügeln?

– Sie meinen, mit einem Bügeleisen?
– Ich bring's dir bei. Das ist das eine. Damit bleiben wir im Geschäft. Du besuchst mich in meinem neuen Domizil bei den ganzen dementen Pfeifen und bügelst die Hemden für mich. Ich wette, ich verschaffe dir in kurzer Zeit noch zusätzliche Aufträge, wenn du dich halbwegs anständig machst.
– Muss ich dabei so weiße Handschuhe tragen? Sie wissen schon, wie früher die Butler.
– Du musst ab sofort gebügelte Hemden tragen! Das habe ich mir auch überlegt. Wir haben, wenn ich mich nicht völlig irre, dieselbe Konfektionsgröße, du und ich. Du bekommst deinen Anzug von mir. Und Hemden.

In dem dämmrigen Raum brennt kein Licht.
– Für Ihren Humor habe ich echt was übrig, Herr Himmelein-Roden.

Körts kann in der Tat nicht einschätzen, ob der Alte grinst oder nicht.
– Hast du schon mal Oberhemd getragen?
– Niemand in meinem Alter, den ich kenne und der zurechnungsfähig wäre, trägt Hemden, also nicht die Art Hemden, die Sie tragen. Ich will Ihnen ja nicht zu nahe treten, aber sind Ihre Sachen nicht ein bisschen aus der Mode?

Der Alte muss sich in seiner Erregung auf den Sessellehnen abstützen:
– Ich habe tadellose Anzüge, sehr gute Anzüge. Ich habe stapelweise teure Hemden. Klassische Schnitte kommen nie aus der Mode. Mach mich nicht wütend. Lass mich dich nicht daran erinnern, wie kläglich deine Erfolge bei der Damenwelt bisher waren. Oder herrscht

neuerdings großes Gedrängel um dich? Ich ärgere mich jetzt schon, dass ich die Sache zur Sprache gebracht habe. Was ist dein Problem, Kevin Körts?

– Ich schätze, Sie wissen es. Zu wenig Drogen, vielleicht?

– Willst du ein paar von meinen Rheumapillen? Du siehst ja, die machen richtig fröhlich. Fröhlich und attraktiv. Auch wenn du ein Kotzbrocken bist, und gerade weil du nicht übermäßig mit Schönheit gesegnet bist, muss sich etwas ändern. Dein Auftreten, Junge. Das Auftreten macht den Unterschied.

Der Regen vor dem Fenster nimmt zu.

Körts wendet seinen Blick nach draußen: Hochhäuser, die nur noch zu erahnen sind, sich hinter den Niederschlagsschleiern aufzulösen scheinen wie eine verblassende Erinnerung an die Vergangenheit.

– Sie wollen mir den ganzen Kram also schenken, sagt er, habe ich das richtig verstanden, Anzug und Hemden?

– Den meisten Plunder kann ich in die popelige Abstellkammer, in die ich demnächst umziehe, sowieso nicht mitnehmen. Vermutlich laufe ich über kurz oder lang nur noch in schäbigen Bademänteln herum. Und darunter habe ich dann so einen albernen Sportanzug an wie du.

– Wäre richtig schade, das nicht mit anzusehen.

Der Alte hebt den Arm und deutet in den hinteren Teil des Raums, in den noch dunkleren:

– Da drüben steht das Bügelbrett!

Es tut sich was am Science-Fiction-Baum. Wie ein Ameisenbär mit Blähungen guckt Adil auf einmal. Streckt fahrig den Arm aus:

– Ich muss los. Schicht.

Adil stapft davon, erstaunlich eilig.

– He, wusstest du das?, ruft Körts ihm nach, nur Nebendarsteller und Statisten hauen ab, bevor überhaupt was los ist ...

Adil erreicht bereits die nächste Ecke. Ein Fahrradrahmen ohne Sattel und Reifen lehnt dort am Straßenschild, seit Ewigkeiten. Adil rasselt dagegen. Der rostige Rahmen scheppert gegen das Stangenrohr des Schilds. Man hört das Gejammer deshalb kaum.

Adil, der humpelnde Nebendarsteller.

Dann ist er weg.

Körts fährt sich einmal übers (auf ein paar Millimeter runtergestutzte) Haar. Von der anderen Seite nähert sich das Duo, auf das er gewartet hat: silbrig schimmernde Bomberjacken. Wiegender Hooligan-Schritt, pendelnde Oberkörper. Was nicht ohne Komik ist, weil: Eher Zwerge, keine Riesen stiefeln da heran. Zwerge mit Riesenköpfen allerdings. Wie Außerirdische von der feindlichen Sorte. Alien-Monster.

Lollistiele ragen aus den Mundschlitzen.

Ihr Hündchen zerrt an einer straff gespannten Leine. Die Stummelrute des getüpfelten Kläffers wippt wie eine Federantenne.

Die Alien-Monster spazieren in ihrem Prollgang auf die Kreuzung zu. Vorbei an Körts, vorbei an der Skulptur, als wäre der Platz leer. Körts nestelt am oberen Hemdknopf.
Und dann aber hinterher.
Vor der Ampel hat er sie. Zeigt auf den Science-Fiction-Baum:
– Verabredungsgemäß sollte die Chose doch da vorne ablaufen, sagt er, ich bin auf jeden Fall bereit. Dass ihr ein paar Minuten zu spät aufkreuzt, he! Kann passieren. Von mir aus geht alles klar.
– …?!
– …?!
Alien-Blicke, aber mindestens so leer wie die sich weiter und immer weiter ausdehnenden Tiefen des Weltalls. Körts deshalb noch einmal so:
– Wie sieht's aus: Steigt die Sache? Oder steigt sie?
Alien-Monster 1 zu Alien-Monster 2:
– Trampelt auf unserem Schatten rum und labert uns von der Seite an, der taube Spast!
Das Gesagte: ein kratziges Klanggemisch.
Stimmbruch.
Körts hebt die Sonnenbrille, wie um sich zu erkennen zu geben.
– Leute! Ihr solltet das eigentlich auf dem Schirm haben. Operation Feuerwerk. Ihr erinnert euch?
Die Typen in den Bomberjacken drehen ihm synchron die Visagen zu. Auf den Oberlippen wächst ein zarter Flaum. Die Lollistiele klemmen regungslos zwischen den Zähnen.
Verkehrsgeräusche untermalen das Schweigen.
Körts justiert am Ohrkasten nach. Auf einmal knallt

eine Faust gegen seinen Oberarm. Harte Knöchel. Links. Und gleich darauf das ganze Spiel auch rechts. Der Hund bellt ein beherztes Bellen. Eins der Alien-Monster befiehlt:

— Aus, Laika!

Dann bellen auch sie laut los. Ihre Art des Lachens. Künstliche Bonbonsüße schwappt mit in die Atmosphäre hinaus.

— Scherz, Raketenmann. Die Sache steigt. Aber nicht hier, verstehst du. Gleich im Schacht, wenn du Kohle einstecken hast.

Der Schacht.

Ein tunnelartiger Ort ohne viel Tageslicht.

Ein Durchgang, um von der einen Seite des ewig langgestreckten Blocks, in dem auch Körts und Adil wohnen, auf die andere zu gelangen: von den Eingängen und Müllcontainern zu den Balkonen, dem Parkdeck und dem Trampelpfad vorm Sportplatz.

Wenn man Pissoirs an die Wände schrauben würde, hätte man es im Grunde: die heimelige Gemütlichkeit eines versifften Parkplatzklos.

Der eine Bomberjackentyp packt nach dem Eintreffen auch prompt sein Ding aus und pullert breitbeinig los: Der Strahl geht gegen die beschmierte Betonwand. Ein Pissrinnsal schlängelt sich zwischen seinen Füßen hindurch. Laika beschnüffelt den Boden rund um die wachsende Pfütze.

Körts setzt die Sonnenbrille ab.

— Okay, okay, sagt er, lasst sehen, was ihr besorgt habt. Wo habt ihr es überhaupt? Gibt es so was wie ein Geheimversteck?

Die Trippelschritte der Hündin. Auf dem nackten Boden hier unten klingen sie wie sehr rhythmisches Tastaturgeklapper.

— Du sabbelst verdammt viel. Hast du auch mit jemandem über den Deal gequatscht, Raketenmann?

Der Pinkler blickt über die Schulter. Körts ignoriert die Frage:

— Kommt. Nun macht es nicht so spannend, sagt er, was habt ihr?

Ein Zungeschnalzen vom Nicht-Pinkler:

— Dreh schön laut an deinem Hörkasten: Das Raketen-Set Bombastico. Originalverpackt. Wie klingt das?

Körts spürt süßen Schmerz in der Magengegend. Das Triumphgefühl. In nicht mal zwölf Stunden wird er das fragliche Fenster im zweiten Stock hell aufleuchten sehen, im Schein der bunten Feuerwerke. Dominos Fenster.

— Originalverpackt, sehr schön, sagt er.

— Aber erst die Patte. 25. Lass rüberwachsen.

Der Pinkler ist fertig mit Abklopfen und allem, stopft seinen Rüssel zurück in die Hose. Körts sagt:

— Im Laden hat das keine sieben gekostet.

Die Antwort:

— Tja, ist das große Set, du Sack.

— Aha. Dachte, es gibt davon nur eine Größe.

Das Pinkel-Alien-Monster tritt nun sehr dicht vor Körts hin, packt ihn oben am Hemd, dreht es am Hals so fest zusammen, dass Körts die Luft knapp wird. Alien-Monster schnappt mit der freien Hand nach dem Lollistiel, befördert den kugelrunden Dauerlutscherkopf ans Licht und doppelklopft Körts damit gegen die Stirn. *Tock! Tock!*

– Hast du gedacht, was? Dann denk doch mal ein bisschen weiter. Wieso gehst du wohl nicht in einen Laden?
 – 25 ist zu viel, beharrt Körts tapfer.
Der klebrige Lutscher landet wieder an der gleichen Stelle, ein einzelner Schlag diesmal, so als würde man einen Mini-Gong ausprobieren:
 – Dann warte bis Dezember. Dann gibt's Raketen wieder günstig.
 – Kein schlechter Plan, stimmt, stimmt, sagt Körts.
Hat er Bammel wegen der zwei Typen? Die meisten in seinem Alter, tippt Körts, hätten Bammel, wenn einer sie so am Kragen hätte. So nämlich, dass der oberste Knopf längst abgefallen ist. Aber er: Er führt Verhandlungen.
 – 13, sagt Körts.
 – 13 am Arsch, sagt der andere.
 – 15, bessert Körts nach.
Alien lässt ihn los, sagt schließlich:
 – Letztes Angebot, 20.
Körts glättet den Kragen. Dass sie ihn testen würden, das ist ihm klar gewesen, das hat er einkalkuliert. Die Sache mit dem Knopf ärgert ihn. Aber er pult zwei Scheine aus der Brusttasche seines Hemdes.
 – Roger! Und jetzt?
 – Und jetzt wartest du genau hier. Wir sind gleich zurück mit deinem Set. In fünf Minuten. Genau hier.
Einer schnappt Körts die beiden Zehner weg. Einer zerrt Laika fort. Blitzende Bomberjacken und Lutscher: So kehren sie aus dem Schacht ins Tageslicht zurück, halb Menschen, halb Schatten.

=

Körts wartet. Es stinkt nach Pisse. Er schaut sich flüchtig nach dem Hemdknopf um. Eine Böe drückt Wind durch die Unterführung, dass Körts es in den kurzen Haaren spürt. Der Wind: auch so jemand, der ruhelos zwischen den Häuserblocks umherirrt.

Wo ist der verdammte Knopf?

Körts wartet.

Das dreckige Wasser der Pfütze kräuselt sich. Geräuschschleier, die von der Hauptstraße heranwehen. Altbekannte und ein paar neue Filzstiftschmierereien zieren die Wände im Schacht.

R.I.P. Kondor, entziffert Körts.

Er wartet.

Kickt gegen einen zertretenen Trinkkarton mit Strohhalm. Eine Schar gepanzerter Insekten stiebt zur Seite weg. Ein Exemplar krabbelt auf Körts zu. Nicht ohne Ekel setzt der den Fuß darauf, verlagert das Gewicht. Er spürt das Knacken unter der Sohle mehr, als dass er es hört.

Beim Zertreten des Tiers liest Körts erneut die Wandkritzelei.

R.I.P. Kondor.

Fünf Minuten? Gefühlt sind die längst drei Mal rum.

Die Rampe hoch, in der gleichen Richtung aus dem Schacht raus wie die Alien-Monster. Bis zur verkrüppelten Birke mit dem Knick im Stamm.

Zwitschernde Vögel, die man nicht sieht.

Nur eine Amsel, braun und schwarz gefiedert, die ein Stück weiterhüpft, als Körts anmarschiert, aber gleich wieder ihren Schnabel dem Boden entgegensenkt: verlorenes Material für den Nestbau einsammeln.

In einiger Entfernung: Das Fachwerk eines hohen Stahlmasts für die Überlandleitungen. Wie schlaffe Notenlinien hängen die Seile in der Luft.

Vor Körts: der Trampelpfad, matschig. Weiche Erde mit einer Streuung von Unkraut. Fahle Blättchen, die im Wind zittern. Hinter dem Zaun ein Parkplatz. In einem Auto mit laufendem Motor raucht eine Mutter ihr Kind voll beim Telefonieren. Ansonsten keine Menschenseele weit und breit.

Nirgends Alien-Monster.

Körts verstaut die Hände in den Hosentaschen, blickt an der Fassade über dem Schacht hoch. Aus Plastikblumenkästen an den Balkonbrüstungen ragen lange Stängel und verkümmerte Büschel.

Keine Blüten. Keine Blumen.

Körts stapft den Matschweg hoch. Taucht am Ende unter den rostigen Rohrbügeln der Fußgängerschleuse hindurch, kehrt auf den Platz mit der Skulptur zurück, wechselt die Straßenseite.

Das Trio am Bistrotisch, ein Bier weiter, zeigt Beobachtungsgabe. Einer der drei meint:

– Na, Sportsfreund, endlich Knopf aufgemacht?

Der Nächste ergänzt:

– Deine zwei Kollegen mit dem Hund sind eben bei Cem gewesen.

Und der Letzte so, ganz abgeklärt:

– Keine Ursache.

Körts presst die Kiefer knirschend zusammen, als Cem aufgeräumt erklärt, dass sich die Bomberjackentypen, *aber hallo!*, soeben die Taschen bei ihm vollgepackt hätten.

Der gerupfte Lollibaum neben der Kasse.
Dezenter Hundemuff im Laden.
– Darf's denn auch noch was sein, Commander?
Und: zurück zum Schacht. Im Sprint vorbei an der uneingezäunten Wiese vor den Minigärten der Erdgeschosswohnungen.
Wenn sie sich nur dummerweise verpasst haben? Wenn er nur zu ungeduldig war? Letzte Hoffnung. Alberne Hoffnung. In den Hirnfasern hat längst das Begreifen eingesetzt.
Sie haben ihn gelinkt!
Körts stützt sich, als er wieder an Ort und Stelle ist, mit den Händen auf den Knien ab, außer Atem vom Laufen. Wendet sich im Geist an Adil:
– Bin ich ein Trottel? Ich bin der König der Trottel! Nach der Schule kann ich wie die IQ-Kanonen in der Behindertenwerkstatt Reis in Kopfkissenbezüge trichtern.
– Commander Trottel, sagt der Adil-Geist.
Körts könnte kotzen. Ausgerechnet er: Er, von dem er immer glaubte, dass er Menschen richtig einschätzen kann, hat sich reinlegen lassen wie ein Dreijähriger. Er starrt auf den Boden. Jede Menge Kippen, der platte Trinkkarton mit dem Strohhalm. Und das zermanschte Insekt.
Wie lautet der Merksatz? Erst Ware, dann Cash.
Wie blöd muss man eigentlich sein?
Vorm inneren Auge sieht er sich zwei Scheine von einem Geldstapel nehmen, hält sie hoch. Das Papier zerbröselt in der Luft.
– Aber schau an, schau an, sagt Körts, Glück im Unglück!

Er begutachtet das kleine, runde Ding am Pfützenrand. Der Hemdknopf! Kann man unter den Wasserhahn halten, richtig? Kann man wieder annähen.

Körts hebt ihn auf.

– Komm, spuck zwei Mal über die Schulter, sagt der Adil-Geist.

II

Futur II
- 54 Tage später: Die Sommerferien werden begonnen haben. Körts hat an der Gesamtschule den Abschluss gemeistert, wenig glanzvoll. Der größte Erfolg seit der 7., als er mit der Breakdancegruppe den Talentwettbewerb der Mittelstufen gewann. Abitur scheint denkbar. Allerdings wirkt auch das Reisebüro-Praktikum nach. Körts bemüht sich um einen Ausbildungsplatz. Von der Welt hat er bislang wenig gesehen. Klassenreisen im Inland. Opas Campingwagen. O-Ton: «Eine Blechbüchse auf einer bescheuerten Wiese an der Autobahn. Baggersee vor der Tür.» Auch in diesem Jahr wieder: drei Wochen.

- 7,6 Jahre später: Körts wird mit einer Mireille-Monique, die nicht Mireille-Monique heißt, in den Hafen der Ehe eingefahren sein. Sitzt Abend für Abend mit seiner chipsmampfenden Frau auf dem Sofa. Bezahlbare Wohnung am Stadtrand. Klatschmagazine neben Fernbedienungen. Sein Schwiegervater, Polizist, mittlerer Dienst, besorgt ihm eine Stelle bei der Gewerbeaufsicht. Außendienst. Körts wechselt bald (die empfindliche Nase) zum Zoll in die Zahlstelle.

- 43,2 Jahre später: Körts wird seinen 59. Geburtstag gefeiert haben. Im Kreise der Familie. Drei Kinder, zwei Enkel. Bis auf ihn allesamt übergewichtig. Während er in seiner Jugend Hörgeräte lediglich trug, um sich u. a. vor Übergriffen durch Ältere zu schützen, leidet er nun wirklich an Schwerhörigkeit. Er trägt noch immer gerne gebügelte Oberhemden. Spielt Lotto, interessiert sich für Pferdewetten.

Eine hübsche Lektion, wie launisch und unberechenbar das Universum sein kann: Ein weißer Kleintransporter biegt bei gedrosselter Geschwindigkeit am Science-Fiction-Baum ab. Schleicht über das stumpfe Asphaltband zwischen den Riegeln, vorbei an parkenden Autos.

Auf der Tür die Aufkleber einer Fernsehstation. An Bord ein Quartett Männer mittleren Alters. Einer davon: Valentin Tiller, Kinostar. Die anderen drei arbeiten für den Sender, Redakteur Kamera Ton.

Der Transporter umkurvt einen verbeulten Möbelwagen, findet dahinter einen Platz zum Halten.

Tiller öffnet die Beifahrertür, schält sich als Erster ins Freie. Outdoor-Stiefel, passgenaue Jeans und himmelblaues V-Kragen-T-Shirt, das er niemals in die Hose stecken würde. Darüber ein Designer-Parka.

Die Fernsehcrew rafft Ausrüstung zusammen.

Tiller raucht.

Gibt damit in dieser Kulisse das Bild eines TV-Kommissars ab. Die kernige Variante. Die Rolle kann er, hat er schon bewiesen. Besitzt einfach die nötige Statur. Nicht muskelbepackt, aber top in Form. Definierte Arme. Ein Kerl.

Man würde niemals vermuten, dass er bereits hart auf die 50 zugeht.

– Wie sieht's aus? Seid ihr so weit?

Er wirft die Kippe weg, halb geraucht. Ton sagt:

– Ich verkabele dich noch schnell.

Er clippt Tiller ein Mikrophon an den Ausschnitt. Der langhaarige Redakteur holt ein Tablettenheftchen aus der Manteltasche:

– Magentabletten, erklärt er, will jemand? Diese Ghetto-Tristesse schlägt mir immer auf den Stoffwechsel. Ich mache lieber Berichte über junge Leute, die vor Banken kampieren und die Abschaffung des Kapitalismus fordern. Ist lustiger.

Tiller:

– Das sind doch alles Flachzangen. Ey, die Wohlstandskinder, die auf Weltverbesserer machen, die hängen mir mittlerweile derbe zum Hals raus. Selbst wenn die recht haben. Die feiern sich immer nur selbst.

– Die haben immerhin was zu feiern.

– Na, super. *Go, get a life!*, sage ich. Nein, ist mir schon lieber, auch mal da hinzugucken, wo sonst niemand hinguckt.

– Der räudige Teil der Stadt, sagt Ton.

Als müsste er jetzt eben etwas sagen. Er rückt sein Wollmützchen zurecht. Der Redakteur schluckt die Tablette.

Mit eingezogenen Hälsen stapfen sie auf die Eingänge der Klötze zu. Körts verlässt in diesem Moment den Schacht, spielt mit dem Knopf in seiner hohlen Faust.

Zuerst sieht er den Möbelwagen.

Körts überlegt kurz, ob das der Sessel von Himmelein-Roden ist, der da auf der Ladebühne steht. Dann sieht er den Kleintransporter und als Nächstes die Männer. Zwei vor, zwei hinter der Kamera.

Gerade spricht der Typ mit dem Mantel in ein Mikrophon. Ein Blick, als hätte er es mit dem Magen:

— Valentin Tiller verfolgt das berührende Schicksal der kleinen Amber schon geraume Zeit. Hier, wo die sozialen Nachteile in Beton gegossen sind, wohnt das achtjährige Mädchen bei der Großmutter. Die Rente reicht nur knapp für das Nötigste. Armut kennen viele der jungen Menschen in diesem Stadtteil. Lehrer berichten, dass es sogar längst nicht mehr ungewöhnlich sei, wenn Schüler im Unterricht ohnmächtig werden. Das passiert zum Monatsende hin, wenn in den Familien das Geld alle ist. Kinder wie Amber wachsen in einem Umfeld auf, in dem die Chancen, die jedes Kind in diesem Land verdient hätte, oft ein ferner Traum sind. Was für eine Ungerechtigkeit!

— Habe ich, sagt Kamera.

Ton nickt. Dann so:

— Stimmt die Sache mit den Schülern? Hammer!

— Die stimmt, sagt der Redakteur, sobald etwas im Fernsehen in die Welt gesetzt wird, stimmt es sowieso erst mal immer. Aber keine Sorge, knallhart recherchiert.

Sie ziehen ein paar Schritte weiter. Tiller postiert sich an der Rampe zum Schacht.

— Kamera läuft.

Ton zupft am Bärtchen, hebt die Hand.

— Ton läuft.

Tiller legt los:

— Wer nicht findet, dass das ein Skandal ist, wenn Kinder in unserer Wohlstandsgesellschaft das Nachsehen haben, hat kein Herz, sagt er, es ist der totale Skandal. Deswegen bin ich hier. Damit wieder berichtet wird, damit gespendet und geholfen wird. Und auch, um Amber das Gefühl zu geben, nicht immer von den Erwachsenen, abgesehen von ihrer tapferen Oma, im Stich gelassen zu werden.

Körts kennt den Mann.

Derselbe Typ, der auf dem Magazin abgebildet war, das diese Mireille-Monique bei Cem in der Hand hatte. Prominentheitsgrad: maximal. Körts wäre ihm gefolgt, auch wenn Amber nicht im selben Eingang wohnen würde. Vielleicht ergibt sich hier eine Alternative zu den Raketen?

Aus Prominenz lässt sich Kapital schlagen.

9.13 Uhr.

Die vier Männer drücken sich vor dem Eingang herum.

Tiller schaut auf die Uhr. Zu Redakteur:

– Sag mal, Freitag um die Zeit, bist du sicher, dass jemand da ist? Muss die Kleine nicht in der Schule sein?

– Sondergenehmigung. War ein bisschen Telefoniererei, ging aber ja nicht anders. Dein Agent meinte, bei dir fliegen die Brocken tief, und du bist demnächst privat auf Reisen. Wo geht's hin?

– Cluburlaub. Sinillyk. Nächsten Samstag. 14 Tage.

– Kein Witz, Sinillyk? War ich schon ein paarmal. Gab früher mal eine schräge Disco in den Hügeln. Und da hat auch eine neue Tanz- und Cocktail-Bar aufgemacht, noch gar nicht lange her. Das eine Ding hatte den Namen Shangri-LaBamba, oder so ähnlich. Sieh dich vor. Ich erinnere mich an einen Cocktail, der hieß ungelogen, pass auf, jetzt kommt's, Challenger! Prädestiniert für üble Abstürze die Gegend.

– Partys kann ich auch hier jeden Tag haben, sagt Tiller.

– Aber hier hast du immer die Presse am Hals.
– Ich lach mich weg. Euch wird man doch nirgends los.
Er kneift Redakteur in die Wange. Ton grinst:
– Der Mann ist gut, sagt er.
Tiller klatscht die Hände zusammen:
– Ey, natürlich bin ich gut. So, wer klingelt?
Die Fernsehcrew tauscht Blicke. Redakteur reibt sich die Wange:
– Wo überhaupt?
Die Männer nehmen die Klingelschilder nun genauer in Augenschein. Die Namen unter Schmierereien nur schwer lesbar. Körts tritt näher, wiegt den Schlüssel in der einen, den Knopf in der anderen Hand. Tiller zu ihm:
– Weißt du, wo Amber wohnt?
Körts dreht am Hörgerät.
Eine Eingebung.
– Bei Amber funktioniert die Klingel nicht. Kaputt, sagt Körts, überall ab Etage zwei. Wenn ich ein Foto mit Ihnen und mir bekomme, verrate ich, wo Sie hinmüssen. Der Apparat, den ich brauche, liegt allerdings in meiner Bude.

=

Körts öffnet, stemmt sich gegen das Glas, geht voran in den dunklen Schlund. Die Tür fällt hinter der Truppe aus ihm, Tiller und den Fernsehleuten krachend ins Schloss. Die Lampen im Treppenhaus geben wenig Licht. Ein Geruch nach saurer Milch und kaltem Rauch. Redakteur zu Körts:

– In welchem Stock wohnt Amber jetzt?
Körts zu Tiller:
– Erst das Foto. Eine Videobotschaft wäre auch spitze. Ich bin seit längerem an einer Frau dran, ein relativ hartnäckiger Fall.
Redakteur zu Tiller:
– Amber wartet. Erinnerst du dich? Eben hast du dir noch Sorgen gemacht, dass die Kleine nicht in der Schule ist.
Tiller zu Redakteur:
– Nur noch mal so zum Mitschreiben: Weißt du, in welchen Stock wir müssen? Weißt du nicht. Aber unser Freund da, der weiß es. Also, piano!
Körts zum Redakteur:
– Ich bin ein Fan von diesem Mann. Gerade ein großes Interview mit ihm gelesen. Lauter vernünftige Ansichten.
Redakteur zu Tiller:
– Gib ihm ein Autogramm. Und dann an die Arbeit.
Ton zückt sofort einen Kugelschreiber aus der Weste. Aber Tiller greift nicht zu, fährt sich stattdessen mit dem Finger über den deutlich hervorstechenden Adamsapfel. Er zu Körts:
– Hast du auch einen Namen?
Körts:
– Körts.
Tiller:
– Valentin Tiller, hi.
Jetzt Handshake? Die Situation gäbe das her, findet Körts, streckt also versuchsweise den Arm aus. Tiller schlägt ein. Redakteur zu Körts:

– Welchen Unterricht schwänzt du eigentlich gerade?
Körts zu Tiller:
– Sie polarisieren wirklich ziemlich. Und bestimmt nicht angenehm, wenn immer an einem herumgezerrt wird.
Tiller:
– Dieser Mann da hat es mit dem Magen. Macht die Branche. Musst ein derbes dickes Fell haben in diesem Job. Viel lächeln und nicken und zusehen, dass du vorankommst, während sie dir eine Menge Scheiße eintrichtern.
Körts:
– Guter Magen, dickes Fell. Merke ich mir.
Tiller:
– Schwänzt du gerade Unterricht?
Körts:
– Alles legal. Bin im Praktikum. Heute freier Tag.
Redakteur stößt hinter vorgehaltener Hand auf. Er zu Tiller:
– Die Fotografin wartet in einer Stunde bei der Sozialküche. Und für die Takes mit Amber brauchen wir eine Weile.
Tiller:
– Die fünf Minuten haben wir.
9.17 Uhr.
Gummisohlen quietschen auf den Steinfliesen. Terrazzomuster.
– Besuch!
Körts entert die Wohnung, stolziert über die Fußmatte. In seinem Kielwasser die vier Männer.
Im Eingangsbereich stapeln sich Schuhe. Ein paar

Schritte weiter öffnet sich der enge Flur zum Esszimmer. Im Zentrum der Tisch, wuchtiges Ungetüm.

Aufgetürmte Teller Tassen Schüsseln, die in Benutzung waren, wie das darin verkeilte Besteck. Bunte Kartons mit Frühstücksflocken. Eine Pfanne von beachtlichem Durchmesser, fettverkrustet am Rand. Eine Flasche Ketchup.

Der Duft von Chicken Wings über allem. Hardy Körts mag es deftig am Morgen, wenn er von der Nachtschicht zurückkommt. Angela Körts hält das jüngste Kind auf dem Arm, Baby Jill-Luna. Oder auch: *Zückerchen*. Erst sieben Monate alt.

Angela und Hardy blicken flüchtig auf ihren Sohn. Dann heften sich die Blicke auf Tiller. Im Nebenraum läuft der Fernseher.

Hardy wischt sich mit einer seiner Pranken über das müde Gesicht. Abstehende Ohren, Glatze. Die Birne rund wie ein Kneifzangenkopf.

Angela hustet. Ihre Walrosswangen kommen in Bewegung. Sie so:

– Na, immer hinein in die gute Stube, was!

Sie erhebt sich. Marschiert in unförmiger Jogginghose und Stoppersocken auf Tiller zu. Auch Hardy löst sich vom Platz. Ein abgetragenes T-Shirt spannt sich um seinen Oberkörper. Darunter drücken sich Hautwülste gegen den Stoff. Tiller schüttelt Hände. Hardy so:

– Ist ja ein Ding.

Als würde er Tiller nicht nur aus der Glotze kennen. Der Schauspieler mit dem bestimmt galaktisch teuren Parka und dem käferartigen Mikrophon-Clip am Ausschnitt wirkt ein wenig verloren in dieser Szenerie, als wäre er nur sein eigener Stuntman, der plötzlich eine Sprechrolle hat. Er reibt sich das Kinn:

– Geht's gut?

– Alles entspannt. Tässchen Kaffee?, fragt Angela.

Sie lispelt leicht. Wippt Zückerchen auf einem Arm. Im Gesicht wandern hektisch rote Flecken.

– Oder was anderes, die Herren?, fragt Hardy, für ein Bierchen ist es wohl noch ein wenig früh, schätze ich mal.

Die Fernsehleute betrachten die Kulisse.

Kamera starrt abwechselnd auf eine Zimmertür, über der Handtücher trocknen, und auf den speckigen Linoleumbelag in Kacheloptik. Ton kommt nicht los von dem elektrischen Dart-Spiel, das am hinteren Ende des Flurs hängt, von wo jetzt ein weiteres Kind heranturnt. Fünf Jahre alt, füllig und drollig, rosa Ballettkostüm. Sie lässt die Finger über die Borste einer Haarbürste gleiten. Redakteur stößt wieder auf:

– Tja, wahnsinnig freundlich. Aber wir wollen zu Amber, die hier im Haus wohnt. Ihr Junge hat sich netterweise bereit erklärt, uns hinzubringen.

Angela drückt die Ballerina mit dem freien Arm fest an sich, sagt:

– Das ist Iwona, ihre große Schwester Joana ist in der Schule. Kevin macht ja gerade Praktikum.

– Hi Iwona, sagt Tiller.

Iwona schlängelt sich sofort wieder aus der mütterlichen Umarmung, zeigt ihre Zahnlücken.

– Sag hallo, sagt Angela.

Das Mädchen schweigt. Winkt aber mit der Haarbürste. Redakteur versucht ein warmes Lächeln:

– Kennst du Amber?

Hardy:

– Wir sind erst vor ein paar Wochen hergezogen. Vorher waren wir drüben in der Siedlung bei K16, das ist der große Klotz, den man von überall aus sieht. Die andere Wohnung platzte mit uns sechs langsam aus allen Nähten. Und dann war es auch, na ja, von der Hausgemeinschaft her mal zeitweise angespannt. Außerdem, Erdgeschoss und kleiner Garten hier. Da kann man auch mal zum Grillen einladen.

Hardy kriegt bei den letzten Worten Körts zu fassen. Hardys mächtige Hand wuschelt: Körts' Kopf wird hin- und hergeworfen.

– Und Kevin hat jetzt sein eigenes Reich, ergänzt Angela. Ist auf Dauer ja nichts für einen Jungen, sich das Zimmer mit den Schwestern zu teilen.

Sabber von Baby Jill-Luna leckt auf ihre Schulter. Im Badezimmer wechselt die Waschmaschine in den rumpelnden Schleudergang.

Redakteur seufzt. Ein Seufzer, der im aufbrandenden Lärm kaum hörbar versickert. Etwas Flehendes, beinah Verzweifeltes liegt inzwischen in seinem Blick. Tiller nickt Richtung Körts.

– Komm, lass uns das Foto machen.

=

⏮

| zurück: Mitte Juni,
im Jahr zuvor
Angela zwängt sich durch den Türrahmen ins Kinderzimmer. Ein Kämmerlein, die Fläche kleiner als die eines Pkw-Parkplatzes. Auf dem Teppich bilden bunte Klötze, Gummifiguren und verstreute Puppenklamotten ein dichtes Tretminenfeld.

An der Wand ein Stockbett, daneben ein Schrank verziert mit allerlei Aufklebern: Gestalten mit Lichtschwertern, kulleräugige Zeichentrickprinzessinnen, Vogelsilhouetten, die man normalerweise an Glasscheiben pappt.

Körts erhebt sich von der Fensterbank. Er weiß, was kommt, wartet trotzdem, bis seine Mutter durch den Parcours gestampft ist.
– Beweg dich, Kevin, sofort!
Sie packt ihn am Oberarm. Bugsiert ihn nach nebenan. Drückt ihn auf den Sitzwürfel.
– Ich habe es kapiert, sagt Körts, schon gut.

Er betrachtet einen Flaschenbodenabdruck auf der abwischbaren Tischdecke vor sich. Er betrachtet das Hochzeitsbild seiner Eltern. Die Sonne streift die Wand, wo es hängt, wirft ein schmales Dreieck aus Licht auf die Fotografie im Plastikrahmen. Die gerüschten Vorhänge und die Pflanzen vor dem Wohnzimmerfenster schlucken die meiste Helligkeit.
Angela:
– Wag es nicht, dich zu rühren, wag es ja nicht.

Körts rührt sich nicht.

Angela schnaubt noch einmal aus dem Wohnzimmer. Ihr fehlt ein echter Plan für ihre Standpauke, schätzt Körts. Außerdem machen seine Schwestern in der Küche Alarm. Iwona läuft kreischend ins Zimmer. Die Tür fliegt hinter ihr zu. Joana brüllt:

– Du Scheißkind!

Hardy wirkt wie festgetackert auf seinem Stammplatz, hinten rechts auf der Ecksofagarnitur. Sein Gewicht drückt die Schonbezüge tief in die Polster.

Er fährt sich über den kahlen Schädel.

Mit Mitte 20 hatte er noch Haare. Hellblond waren sie, wenn auch damals schon schütter. Das sieht man auf dem Hochzeitsbild. Angela trägt auf der Fotografie Locken, rötlich gefärbt. Sie reichen ihr beinah bis zum Ellbogen. Ihre linke Hand ruht auf Hardys Schulter. Er hält einen Strauß Blumen, lächelt schüchtern in die Kamera. Es wirkt ein bisschen, als wäre er die Braut.

– Deine Mutter ist auf 180 wegen der Sache, sagt Hardy, weißt du, Frauen in ihrem Zustand sind leicht reizbar.

Körts sagt nichts.

Er glaubt eigentlich nicht, dass es etwas damit zu tun hat, dass sie mal wieder schwanger ist. Er nickt trotzdem. Hardy reicht das vorerst, er lehnt sich im Sofa zurück, verschränkt die Arme, schläft zehn Sekunden später ein. Schichtdienst.

Stille im Wohnzimmer, draußen im Flur Dialog zwischen Mutter und Tochter. Die Mutter:

– Verschütte nichts.

Die Tochter:

– Du nervst!
Die Mutter:
– Komm her. Stell den Kakao auf dem Tisch ab.
Tochter:
– Nein.
Mutter noch einmal:
– Komm her!
Tochter, schnippisch:
– Wieso?
Mutter:
– Pass auf! Der Kakao schwappt über. Habe ich es nicht gesagt? Und jetzt gibst du mir den Becher und dann marsch ins Zimmer. Und nenn deine Schwester nie wieder Scheißkind, hörst du!
Tochter, mit brechender Stimme:
– Sie ist aber eins!

Geheul brandet auf und ebbt ab. Angela kommt mit Kakaobecher zurück ins Wohnzimmer. Mit Kakaobecher und einem Blumenstrauß, der dem Strauß auf dem Hochzeitsfoto gar nicht unähnlich ist, wie Körts jetzt aufgeht.

– Hübsches Gestrüpp, sagt Hardy, musstest bestimmt auch eine hübsche Stange Geld dafür hinblättern.

Er hat nach wie vor die Arme verschränkt, aber die Augen mit diesen hellen, fast unsichtbaren Wimpern immerhin wieder geöffnet. Verfolgt mit müdem Blick, wie Angela den Becher neben den Flaschenbodenabdruck auf die Tischdecke knallt, und zwar so, dass der Kakao überschwappt. Süßlicher Geruch wabert auf Körts zu, der sich sofort ein Stück zurücklehnt.

Angela wirft den Strauß.

Er landet in Körts' Schoß. Kein schlechter Wurf, Angela hat früher Handball gespielt. Von drüben ein Kreischen:
– Heulsuse!
Wieder fliegt eine Tür zu. Von der nussbraunen Holzschrankwand hinter Körts fegt die Druckwelle über ihn hinweg. Bildet er sich zumindest ein.
Angela lässt sich zu Hardy in die Sofamassen plumpsen.
Da sitzen sie also.
Sie Busfahrerin, er Fabrikarbeiter.
Zwei, die stets bemüht sind, die Kiste am Laufen zu halten. Das sieht Körts positiv. Zum Angeben eignen sich ihre Lebensläufe trotzdem eher bedingt. Überhaupt, schlüssig ist Körts sich nicht: Wie steht man zu diesen Figuren?
Logisch: In der Schule machen sie seit Ewigkeiten Witze über die Leibesfülle seiner Erzeuger. Manchmal wäre es nützlich, Körts' Hörgerät würde funktionieren wie ein echtes Hörgerät. Weil nicht alles immer in der Haut hängenbleibt, was andere so von sich geben.
Außer Adil nimmt er niemand mit zu sich nach Hause. Eltern betreiben alle Sabotage am Image ihrer Kinder.
Körts' Meinung.
Wenn sie keine Fleischberge sind, dann sind sie vielleicht Saufnasen oder Psychowracks oder Pantoffeldiktatoren oder, wie der Vater einer Mitschülerin, Stammgast im Kittchen.
Insofern: Körts beschwert sich nicht. Mit Angela und Hardy lässt sich im Großen und Ganzen auskommen, normalerweise.

– Kevin, sagt Angela kopfschüttelnd, diese Sache, das ist, ich weiß auch nicht, ein Albtraum. Sag mal, hakt's bei dir? Was hast du dir dabei gedacht?

Schulterzucken hilft wahrscheinlich nicht weiter. Körts versucht es trotzdem einfach mal. Versucht es zusätzlich mit einem erst kürzlich aufgeschnappten Satz:
– Wie genau lautet jetzt die Anklage?
Stille.
Die Türritze flötet Treppenhausluft in die Wohnung.
Schiefe Töne.
Körts nimmt den Blumenstrauß aus dem Schoß. Schwacher Rosenduft steigt zu ihm auf, drängt sich vor den süßlichen Kakaogeruch. Körts entspannt sich ein wenig. Hardy macht derweil eine betretene Miene. Angelas Stimme zittert:
– Die Anklage lautet, dass heute unsere Nachbarin Domino plötzlich bei uns auf der Matte steht und sagt, gucken Sie mal, was Ihr Sohn mir vor die Tür gelegt hat ... Und dann zeigt sie mir den Blumenstrauß. Und eine Karte mit selbstgeschriebenem Gedicht. Sagt, ein wattierter Rückumschlag lag auch dabei. Der Rückumschlag, hat sie gemeint, der sollte für einen ihrer Slips sein. Ihre Slips sind in dem Gedicht nämlich Thema. Und dann musste ich diesen schlüpfrigen Erguss auf der Karte lesen. Ich kann gar nicht sagen, wie peinlich mir das alles war. Oh Mann! Sie hat mir diese Blumen da in den Arm gedrückt und mich gebeten, dafür zu sorgen, dass so etwas nie, wirklich nie wieder passiert. Sonst könnte man beim nächsten Mal ja an den Briefkästen einen Aushang machen mit einem Bild von dir, Kevin, und den schönsten Zitaten von der Karte. Ich muss schon sa-

gen, sie hat sich nicht viel anmerken lassen, aber die war so was von bedient. Und ich verstehe das total. Poah!

Ende des Vortrags.

Angela fummelt im Mundwinkel herum, an dem Muttermal, das dort hervorspringt. Körts so:

— Das ist vielleicht jetzt kein Supergedicht, aber ich habe das auch nicht mal eben so hingeschmiert.

— Das ist Belästigung. Die kann beim nächsten Mal zur Polizei!

— Weil ich nicht jeden Reim perfekt hinbekommen habe?

— Weil das eine erwachsene Frau ist. Das geht einfach nicht, verstehst du. Was denkst du dir bloß. Hardy, sag doch auch mal was ...

— Ist dünn das Mädchen, sagt Hardy.

Es klingt wie eine Warnung. Allerdings nur wie eine halbherzige. Hardys rechter Bizeps zuckt. Angela klatscht die Hände vor die Wangen.

— Oh, mein Gott, sagt sie, oh, mein Gott!

— Nun krieg dich mal wieder ein, Hummelchen, versucht es Hardy.

Er legt eine Hand auf ihrem Rücken ab. Körts fasst sich angesichts dieser zärtlichen Geste ein Herz:

— Sind wir fertig?

Angela schüttelt den Kopf, wendet sich an ihren Mann:

— Hardy, das ist dein Sohn. Pubertät hin oder her: Willst du, dass er so ein Perverser wird, ein Unterwäscheschnüffler? Überleg mal, wenn sich das rumspricht. Die Nachbarschaft! Wenn die das Fürchten bekommt, weil die denken, da wohnt ein Psychopath hinter unserer Tür. Und dir fällt nichts dazu ein, außer: *Krieg dich mal wieder ein, Hummelchen?!*

Hardy verlagert den Sitz der Hand vom Rücken seiner Frau auf die Glatzenkuppel. Er muss jetzt liefern. Er stemmt sich aus seiner Ecke.

– Pass auf, sagt er zu Körts, das ist eine echte Kacksituation.

Er leckt sich über die Lippen. Stockt. Angela:

– Na, toll.

Hardys befeuchtete Lippen werden schmal:

– Lass mich doch mal ausreden!

Körts so:

– Darf ich vielleicht auch mal was einwerfen?

Hardy:

– Nein! Sag mal, du hast sie ja wohl nicht mehr alle. Noch so 'n Ding, und ich gebe dich zur Adoption frei, ganz im Ernst. Wenn du jetzt, was weiß ich, fünf wärst und du hättest einen Mist dieser Preisklasse verzapft, würde ich keine drei Sekunden zögern. Hast du verstanden!

Körts schließt die Finger fester um die Rosenstängel.

– Es gibt diese Frauen, stammelt er, die sind so, die lassen dich erst einmal schlecht aussehen. Und dann ist die Frage: Beeindruckt dich das, oder gehst du weiter aufs Ganze? Wenn ihr mich für chancenlos haltet, bitte. Okay.

Hardy:

– Schluss! Du schlägst dir dieses dünne Gerippe aus dem Kopf. Für alle Zeiten. Du hältst dich auch für alle Zeiten von ihr fern. Ende der Durchsage!

Er donnert mit dem Handballen seiner Faust gegen

die Wand hinter dem Sofa. Das Hochzeitsbild wackelt. Angela zuckt zusammen. Hardy entschuldigt sich knurrend bei ihr für den Ausbruch.
 — Ihr schämt euch für mich, sagt Körts.
 Hardy:
 — Was bleibt uns übrig?
 Körts, von den eigenen Worten und Hardys schneller Reaktion plötzlich überwältigt, bleibt für einen kurzen Augenblick die Luft weg.
 — Ihr schämt euch wirklich für mich!

|Samstag, 7. Mai
Manchmal sieht nach Zufall aus, was keiner ist. Körts schüttelt kräftig die Dose mit dem Raumspray, verteilt ozeanfrischen Duft im Reisebüro. Seine beiden Kolleginnen sitzen bereits vor ihren Terminals.

Er umkurvt Stahlrohrmöbel, rückt die Stühle zurecht, auf denen später die Kunden Platz nehmen werden. Körts drapiert Kataloge im Strandkorb. Auf den Titelseiten: Lagunen Palmen Ozean. Er pfeift eine improvisierte Melodie in die Samstagsruhe hinein, eine Tonfolge, die beruhigend auf und ab wogt wie sanfte Ozeanwellen. Körts wirft dabei einen prüfenden Blick in jede Ecke.

Wie einer, der genau weiß, was er tut.

Er würde sich und seinen zwei Kolleginnen als Nächstes gern einen Kaffee machen. Der Kaffeevollautomat ist allerdings kaputt. Als Körts am Montag pünktlich zum Start auf der Matte stand, war das schon so.

Jedenfalls ... Körts klettert jetzt am Ende der ersten Praktikumswoche bereits wie selbstverständlich ins Reisebüro-Schaufenster, taucht unter Plakaten voller Ausrufezeichen und Großbuchstaben hindurch, kümmert sich um die Strandbälle. Im gebügelten Oberhemd. Das Anzugsakko hängt an seinem Platz in der Ecke.

9.50 Uhr.

Vielleicht ein paar Minuten eher, vielleicht ein paar Minuten später.

Nach der Raumspray-Runde gehört das inzwischen zu seinem festen Morgenritual: Bei Arbeitsbeginn bläst Körts alle Strandbälle auf, die über Nacht Luft lassen. Und das sind insgesamt schlappe 20 Stück.

Strandbälle in Globus-Optik.

Alle lassen sie Luft.

Während Körts mit dem Aufblasen loslegt, schiebt sich auf der anderen Seite der Glasscheibe ein Monstrum in Raumschiffweiß vorbei.

Ein Wagen der Stadtreinigung.

Borstenbüschel rotieren an der Seite. Ein Tempo wie ein ferngesteuertes Erkundungsfahrzeug auf einem fremden Planeten.

Der vor sich hin dämmernde Beifahrer entdeckt Körts, gafft eine Weile, bis plötzlich Leben in ihn kommt. Der Müllmann deutet auf Körts, bläht albern die Backen und lässt seine Glupschaugen weit vorquellen. Im Wagen steigt der Stimmungspegel, Daumen werden spöttisch gereckt.

Körts prokelt den Gummistöpsel zurück in den prallen Ball, schnappt sich einen weiteren dazu und jongliert die zwei Weltkugeln wie Go-go-Tänzerinnen-Brüste vorm Oberkörper. Schwingt dazu lasziv die Hüften. Presst die kugelrunden Planetenbälle gegen die Scheibe, macht einen Kussmund.

Körts meint, das Gebrüll des Kerls im Wagen zu hören. Dann riecht er das Parfüm von Frau Dos Santos hinter sich. Bestimmt hat sie die Fäuste missbilligend in die Seiten gestemmt.

– Gleich habe ich ihn so weit, sagt Körts, gleich hüpft er aus der Tür und stopft mir einen Schein in den Tanga.

– Kevin, Bälle weg. Werbeschild vor die Tür. Wir öffnen!

Eigeninitiative: Das hat ihm sein Chef eingebläut. Das bläut er ihm jeden Tag ein, bevor er chefmäßig zum Bäcker verschwindet, wo er sich den halben Vormittag mit Zeitung und Plausch um die Ohren schlägt.

– Die Leute wollen Animation, sagt Körts, sie sind ganz wild darauf. Das wissen Sie doch. Mit der Nummer locke ich völlig neue Kundschaft an.

Frau Dos Santos spendiert Körts, als er aus dem Schaufenster klettert, einen lockeren Patsch mit Wischer an den Hinterkopf. Goldbehangene Handgelenke mit schlanken Fingern. Schmuck klimpert.

Die Dos Santos.

Schätzungsweise Mitte 40, aus den Reihenhäusern in der Vorstadt. Eine zierliche Frau, die schnell spricht und voller Energie zu sein scheint. Zu alt für Zöpfe. Auch wenn es lustig aussieht, wie die Zöpfe hin- und herfliegen. Gut drauf an diesem Morgen: Nach Ewigkeiten kam endlich das ersehnte Lebenszeichen von ihrem Spross Miguel, derzeit Weltreisender. Fünf Kontinente in neun Monaten. Die Belohnung für den Schulabschluss.

Seit der Südsee hatte Funkstille geherrscht. Die Dos Santos so:

– Typisch Jungs! Bei eurem Verhalten wundert es mich immer wieder, warum die Evolution euch den aufrechten Gang beschert hat. Ehrlich.

Sie hält Körts den Bildschirm ihres Telefons hin. Körts begutachtet brav das Foto. Die Aufnahme zeigt einen posierenden langhaarigen drahtigen Schönling, türkisfarbenes Wasser bis zur Hüfte. Oberkörper frei. Oberkörper knackbraun. Oberkörper hübsch verziert mit vier (von einem Herz umrandeten) Buchstaben aus Sonnencreme. *Mama* steht in dem Herz.

Die Dos Santos:

– Unsereins kommt um vor Sorge, und der trinkt im Baströckchen Schnaps aus Kokosnussschalen. Habe ich schon mal die Geschichte erzählt, als Miguel eines Morgens als Mädchen aufgetakelt am Frühstückstisch saß? Und es war nicht Fasching!

– Steht er auf Jungs?

Die Dos Santos lacht.

– Sein Verschleiß an Freundinnen war in den letzten zwei Schuljahren nicht eben klein. Kann ich mir beim besten Willen nicht vorstellen. Ich weiß bis heute nicht, was da los war. Ich weiß ganz oft nicht, warum Jungs tun, was sie tun. Aber eins weiß ich: Ihr Kerle bettelt in einem fort um Aufmerksamkeit. Und wenn ihr euch deshalb wie Geistesgestörte aufführen müsst? Umso besser. Aber jetzt los, machen wir auf.

Körts schleppt das Schild nach draußen.

Ein Trupp Rentner rennt ihn fast über den Haufen. Sie buchen nichts, das hat er auch schon gelernt, sie hamstern Reisekataloge, um zu Hause darin zu blättern, um sich bei Tee und Krümelgebäck einzuschiffen.

Letzte Kreuzfahrt im Ohrensessel.

Körts füllt nach dem ersten Ansturm die geplünderten Auslagen und die Bonbonschalen auf den Beratungstischen auf. Kaubonbons. Setzt sich an den Terminal in der Ecke beim Strandkorb, rückt den pittoresken Keramiktempel neben der Tastatur zurecht.

Am Platz direkt neben ihm: die blasse Bianca, ein

Landei, wie sie selbst sagt. Lebt noch bei ihren Eltern, weit vor den Toren der Stadt. Mit Blick auf eine Kuhweide.

Spitzmausgesicht, Nickelbrille und schulterlanges Spaghettihaar, aus dem die abstehenden Ohren hervorlugen. Körts bietet ihr einen Kaubonbon an:

– Melone. Das sind die Besten.

Sie lehnt ab.

– Gerade nicht, danke, sagt sie.

Schiebt sich die Haare hinter das Ohr. Am Hals gibt es eine dunkel eingefärbte Stelle. Körts spart sich die Frage, ob das ein Knutschfleck ist. Es ist einer. Er hat Bianca sexuell unterschätzt.

Zuvor hat er schon ihre Kochkünste unterschätzt.

Tofu-Kürbis-Curry. Am Dienstag und Mittwoch hat er davon kosten dürfen. Eine gute Köchin, die darauf steht, wenn ein Macker ihr am Hals saugt.

Körts packt den Kaubonbon aus.

Obwohl er Bianca gar nicht sonderlich anziehend findet, wurmt es ihn, dass sie ihn so wenig beachtet. Er beschließt, das zu ändern.

– Habe ich noch gar nicht erzählt, sagt Körts, ich bin gestern an meinem freien Tag Valentin Tiller begegnet. Stabiler Typ!

Bianca hakt auf einer langen Liste Positionen ab. Sie zuckt nicht einmal mit den betuschten Wimpern nach Körts' Neuigkeit. Auch Frau Dos Santos blickt nicht auf, schiebt versunken mit dem Zeigefinger ihre Nagelhäute zurück:

– Märchenstunde, Kevin?

– Nö. Von wegen Märchenstunde. Valentin Tiller war

bei uns in den Riegeln. Ich habe eine ganze Weile mit ihm palavert. Möchte wer Beweisfotos sehen? Ich weiß sogar, wo er demnächst Urlaub macht. Hier ...

Er rollt mit dem Drehstuhl näher, will den Apparat von Tisch zu Tisch reichen. Dann klingelt das Telefon am Platz der Dos Santos. Und Bianca riskiert auch bloß einen Blick aus den Augenwinkeln:

– Machst du häufiger so Fotobearbeitungen?

– Ich habe bestimmt 20 Aufnahmen. Die sollen alle bearbeitet sein? Warum sollte ich das nötig haben?

– Ich weiß nicht, Kevin.

– Ich auch nicht. Tiller macht übrigens Urlaub in Sinillyk. Und wenn ich eine Show abziehen will, lasse ich mir vermutlich eher einen dicken Knutschfleck an den Hals machen. Zum Beispiel.

In Biancas blasse Gesichtshaut kommt klecksweise Farbe.

– Ich spiele Geige, sagt sie.

Körts so, Bonbon kauend:

– Ist das ein Code? Verbirgt sich dahinter eine bestimmte Praktik?

– Kevin, sagt Bianca, recherchier doch einfach mal ein bisschen zu Sinillyk. Guck mal, was du so findest.

Frau Dos Santos legt auf. Ruft gleich zu Körts rüber:

– Du brauchst Beschäftigung, Kevin? Das war gerade Herr Brand vom Getränkebasar, dem wir gestern wegen der Safaritour das Angebot geschickt haben. Ich habe die Hotels jetzt in unserem Buchungssystem reserviert. Druck doch die Reisebestätigung mal eben aus, damit wir sie gleich rausschicken können, ja? Bist ein Schatz!

Ist er.

Er druckt aus.
Er tütet ein.
Er gönnt sich noch einen Bonbon. Eigeninitiative!

=

Körts filtert zackig Suchergebnisse. Der Club, in dem Tiller Urlaub macht, kostet für zwei Wochen in etwa so viel wie ein Gebrauchtwagen. Körts pfeift durch die Zähne: ein schon recht anständiger Gebrauchtwagen. Den Fotos und Karten nach zu urteilen, liegt die luxuriöse Anlage (namens Club D'Foe) einige Kilometer von Sinillyk entfernt. Und Sinillyk selbst?

Ein Hafenörtchen vor schroffem, hügeligem Hinterland. Einwohnerzahl, zusammen mit den Käffern der Umgebung: 5000. Die Leute könnte man wahrscheinlich sämtlich in den Blocks hinter dem Science-Fiction-Baum unterbringen, ohne dass es da sonderlich eng wird.

Tourismus.
Fischfang.
Eine Ketchup-Fabrik.

Keine Sehenswürdigkeiten, bis auf eine halbzerfallene Burganlage aus Vorzeiten. Körts scrollt sich durch einen Haufen sehr ähnlicher Bilder. Grünlich leuchtet das Meer, hellgelb glimmt der Strand, weiß strahlen die Häuschen und rot knallt der Mohn gegen den dunkelblauen Himmel.

Körts sucht nach der Bar, die der langhaarige Fernsehtyp mochte. Sie wird nirgends erwähnt. Wetter scheint allerdings momentan tiptop da unten. Die Vorhersage verspricht auf Sicht nur sommerliche Temperaturen, kein Niederschlag. Sonne satt.

Körts blickt nach draußen.

Trocken ist es auch hier. Vom Himmel sieht Körts allerdings kaum etwas von seinem Platz aus. Er sieht eine Frau in zerlumptem Anorak zur Bushaltestelle hinken. Sie wühlt in der Öffnung des Papierkorbs. Vermutlich nach Essbarem. Sie findet einen Schuh. Kurz treffen sich ihre Blicke. Durchs Glas starrt die Zerlumpte Körts an wie einen flossenkranken Fisch im Aquarium. Müsste es nicht umgekehrt sein?

Die Zerlumpte draußen riecht am Schuh und stiert noch einmal, vorbei an den Plakaten, Richtung Körts. Er streicht sich über die Kinnspitze, überlegt genervt, ob er auch einen Schuh ausziehen soll, um daran zu riechen.

Drinnen sind beide Kolleginnen im Beratungsgespräch.

Frau Dos Santos macht Notizen auf einem Spiralblock. Sie bringt eine Kreuzfahrt an den Mann. Es fällt der Satz:

– Das haben Sie sich wirklich verdient!

Auf der Liste der Lieblingssätze der Dos Santos weit vorn. Bianca hat ein Pärchen am Wickel. Schnäppchenjägergesichter. Ein Tauchtrip soll es sein. Die TaucherFrau so:

– Keine Frage, die Bilder und das Angebot sind toll. Aber ist die Gegend nicht zu gefährlich?

Entscheidungsfreude sieht anders aus. Bianca nimmt es gelassen, lächelt über den Rand ihrer silbernen Nickelbrille hinweg. Ein wirklich warmes Lächeln, wirklich verständnisvoll. Sie sagt:

– Ich weiß, ich weiß.

Was sie meint, aber nicht sagt: Jeden Tag ein Attentat, jeden Tag Bilder mit Straßenkontrollen Blaulicht Explosionsschäden in den Nachrichten.

Das nagt an den Menschen.

– Man muss es ja nicht heraufbeschwören, sagt der Taucher-Mann.

Bianca ändert also ein paar Urlaubsbausteine in der Suchmaske, eine fast lautlose Operation:

– Wir gucken mal woanders.

Am Ende, so weiß sie, werden die zwei da vor ihr nicht gehen, ohne eine Reise gebucht zu haben. Fast egal, wohin. Um die Welt mag es übel bestellt sein, aber es findet sich ein Ort. Je weiter weg, desto besser.

Körts schaut wieder zum Fenster. Die Zerlumpte hinkt davon. Er schiebt gedankenverloren an seiner Tischdeko herum: an dieser teeschachtelgroßen Keramiknachbildung einer antiken Tempelruine.

Dann ertönt draußen ein helles Knattern. Ein Motorroller schiebt sich ins Bild. Die Fahrerin schaltet die Zündung aus, nimmt Helm und Brille ab.

Die Tempelruine drinnen kippt. Und die Dos Santos verabschiedet ihren Kunden. Per Handschlag:

– Schlafen Sie in Ruhe drüber. Sie haben drei Tage Zeit. So lange kann ich die Reise entweder fest buchen oder stornieren.

Körts schießt vor, erwischt eine der Säulen der Ruine. Gerade eben noch.

Der Kunde der Dos Santos schaut im Rausgehen irritiert auf den Jungen mit dem Hörgerät, der halb über dem Tisch hängt und eine Keramikruine am Haken des Zeigefingers baumeln hat.

Und die junge Frau, die im selben Augenblick mit dem Helm unter dem Arm das Reisebüro betritt, schaut auch, wenigstens einmal kurz.

Das Oberhemd ist Körts beim Rettungsversuch hinten aus der Hose gerutscht. Er spürt die kühlende Luft auf der Haut. Sicher liegt der Ansatz der Poritze frei. Körts' Wangen brennen.

Die junge Frau ist nicht irgendwer. Lederstiefel, knallenge Jeans, taillierte Jacke mit aufgestelltem Kragen. Und dieser Gang. Der eine Fuß beim Schreiten immer scharf auf einer Linie mit dem anderen.

In der Phantasie hat Körts ungezählte Filme von dem Moment gedreht, der Domino und ihn wieder zusammenführt. Jeder besaß einen anderen Anfang. Dieser war nie dabei, verständlicherweise.

Im Mittelteil drehte es sich meist darum, dass Domino ihre Lippen auf seine drückte, ihm die Zunge in den Mund steckte, die Zunge kreisend hin und her bewegte und ersehnte, von Körts auf der Stelle entblättert zu werden. Es waren weder sehr komplexe noch sehr lange Filme. Es drehte sich um hauchdünne Slips. Um Dirty Talk. Und so weiter.

In der Realität baumelt noch immer eine Tempelruine an Körts' Finger.

In der Phantasie nahm Körts am Ende immer einen dieser hauchdünnen Slips als Souvenir von Domino entgegen. Er konnte diesen Slip unheimlich gekonnt um den Zeigefinger kreisen lassen.

In der Realität strahlt die Kerbe seines Klempnerdekolletés allen um ihn herum noch immer fröhlich ins Gesicht.

Und Domino?

Die Hüfte vor, der freie Arm schwingt locker, Kopf hoch erhoben, rauscht sie an Körts vorbei, ganz real.

Und Körts?

Seine missliche Lage veranlasst ihn, sich zunächst ohne viel Tamtam aus seiner misslichen Lage zu befreien.

Hat er was falsch gemacht?

Nö.

Also, Konzentration. Die Tempelruine zurück an den Platz stellen. Die Situation in Ruhe bewerten. Das kann kein Zufall sein. Das kann vor allem eine Chance werden. Definitiv ist das hier besser als ein Raketenset *Bombastico!*

Körts dankt sich für seinen trefflichen Instinkt.

=

◀◀

|zurück: Anfang Januar,
vier Monate zuvor
Geht es nach Hardy, wird Körts in dieser Fabrik sein Praktikum absolvieren. Helle Kacheln, Laufbänder, ständiges Gesumm. Ein Geflecht von Röhren und Leitungen an der Decke. Schwarz Weiß Orange. Neon gleißt herab auf metallene Kessel. Hardy führt seinen Sohn vorbei an kleiderschrankgroßen Steuerungseinheiten.

Körts schluckt gegen den Würgereflex an.

Halle 2.

Hardy trägt einen badekappenartigen Plastikbeutel mit Gummizug. Plus Mundschutz. Sieht er aus wie ein Starchirurg? Wie eine Koryphäe auf dem Gebiet der Plasmazellenforschung? Körts hat von Plasmazellenforschung keine Ahnung. Sein Vater ist Fachkraft für Süßwarentechnik.

In Körts' Augen sieht Hardy in seiner Montur aus wie jemand, der nicht unbedingt das Hauptlos gezogen hat. Sie sehen alle aus wie Nieten, die hier herumschleichen, findet Körts: 700 Kollegen sollen es sein. Eine Armee von Gebückten und Erschöpften.

Über anderthalb Jahrzehnte gehört Hardy bereits zum Betrieb, führt den Sohn nicht ohne Stolz herum:

– Als Vorarbeiter guckst du, dass alles läuft, sagt er, die Automaten sind auf eine bestimmte Rezeptur eingestellt. Das musst du dann im Blick behalten, wenn die Roh- und Fertigmassen hinzugemengt werden. Nicht der spannendste Job der Welt, gibt aber ein interessantes Bonussystem, das ist der Vorteil von Schichtarbeit.

– Und was würde ich dann hier machen?

– Vielleicht kannst du im Bereich Verpackung starten. Oder drüben bei der Dauerbackware.

Körts schiebt die Hand unter den Kopfschutz, den auch er verpasst bekommen hat, stellt am Hörgerät herum. Er schlappt neben seinem Vater her. Weich in den Knien wie Roh- und Fertigmasse.

Diese dämliche Kappe.

Diese monströsen Bottiche und Anlagen.

Zuckerumhüllte Schokolinsen in acht Farben: 60 Millionen bunte Dinger tropfen in den Werkshallen aus den Tüllen. Tag für Tag für Tag.

Allein diese Luft.

Seit Körts denken kann, hängt dieser süßliche Geruch seinem Vater in den Klamotten, wenn der nach Hause kommt, und mittlerweile hat sich dieser Geruch in der ganzen Wohnung festgesetzt.

Ein Witz im Vergleich zu den Kakaoschwaden in Halle 2.

Eine Mischung aus Respekt und Mitleid packt Körts. Anderthalb Jahrzehnte! Minus mickrige sechs Wochen Urlaub pro Jahr.

Schokolinsen.

Bonussystem.

Schichtarbeit.

Körts überfällt Schwindel bei dem Gedanken, was in Hardys Welt den Takt angibt. Dann knicken die Beine weg. Hardy schleppt den Sohn gerade eben noch rechtzeitig durch eine Metalltür zurück ans Tageslicht.

Körts kotzt in einen der Gittermülleimer. Röchelt:

– Was hältst du davon, Paps? Ich frage Adil, ob er für mich einspringt, das mit dem Bonussystem gilt für Praktikanten wahrscheinlich eh nicht, nehme ich an. Danke trotzdem für den Einblick.

Hardy nuschelt durch den Mundschutz, man gewöhne sich an die Luft in den Hallen, man gewöhne sich an so ziemlich jeden Kack. Oder ob sich der Herr Sohn vielleicht zu fein zum Arbeiten sei? Körts würgt eine weitere Ladung in den Eimer. Hardy so:

– Die Chance, die du hier hast, würde ich nicht in den Wind schießen. Drei Wochen ranklotzen und denen zeigen, dass du ab Sommer der richtige Mann für die Ausbildung bist. So läuft das doch. Komm, wir holen den Vertrag in der Personalabteilung raus.

– Vielleicht muss ich noch mal woanders reinschnuppern, bevor ich meine Entscheidung fälle. Ich frage Adil mal, okay? Adil liebt Schokolinsen. Er ist ganz verrückt danach ...

Körts isst niemals Schokolinsen, auch keine gewöhnliche Schokolade, keinen einzigen Riegel. Wird er auch nie mehr in seinem Leben. Darauf und auf noch etwas anderes würde er wetten: keine Süßwarentechniker-Dynastie, nicht in dieser Familie, nicht mit ihm.

Das Fabrikgelände verlässt Körts mit dem festen Entschluss, es nie wieder zu betreten. Und ohne Vertrag. Beleidigt betrinkt Hardy sich am Abend mit den Kollegen der Betriebssportgruppe Bowling, streicht seinem Sohn einen Monat empfindlich die Fernseh- und Daddelzeiten zusammen.

Körts tritt seinen Praktikumsplatz in der Fabrik trotzdem an Adil ab, der noch nicht einmal angefangen hat, sich umzuschauen. Im Gegenzug würde Körts gern bei Adils Vater Praktikum machen. Massive Widerstände von allen Seiten. Bei Adil geht es schon los:

– Was bitte soll ein Taxifahrer mit einem Praktikanten anfangen?

– Ich könnte deinen Vater im Bereich Kommunikation unterstützen. Konversation mit Fahrgästen! Und mit der Zentrale! Du musst zugeben, trotz der Jahrzehnte, die er mittlerweile in diesen Breiten lebt und Taxi fährt und Radio hört und was weiß ich, tut er der Landessprache noch immer ziemlich Gewalt an. Ich könnte wirklich nützlich sein.

Auch Körts' Klassenlehrer zeigt Körts einen Vogel.

Worüber sich Körts heftig beim Konfirmandenunterricht auslässt. Einer der Jugendgruppenleiter schleppt Körts ins Kirchenbüro, zur *guten Seele der Gemeinde*. Edda: Riesenhände Riesenbrille Riesenherz. Eine Frau mit Humor und Ideen. Sie so:

– Warum überhaupt Praktikum in einem Taxi?

– Warum nicht? Ich mag die Atmosphäre in den Wagen einfach. Dieses Unterwegssein. Die Touren haben etwas von Kurzurlaub. Kann auch an den Duftbäumen liegen. Kennen Sie die? Die Pappdinger, die an den Rückspiegeln baumeln? Dieser exotische Geruch.

Edda denkt nach.

Sie hat eine Weile lang in der mittlerweile geschlossenen Videothek im Einkaufszentrum gejobbt. Zwischen Videothek und Reisebüro lag seinerzeit nur der Bäcker. Ihr ehemaliger Chef und der Chef vom Reisebüro trafen sich dort regelmäßig am Stehtisch auf einen Mocca.

Edda klemmt sich an den Hörer.

Körts verlässt die *gute Seele der Gemeinde* mit einer Telefonnummer und voller Zuversicht. Ein paar Tage drauf erscheint er mit einem Karton B-Ware aus der Schokoladenfabrik zum Vorstellungsgespräch. Plus einem kunstledernen Fotoalbum unterm Arm. Eine Leihgabe von Adil.

Ein genialer Einfall von Körts.

In diesem Album Aufnahmen startender und landender Flugzeuge. Adils Hobby. Die Aufnahmen sind sauber beschriftet. Körts gibt ausgesprochen überzeugend den Flugzeugnarren.

Ruck, zuck ist die Sache eingetütet.

Der Chef walkt Körts zum Abschied die Schulter. Der Chef: knittriger Nadelstreifenanzug. Haare, die steif und senkrecht in alle Richtungen stechen wie die Borsten einer Klobürste.

– Weißt du, was die Kunden wollen, wenn die kommen? Die wollen, dass wir ihnen einen unvergesslichen Urlaub planen und dass ihre Hoffnungen nicht eine Sekunde enttäuscht werden. Die wollen, dass die zwei Wochen, für die sie hier das Geld auf den Tisch blättern, die schönste Zeit des Jahres wird. Da soll nichts schiefgehen. Wir brauchen Leute, die so tun, als wäre das für uns ein Klacks. Ich habe ein gutes Gefühl bei dir. Ich habe das Gefühl, du weißt, um was es hier geht. Weißt du das?

Körts:

– Ich schreib's mir sofort hinter die Ohren, das ist mal sicher.

Der Chef:

– Pass auf: Wir machen Träume wahr!
Körts:
– Roger! Däumchendrehen ist nicht, ich merk's mir.
Der Chef:
– Astrein. Anfang Mai sehen wir uns wieder. Dann erklären dir meine Damen die Kaffeemaschine und alles Weitere. Und nicht vergessen: Hier bei uns, in der Reisebranche, geht's um Träume. Hier werden Träume wahr!

Man übertreibt gern zur Veranschaulichung. Und wenn man übertreiben wollte, müsste man in diesem Fall nicht viel tun: Das trotzig vorgeschobene Kinn, die makellose Haut. Die schmalen Augen, braun wie Rum-Cola.

Das und der dunkle Teint unterstreichen ihre asiatische Herkunft. Das und die mädchenhaft schmale Figur und natürlich ihr langes tintenschwarzes Haar. Auf einer Skala von eins bis zehn Meteoriteneinschlägen gehört Domino für Körts eindeutig in die Kategorie volle Punktzahl.

Ergriffen folgt er der Szene. Die Dos Santos:
— Können wir helfen?
Domino:
— Wäre großartig. Wenn nicht, fange ich vermutlich an zu heulen. Und vielleicht sollte ich noch vorwegschicken: Sie halten mich bestimmt für irre, wenn Sie hören, wonach ich suche.

Die Dos Santos lächelt ihr professionellstes Lächeln. Wäre sie ein Hündchen und ihre Zöpfe Schwänzchen, würde sie zu dem Profi-Lächeln vermutlich mit den Zöpfen wedeln. Sie so:
— Reisen zum Mond haben wir nicht im Programm. Sonst machen wir fast alles möglich. Und bei Gefühlsausbrüchen sind wir auch gewappnet.

Sie hebt eine Box mit Kosmetiktüchern in die Luft. Domino nimmt auf dem Stuhl Platz, der ihr angeboten wird, klappt die Sonnenbrille zusammen, legt sie neben die Schale mit den Kaubonbons. Domino holt tief Luft:

– Okay! Ich muss jemanden finden. Alles, was ich habe, ist das hier.

In ihren schlanken Händen: eine Postkarte. Die Fingernägel kurz und schwarz glänzend. Irre, wie gut ihr das steht. Die gleiche Lackfarbe später dann bitte auch für seinen Sportwagen. Körts atmet Ozeanduft, fühlt unter seiner Haut etwas wie Gischt sprühen.

Die Dos Santos sagt:

– Eine Postkarte.

– Eine Postkarte, genau, sagt Domino, der Stempel ist leider verwischt. Das heißt, abgesehen von der Briefmarke gibt es praktisch keine Hinweise. Das Einzige, was sich eingrenzen lässt, ist das Land. Meine leise Hoffnung war, Sie würden das Motiv erkennen. Oder so.

– Darf ich?

Die Dos Santos inspiziert die Karte. Direkt hinter ihrem Drehstuhl jetzt: Körts. Auf leisen Sohlen hat er sich herangeschlichen. Er so zu Domino:

– Hi! Wie geht's. Möchtest du einen Kaffee? Unsere Maschine ist zwar kaputt, ich könnte aber drüben beim Bäcker was besorgen.

Eigeninitiative. Die Dos Santos ein wenig schnippisch:

– Ihr kennt euch?

Körts:

– Aber hallo.

Domino:

– Sehr flüchtig. Nein, keinen Kaffee.

Seinetwegen hebt sie den Kopf nicht für den Bruchteil

einer Sekunde, nicht um einen Nanomillimeter. Einfach eine ganz andere Liga als die Mireille-Moniques dieser Welt.

Längst hat Körts mehr als einen Halbständer.

Er riskiert zur Ablenkung einen Blick auf die Karte. Vorne sieht man eins dieser Zuckerwürfelhäuschen mit blauem Fensterrahmen. Während seiner Recherche vorhin hat er Hunderte davon gesehen. Der Rest: hügelige Küstenlandschaft, viel Geröll. Im Hintergrund Meer bis zum Horizont.

Ein Allerweltsmotiv.

Die Dos Santos dreht die Karte um. Ein paar handschriftliche Worte, in Blockbuchstaben. Weiter nichts Besonderes. Nichts Kleingedrucktes. Keinerlei Erklärung zum Bild auf der Vorderseite. Nur eine merkwürdige Botschaft. Körts überfliegt im unteren Teil zwei Zeilen. Dann sofort so:

– Sinillyk!

Ganz trocken. Im Brustton der Überzeugung. Wie ein Experte bei einem Quiz-Duell im Fernsehen.

Die Dos Santos verrenkt den Oberkörper, schaut Körts über die Schulter hinweg an. Domino schaut ihn nun ebenfalls an. Nun also doch! Kurz schauen sogar Bianca und die zwei Taucher vom Nebentisch rüber.

Körts sieht die Zweifel in den Gesichtern. Woher soll er das bitte wissen? Die Dos Santos tadelt ihn, nicht nur mit Blicken:

– Danke, Kevin. Ich wäre jetzt sehr dafür, dass du dich deinen Aufgaben widmest. Gab es nicht noch Flugtickets zu sortieren?

– Nö.

– Dann guck mal, was an Katalogen nachbestellt werden muss.

Die Dos Santos wendet sich wieder der Postkarte zu. Körts zu Domino:

– Hundertpro Sinillyk. Ein Glas Wasser vielleicht?

Domino lehnt gestisch ab. Die Dos Santos zu Körts:

– Kein Wasser.

Körts trollt sich. Domino zur Dos Santos:

– Haben Sie eine Idee? Könnte es dieser Ort sein, den er meinte?

– Sinillyk? Tja. Könnte schon sein. Ein beliebtes Reiseziel. Es könnte aber auch eine der Inseln vor Sinillyk sein. Oder ein Ort 500 Kilometer entfernt. Ganz ehrlich: In welcher Ecke das genau aufgenommen wurde? Reine Spekulation. Wo man die Karte abgeschickt hat? Nicht zu sagen. Sie haben recht, es lässt sich nur das Land eingrenzen. Schwierig.

Körts:

– Nur mal so: Shangri-LaBamba ist der Name einer Bar. Findet man in keinem Katalog. Ist ein Geheimtipp in Sinillyk und Umgebung.

Ein kurzer Moment des Schweigens.

Die Dos Santos studiert noch einmal genauer den Text auf der Karte. Entdeckt nun offenbar auch dieses Wort, das Körts sofort angesprungen hat.

Domino:

– Wenn das stimmt, wäre das natürlich ein Hinweis.

– Hm. Ich war leider noch nie da unten, sagt die Dos Santos, ich weiß es nicht. Ich weiß aber auch nicht, woher Kevin das so genau wissen will.

Körts zu Domino:

— Gerade gestern war ich mit Leuten zusammen, die von Sinillyk und der Bar gesprochen haben. Ich kann's nicht ändern. Bei dem Thema fahre ich die Antennen natürlich sofort aus. So einfach ist Raumfahrt!

— Kein Schwachsinn?

— Mal angenommen, ich erzähle Schwachsinn. Mal angenommen, du buchst gleich eine teure Reise, weil ich Schwachsinn erzählt habe. Was wird dann wohl passieren?

— Ich weiß nicht.

— Ich auch nicht. Aber ich denke, du wirst mir dann zumindest den Kopf abreißen wollen hinterher. Und ich weiß, du weißt, wie du mich findest.

Domino überlegt. Sie zu Körts:

— So einfach ist Raumfahrt, wie?

Sie guckt ihn an. Sie guckt ihn an und spricht mit ihm. Er hat jetzt einen richtigen Ständer:

— So einfach ist Raumfahrt. Exakt.

Domino zur Dos Santos:

— Gibt es etwas auf die Schnelle? Last-Minute. Nicht zu teuer.

— Sie meinen nach Sinillyk? Das dürfte das kleinste Problem sein. Was heißt für Sie denn auf die Schnelle? In zwei Wochen?

— Geht es auch noch schneller?

— Lassen Sie mich schauen. Heute ist Samstag. Heute wird es vermutlich eng. Morgen gibt es bestimmt Flüge in die Nähe. Brauchen Sie auch ein Hotel oder nur den Flug?

Domino:

– Hotel? Ja, wahrscheinlich. Morgen wird vielleicht doch ein bisschen eng. Ich weiß es nicht.
– Reisen Sie in Begleitung oder allein?
– Nur ich.
– Wir können ja mal gucken. Hotels gibt es von bis. Das hängt ganz von Ihren Ansprüchen ab. Wie lange wollen Sie denn vor Ort bleiben?

Domino:
– Gibt es nicht ein Rundum-Sorglos-Paket? Was weiß ich, günstiger Flug plus Unterbringung, einfach für eine Woche.
– Ich schau nach. Die Zeit ist schon mal ganz günstig. Keine Schulferien.

Die Finger der Dos Santos fliegen über die Tastatur. Armreifen klimpern. Domino schlägt derweil ein Bein über das andere. Schaut wartend nach oben. Von der Decke hängen knallrote Schilder wie übergroße Teebeutel: Sie preisen die Top-Angebote des Monats an.

Körts:
– Übrigens: Valentin Tiller macht da auch demnächst Urlaub.
– Kevin!

Ziel erreicht. Er hat wieder die volle Aufmerksamkeit:
– Ist so. Die Damen wollen mir nicht glauben, dass Tiller gestern bei uns in der Gegend war. Hat ein Mädchen aus unserem Haus besucht.

Bekommt die Dos Santos nun ihr berühmtes Nasenflügelzucken? Kurz davor ist sie, darauf würde Körts wetten. Aber nun kommt's.

Domino nickt.

Sie nickt und lässt sich glatt zu einem Kommentar hinreißen.

– Ist nichts Neues. Er steht auf diesen Armutstourismus. Er war schon häufiger für Aufnahmen in der Gegend.

Die Dos Santos und Bianca tauschen Blicke.

– Ach!

Körts sieht in die faszinierten Gesichter der Taucher, deutet auf Domino:

– Die junge Frau arbeitet in den Fernsehstudios, sagt er, sie muss es wissen. Kennt sich aus in der Branche.

Die Taucher-Frau zu Domino:

– Armutstourismus?

Domino:

– Poliert das Image auf. Wobei, ich glaube, der tickt wirklich so. Sobald der Ungerechtigkeit wittert und Zeit hat, mischt er sich ein.

Ohne viel Esprit sagt sie es. In Gedanken befindet sie sich anderswo, scheint es. Ja, richtig gut drauf ist sie wohl nicht. Körts:

– Ist ein stabiler Typ, dieser Tiller.

Aber sein Kommentar läuft ins Leere. Die Dos Santos dreht jetzt den Bildschirm zu Domino, übernimmt wieder das Ruder:

– Gut, ich habe hier mal drei Angebote. Jeweils eine Woche Hotel inklusive Halbpension und Flug. Im Grunde kann es Montag, Mittwoch oder Samstag losgehen. Und das sind die Preise.

Domino beugt sich vor, liest:

– Okay. Welche Kategorie ist das jetzt?

– Alles Kategorie *sehr gut* oder besser. Glauben Sie

mir: Das haben Sie sich auch verdient. Darunter würde ich ungern etwas anbieten.

=

Die Sonnenbrille neben der Bonbonschale! Er könnte sich beim Abgang von Domino natürlich ganz auf ihren Hintern konzentrieren. Normalerweise würde das reichen. Da wäre zum Beispiel die Frage, welche Form ihr Slip heute hat. Tanga vielleicht. Liegt nah. Konturen einer anderen Form kann Körts nicht ausmachen, und viel Platz dürfte zwischen Hose und Haut kaum sein. Da sind aber auch noch ganz andere Fragen.

Vielleicht war Domino gestern feiern? Gerade am Schluss hat sie fahrig gewirkt, während die Reisedetails besprochen wurden. Und sie hat nach dem Zusammenraffen ihrer Unterlagen zwar Helm und Handschuhe gegriffen, aber die Sonnenbrille neben der Bonbonschale einfach übersehen.

Körts nicht.

Denn die Hauptfrage ist: Hat er nicht den entscheidenden Hinweis geliefert? Hat er nicht etwas gut bei ihr?

Körts ist, als würde ihm Mondstaub durch die Finger rinnen. Ein wortloser Abgang, ein Blick auf den perfekt geformten Hintern: Das darf nicht alles sein. Das wäre, als würde einem Mondstaub durch die Finger rinnen, während man tatenlos zusieht, wie die Raumfähre Richtung Erde ohne einen abhebt. Das wäre zu wenig.

Zack!

Körts hat sich die Sonnenbrille gegriffen, eilt Domino

auf die Straße nach. Was nicht unbedingt Jubelstürme auslöst. Ihr verzicktes Gesicht.

Körts so:

— Ich bin wie ein Kaugummi unterm Schuh. Man wird mich nicht so schnell los. Doch Scherz beiseite: Ich will mich ja nicht aufdrängen, aber war schon ein ziemlicher Glücksfall, die Sache mit der Bar, oder?

— ...?!

Kein Ton von Domino.

— Okay, okay, sagt Körts, mir war nur wichtig, dass du weißt, dass ich das gerne gemacht habe. Und, he! Ich erwarte für die Hilfsbereitschaft keinen tosenden Applaus. Echt nicht. Auf der anderen Seite weiß ich natürlich nicht, was mit dir ist. Es gibt ja Menschen, denen ist das unangenehm, weil sie nicht wissen, wie sie sich erkenntlich zeigen sollen.

Domino wickelt sich einen dünnen Schal um den Hals, setzt den Helm auf und rückt ihn mit engen Handschuhen in Position. Mit sehr engen, sehr schwarzen Handschuhen. Sie verzieht keine Miene.

— Ich bin da schmerzfrei. Musst dir keine Sorgen machen.

— Ein Eis essen?

— Nein.

— Ich nehme auch einen Gutschein für ein andermal. Deal?

— Pfft.

— Deine Telefonnummer? Ich rufe dann einfach mal durch.

Der Anflug eines Stöhnens. Sie schließt die Augen, als würde sie still bis drei zählen. Dann so:

– Pass auf, das war sehr nett von dir. Aber ich habe wirklich andere Sorgen als Kaugummi unterm Schuh.

Domino schwingt ein Bein über die Sitzbank. Über diese Sitzbank, die Körts schon häufiger beschäftigt hat. Er ist sich sicher gewesen, sie müsste nach feuchtem Leder riechen, wie das Innere von Taxis manchmal. Tut sie aber nicht. Körts weiß das. Er hat daran geschnüffelt. Immer mal wieder.

– Roger, sagt er.

– Dann ist ja gut, sagt sie.

Befreit im Nacken das Haar aus der Umklammerung des Schals. Drückt die Bremszangen auf Anschlag. Nimmt die Maschine dabei unwillkürlich fester zwischen die Schenkel.

Jetzt oder nie.

Körts spielt den letzten Trumpf, wagt sich einen Schritt weiter vor, hält Domino die Sonnenbrille hin, nur noch eine Armlänge von ihr entfernt:

– Die hast du vergessen. Du wirkst ein wenig neben der Spur. Oder täusche ich mich? Vielleicht doch Eis essen? Ich bin ein guter Zuhörer.

– Ich bin eine schlechte Erzählerin.

Domino startet den Motorroller. Dann will sie Körts die Sonnenbrille abnehmen und greift ins Leere. Er so:

– Wir können uns auch anschweigen. Das heißt, ich könnte versuchen, meine Klappe zu halten. Komm schon, ein Treffen. Wann immer du willst.

– Nein.

– Ein Vielleicht würde ich vermutlich akzeptieren.

– Soll ich dir ein bisschen Kleingeld geben und du kaufst dir das Eis selbst? Ist das eine Lösung?

Körts übergibt die Sonnenbrille.
— Das nehme ich als Vielleicht.
— Phantastisch, sagt sie.
Schiebt sich die Brille auf die Nase, dreht am Gashebel.
Körts ruft ihr noch etwas nach, während der Scooter vom Gehweg auf die Straße hoppelt. Er ruft:
— Hat mich auch gefreut. Wir sprechen dann ein andermal!
Was für eine Frau.
Er mag diese unterkühlte Art.
Hätte er die Sonnenbrille trotzdem vorerst behalten sollen? Wäre ein Anlass für einen Hausbesuch, wäre vielleicht besser gewesen. Jetzt hat er nichts mehr. Keinen Krümel Mondstaub.
— Einen Lolli, Raketenmann?
Körts kriegt einen Rempler von hinten verpasst. Und gleich noch einen hinterher. Eine Krächzstimme krächzt dazu:
— Du stehst mal wieder auf unserem Schatten, Spast.
Für seine Verhältnisse tief in sich gekehrt, marschiert Körts auf seinen Platz im Reisebüro zurück. Die Dos Santos huscht kurz darauf bei ihm vorbei, legt ihm einen Stapel Flugtickets zum Sortieren hin. Sie so:
— Na, die war ja ein Feger. Ich sollte mich auch mal wieder eine Zeitlang nur von Reiswaffeln, Hüttenkäse und Wassermelone ernähren. Und unter uns, Kevin, Hand aufs Herz, stimmt das mit der Bar?
— Ich erfinde doch keine Geschichten.
— Der ist gut. Du musst uns nachher trotzdem noch genau von der Sache mit Valentin Superstar Tiller be-

richten, ja? Hat er dir eine Rolle in seinem nächsten Film angeboten?

Die Dos Santos gluckst.

Und Körts? Körts betrachtet ausdruckslos die Keramikruine neben der Tastatur, hört mit halbem Ohr, dass sich die Taucher am Nebentisch inzwischen auch sehr für Sinillyk interessieren.

II

Futur II
- 75 Tage später: Die Sommerferien werden fast vorbei gewesen sein. Körts verliert in der letzten Nacht auf dem Campingplatz beinah seine Unschuld. Er fingert eine Mireille-Monique, die nicht Mireille-Monique heißt und ordentlich was intus hat. Kakaolikör. Ihr Stiefvater, der Platzwart, überrascht das Pärchen. Das Hörgerät geht zu Bruch, wird nie ersetzt werden. Verhältnismäßig gelassene Reaktion von Körts' Eltern über das Alter der Kleinen. 14. Sie schickt ihm später per Post heimlich ein Souvenir. Baumwolle, Pünktchenmuster.

- 8,4 Jahre später: Im Arbeitsleben wird Körts bisher nur bedingt Fuß gefasst haben. Die Kartei einer Vermittlungsagentur führt ihn als Komparsen, Statisten und Kleindarsteller. Er lässt sich für ein maues Handgeld kostümieren und wartet oft Stunden am Set. Häufig mit Kollegen und Kolleginnen, die er bereits von anderen Drehs kennt. O-Ton: «Affären? Fast zwangsläufig an der Tagesordnung, einfach aus Langeweile.» Die Einladung zu Adils Verlobungsfeier ignoriert er. (Die Kosten für das Geschenk.) Danach schläft der Kontakt ein.

- 44,2 Jahre später: Körts wird seinen 60. Geburtstag gefeiert haben. Im Kreise der Familie. Seine drei Schwestern, diverse Neffen und Nichten samt Nachwuchs. Bis auf ihn allesamt übergewichtig. An der Wand seines Wohnzimmers hängt neben dem Hochzeitsbild seiner Eltern ein verblasster Abzug einer alten Aufnahme: Körts mit Valentin Tiller. Tiller genießt landesweit Anerkennung für sein erfolgreiches Lebenswerk. Körts wohnt nach Abriss der Riegel, in denen er aufgewachsen ist, in einer Vorstadt-ein-Zimmer-Bude. Spielt ab und zu Lotto.

| Sonntag, 8. Mai

Ein Geruch nach Spaghettisoße, Bettenmuff und Desinfektionsmittel, scharfem Desinfektionsmittel: Besuch bei Himmelein-Roden im Heim.

Erster Eindruck? Wie gehabt, der Alte: Kopf schmal, kaum Fleisch an den Wangen, nur noch Haut, die faltig über den Knochen hängt. Die Augen hinter der Brille liegen tief in den Höhlen.

Zweiter Eindruck?

Kein Tweedjackett. Himmelein-Roden wirkt rastloser als sonst. Tigert in blauem Hemd und Cordhose durchs offenbar frisch renovierte Zimmer.

Blitzweiße Wände.

Ein einzelner Bilderrahmen hängt verloren an einem schiefen Nagel über dem Bett. Körts kennt das Foto: der Eingangsbereich eines Traditionskaufhauses in der Innenstadt, leicht verwackelt. HHRs letzter Arbeitsplatz im vorigen Jahrhundert. Verkäufer für Herrenmode. Der Laden: inzwischen insolvent und geschlossen.

Körts, Plastiktüte in der Hand, begutachtet die sonstige Einrichtung: Einbauschrank Sessel Tisch Stuhl Handwaschbecken mit Spiegel. Er steht ein wenig verloren im Raum. Was nun?

Der Alte so:

– Tja, das isses. Gibt nichts zu zeigen im Grunde. Warte. Machen wir ein Rollstuhlrennen? Ich trainiere.

HHR zieht Körts hinter sich her vor die Tür, lässt sich

dort in einen der herumstehenden Rollstühle plumpsen und gurkt damit über den Gang, gar nicht mal langsam, nach vorne, nach hinten, dreht sich einmal im Kreis, bremst, hält an, grinst breit. Körts hebt seine Plastiktüte.

– Zeigen Sie mir lieber, wie man einen Knopf annäht.
– Hast du keine Mutter?
– Ich habe noch drei jüngere Geschwister. Das können Sie vergessen. Meine Mutter schafft nicht mal das Staubsaugen.
– Drei jüngere Geschwister, was?
– Sagen Sie es ruhig. Wie bei den Karnickeln.
– Drei Stück, Respekt. Wollten deine Eltern also noch ein richtiges Kind.

Hässliches Lachen.

– Zeigen Sie mir nun, wie man einen Knopf annäht, oder nicht?
– Hat dein Vater nicht gedient?
– Das fragen Sie jedes Mal.

HHR wirkt auf einmal sehr matt.

– Kevin Körts. Der Rücken ist Schmerz. Das Becken ist Schmerz. Die Beine sind Schmerz. Die Finger sind kaum noch zu gebrauchen. Der Körper lässt einen immer mehr im Stich. Ich wurde medikamentös neu eingestellt. Gibt deshalb diese motorischen Hochphasen. Recht erstaunliche Wirkung. Hält aber nur kurz vor.

Er navigiert sich im Rollstuhl zurück ins Zimmer. Löst an dem kleinen Waschbecken eine Tablette in Wasser auf. Körts bekommt den Platz auf dem Sessel am Fenster zugewiesen, versinkt in den Polsterkissen. Geruch nach bröselndem Schaumstoff.

– Scheinbar haben Sie sich in Ihrem neuen Domizil eingelebt. Freut mich. Wie sind die Leute hier so?

– Jaha. Willkommen im neuen Domizil. Willkommen bei *betreutes Krepieren*! Du willst die Wahrheit nicht wissen.

– So baut man Spannung auf. Habe ich was Falsches gesagt?

– Der Fehler war, keine Zyankalikapsel um den Hals zu tragen bei dieser Mission. Ich habe keine Vorurteile, Kevin, ich kann nur generell niemanden leiden. Niemanden in deinem Alter, weißt du ja, und niemanden in meinem Alter. Noch Ältere schon mal gar nicht. Die Ironie der Sache: Ich bin umgeben von lüsternen Weibsbildern. Einziger Kerl auf dem Flur. Frischfleisch quasi. Von meinem Vorgänger erzählt man sich, dass er, Schatten seiner selbst zum Schluss, immer schlotternd auf einem Stück Seife kaute, anstatt sich damit zu waschen. Ich wette, aus Selbstschutz.

– Nicht Ihr Ernst.

HHR stürzt einen großen Schluck der sprudelnden Flüssigkeit aus seinem Glas hinunter. Verzieht angewidert das Faltengesicht.

– Lüsterne Weibsbilder. Das erste Mal seit langem wieder in meinem Leben. Das erste Mal überhaupt, ehrlich gesagt. Auf der Zielgeraden. Und dann das! Mein Junge, die Lage könnte tückischer nicht sein.

– Sie wollen mir jetzt keine Details erzählen, oder?

Der Alte nimmt einen weiteren Schluck, leert das Glas, stellt es auf den Waschbeckenrand. Steuert den Rollstuhl vors Fenster. Knallblauer Himmel, keine Wolken. Er so:

– Ich bin kein Kostverächter. Aber wer denkt sich so etwas aus, mein Junge? Altersflecken, welke Haut, schwabbelige Arme, Pflegelippenstift und Gehstöcke. Gut, es gibt ein paar recht knackige Schwestern. Zum Teil mit infarktfördernden Proportionen. Leider unserer Sprache überwiegend nur bruchstückhaft mächtig. Tja! Mein Charme verfängt da nicht.

Er beugt den Kopf leicht zur Seite, kratzt sich an der dünnen Stirnhaut, dreht sich in seinem fahrbaren Untersatz zu seinem Gast um. Körts:

– Passen Sie auf, sonst werden Sie noch mit Pillen ruhiggestellt und ans Bett geschnallt und von den lüsternen Weibsbildern gefüttert. Mit Lätzchen um den Hals zum Vollkleckern beim Essen.

– Du bist und bleibst ein schlechter Mensch, Kevin Körts. Sehr schön. Weißt du, zu was mich die Damen des Hauses ständig überreden wollen? Dass ich sie an den nächsten Tümpel zum Entenfüttern begleite. Bislang konnte ich sie noch abwimmeln. Die Kehrseite: Ich sitze regelrecht fest. Ich habe lange keinen Schritt mehr vor die Tür gesetzt. Diese Weiber sind echte Kletten.

Er starrt Körts durch die Brille mit großen Augen an. Unmöglich zu sagen, ob Angst oder Begeisterung in seinem Blick liegt.

– Na ja, sagt Körts, das Gefühl, fälschlicherweise hier abgesetzt worden zu sein, kenne ich. Aber wissen Sie was? Dann schleichen Sie sich doch raus, das kann doch nicht so schwer sein. Apropos nicht so schwer: Was ist nun mit dem Knopf?

Der Alte geht nicht darauf ein.

– Am Anfang war ich einmal im Einkaufszentrum.

Auch da sitzen überall die Weibsbilder im Café. Sofort wollten sie mich zu einer Busfahrt überreden. Weißt du, wohin? Zum Friedhof. Das ist das überhaupt beliebteste Ausflugsziel, mein Junge: der Friedhof. Verstorbene Gatten begießen. Du hast ja keine Ahnung, wie sehr mich das anwidert. Als ich in deinem Alter war, habe ich mich immer gefragt, was mal sein wird, wenn klar ist, dass für meine Wenigkeit das Licht am Horizont allmählich erlischt, wenn nur noch ein paar Restkörnchen in der Sanduhr klemmen.

– Und?

– Man bekommt schlechte Laune. Was auch sonst. Aber jetzt zurück zu den Banalitäten des Daseins, kommen wir zum Knopfannähen.

Körts so:

– Prima. 20 Minuten habe ich noch.

– Aha. Der übliche Sonntagsausflug mit deinem Kameraden.

– Schaffen wir das vorher?

Körts hat sein Telefon aus der Hose gepult und betrachtet die Anzeige.

11.40 Uhr.

HHR biegt einen Finger aus der knöchrigen Faust. Ein Stupser damit gegen das mächtige Brillengestell.

– Pass auf, sagt er, das Wichtigste beim Knopfannähen? Nähzeug. Und ich habe keins mehr, mein Junge. Aber lass die Tüte da. Ich werde unter den Weibsbildern schon eins finden, das den Job übernimmt.

Körts linst in die Tüte.

– Ich bin derzeit ja in der Reisebranche tätig. Ich weiß nicht, ob Sie was damit anfangen können, aber ich habe

Ihnen ein paar druckfrische Kataloge mitgebracht. Die sind bei uns echt der Renner in Ihrer Altersklasse.

HHR sackt im Rollstuhl ein Stück nach unten. Dreht sich dann zurück zum Fenster. Ein tief geseufztes:

– Ja, ja …

Körts wartet, dass noch etwas folgt. Es folgt aber nichts mehr. Er steckt das Telefon wieder ein, streicht über die Armlehne des Sessels. Der Stoff unter den Fingern: beinah so glatt wie Papier. Er sagt:

– Dumme Idee, das mit den Katalogen? Dann hauen Sie das Zeug einfach in die Tonne. War ja nur ein Gedanke.

Der Alte schüttelt das Haupt mit dem schlohweißen Fisselhaar:

– Weißt du was, ich könnte dich auch ins Büro schicken und nach Nähzeug fragen lassen. Den Knopf nähe ich dir in drei Minuten an. Aber so weit ist es mit mir inzwischen gekommen: Ich halte dich lieber hin, damit du wiederkommen musst.

– Oha.

– Du sagst es. Und bevor du fragst: Diese Gefühlsduselei, das ist auch eine Folge der neuen Medikamente. Behaupte ich jetzt einfach mal.

=

Gut eine halbe Stunde später: Sportlich-forsche Spurwechsel. Hände bei zehn vor zwei auf dem Lenkrad. Tipu Suleman, Adils Vater, leistet mit der Sandale auf dem Gaspedal routinierte Fußarbeit, navigiert die Limousine ohne größere Bremsmanöver durch die lockeren Kolonnen des Sonntagsverkehrs. Draußen rauscht Stadtkulisse vorbei: U-Bahn-Schilder und S-Bahn-Brücken in kurzen Abständen. Ein gesprühter Smiley mit Antennenfühlern an der Mauer des Krankenhauses, in dem Körts geboren wurde. Wenn Domino und er einmal Kinder bekommen, wer weiß: gleicher Kreißsaal?

Körts fingert am Hörgerät.

Aus dem Radio leiert Musik.

Fremdländische Instrumente, girlandenhafte Melodien.

Adil auf dem Rücksitz kontrolliert den Akku seiner Kamera, kramt dann ein Papprohr mit Schokolinsen aus seinem Rucksack. Körts hindert ihn daran, den Deckel zu öffnen. Körts schnuppert.

Der von Kokosnussdüften durchsetzte Taxigeruch.

So muss es sein!

Himmelein-Roden auf dem Beifahrersitz rümpft die Nase, während er die Duftpalme betrachtet, die am Rückspiegel hin und her schwingt. Im Rahmen seiner emotionalen Möglichkeiten wirkt er relativ zufrieden, findet Körts. Körts selbst beglückwünscht sich innerlich zu seiner Eingebung, den Alten zum Flughafen mitzuschleppen. Seine Antennen sagen ihm, dass sich das auszahlen könnte. Vielleicht lässt HHR einen springen. Man weiß nie. Fest steht schon jetzt: Tipu Suleman hat großen Spaß an dem zusätzlichen Gast, schaltet noch einen Gang höher, verkündet im vergnügten Singsang:

– Achtung! Auf Kurs für Streckenrekord.

Fahrtwind fegt durch die geöffneten Fenster.

Die Fransen in den Fellbezügen der Vordersitze zappeln munter im Luftstrom. Tipu Sulemans kunstvoll gebundener Turban aber sitzt unverwüstlich fest am Kopf an. Nicht ein Stofffitzel regt sich. Dafür flattern die weiten Ärmel des knielangen Baumwollhemdes umso heftiger. Himmelein-Roden vom Beifahrersitz:

– Sagen Sie mal, Sie wollten wohl Rennfahrer werden früher, was?

– Pilot.

– So, so. Sind Sie deshalb ausgewandert?

– In meiner Heimat ich war beim Militär. Militär aber schlecht für Seele. Also bin ich gekommen hier. Ende von Karriere als Pilot.

Tipu Suleman greift nach dem Tee, der in einer Halterung neben dem Lenkrad steckt. Drosselt das Tempo ein wenig. Er kennt die Ampelschaltungen und die kürzesten Wege und sämtliche Radarfallen. Seit rund zwei Jahrzehnten fährt er Taxi. Und fast jedes Wochenende chauffiert er Adil und Körts durch die halbe Stadt zum Flughafen. Dann fährt er ein paar Touren und sammelt die Jungs wieder ein.

HHR:

– Also, ich fand das Militär immer ganz prima für die Seele. Musste man sich um nichts groß kümmern. Außer um die Feldhaubitze und dass die nicht verlottert. Ist Taxifahren denn besser?

– Ja. Ja. Und: Nein. Nein.

– Was denn nun?

– Taxi sehr einfacher. Keiner brüllt. Besser als Militär und besser als Pilot sogar vielleicht. Du sprichst mit Menschen allen Tag. Oder alle Nacht. Du hörst Geschichten an. Manchmal aber viel müde nach Feierabend, dann keine Zeit mehr für Zeit mit Adil. Sie haben Kinder?

– Ich? Nein. Meine Frau konnte keine bekommen.

Tipu Suleman sucht über den Spiegel kurz Augenkontakt zu Adil auf der Rückbank. Dann wendet er sich wieder an seinen Beifahrer:

– Meine Frau verstorben bei Adils Geburt. Aber ihre Seele nun Teil geworden von Adils Seele. Seele ist ganz große Wichtigkeit. Seele keiner kann wieder aufbauen. Anders als Karriere. Deshalb ich nie zurück in meine Heimat gegangen. Besser für Adil, kein Militär. Okay, viel schade für mich hin und wieder, weil alle Familie außer mein Sohn weit weg. Und trotzdem immer gute Laune in meinem Taxi. Sonst wackelt!

– Sonst wackelt?

Körts schaltet sich ein:

– Weiß niemand genau, woher der Ausdruck stammt. Vielleicht von der Redewendung: Dann wackeln hier die Wände. Heißt jedenfalls in diesem Zusammenhang so viel wie: Bei schlechter Stimmung fährt Adils Vater sofort rechts ran. Völlig humorlos.

Tipu Suleman gluckst:

– Vorgekommen aber fast noch nie. Ehrlichkeit!

12.37 Uhr.

Er setzt den Blinker, stiehlt sich davon aus dem Schwarm der Autos auf der Hauptstraße, lenkt das Taxi hinein in eine verschnarchte Siedlung. Einzelhäuser und knorzige Bäume. Die Wipfelzotteln ragen weit über den Asphalt, frühlingsgrün. Ihre Schatten wischen über die Windschutzscheibe.

Dann keine Häuser mehr.

Am Anstieg zur Brücke über die Ortsumgehung parkende Pkws, Stoßstange an Stoßstange. Adils Vater hält

in zweiter Reihe, direkt an einer Butze mit wuchtigen Sonnenschirmen vor dem Eingang und überdimensionierter Leuchtreklame auf dem Dach: *Hangar & Durst!*
Ziel erreicht.

Duft nach Flughafen und Fritteuse empfängt sie. Dazu der Ausblick auf Rollfelder und Zäune. Unter der hochstehenden Sonne gleißen in der Ferne die gewaltigen Glasflächen der Terminals.

Tipu Suleman kneift unter dem Turban die Augen zu dünnen Schlitzen zusammen, als er sich von seinem Sohn und den beiden anderen Fahrgästen verabschiedet:

– Schön lassen Seele baumeln. Drei Stunden spätestens, dann ich komme wieder.

Himmelein-Roden schüttelt den Kopf, schaut dem Taxi nach:

– *Sonst wackelt!* Du kennst interessante Menschen, Kevin Körts. Ich habe allerdings kein Wort verstanden von dem, was der Mann zum Besten gegeben hat. Macht der das eigentlich mit Absicht?

– Ich glaube, der kassiert gutes Trinkgeld deswegen. Kann Masche sein. Kann aber auch sein, dass man einfach automatisch einen Hau bekommt bei dem Job. Pro Schicht fährt der Mann, halten Sie sich fest, bis zu 400 Kilometer. Können Sie sich das vorstellen? Das ist die Strecke von der Erde bis zu dieser Raumstation, die da oben im All kreist.

– Das weißt du, wie?

– Ich spiele mit dem Gedanken, Taxifahrer zu werden.

– Warum nicht Astronaut?

Körts setzt sich die verspiegelte Sonnenbrille auf die

Nase, rückt daran herum. Sie bleibt dennoch schief. Körts so:

— Astronaut? Sie wollen mich wohl auf den Arm nehmen.

— Ja, sagt der Alte.

Und wird dabei von aufbrausendem Lärm und Adil übertönt. Adil, der eine Handvoll Schokolinsen zerkaut. Adil, der eine rote Kappe aus dem Rucksack gefischt hat, um sie sich nun hektisch über den Scheitel zu stülpen. Die Ameisenbäraugen funkeln.

— Au Mann, ruft Adil.

Au Mann, weil: Gerade senkt sich eine schwere Maschine vom Himmel herab. Adils Oberkörper dreht sich langsam mit der dunklen Schnauze des Fliegers mit, während die Kamera im Schnellfeuermodus Fotos schießt.

Himmelein-Roden schwenkt irritiert den Kopf hin und her. Um ihn herum überall himmelwärts gerichtete Linsen, Rattern und Klicken im Zehntelsekundentakt, als der Frachter gen Rollfeld rauscht. Körts:

— Sonst hat Adil ja mehr so das Temperament eines Anglers. Aber hier geht er richtig ab.

HHR nickt.

Er inspiziert das anwesende Publikum.

Wettergegerbte Gesichter, Schnauzbärte, Ferngläser vor Wampen. Ein loser Verbund aus Sonntagsstammgästen. Auch der Typ mit Silberlocke, der in dieser Sekunde mit dem Mittagspils aus der Butze schlendert. Er prostet erst den Kollegen munter zu, dann auch Körts und Himmelein-Roden:

— Zum Wohl!

Er hat natürlich eine Kamera um den Hals. Mit unterarmlangem Tele. HHR breitet die Arme aus:

– Wer sind diese Verrückten hier?

Körts:

– Planespotter. Alias: Knipskasper mit Flugzeugtick. Kerosinschnüffler. Fetischisten. Also nicht im sexuellen Sinne. Wobei, wer weiß das? Vielleicht machen die zu Hause so Rollenspiele. Vielleicht müssen sich ihre Frauen als Stewardessen verkleiden, bevor es zur Sache geht.

– Danke, Kevin Körts. Ich hatte verstanden.

– Okay.

Kurze Pause.

Körts streicht sich über die Kinnspitze. Der Alte:

– Was guckst du mich so komisch an?

– Kennen Sie sich vielleicht aus in diesen Dingen? Ich meine, he! Haben Sie je Lust verspürt, was weiß ich, einer Dame in Lack und Leder das Hinterteil hinzuhalten? Und die hat dann so ein Paddel, mit dem man den Popo versohlt.

Der Alte hustet seinen raschelnden Atem frei. Er so:

– Wir kommen vom Thema ab, scheint mir. Schauen wir mal lieber, wo dein Kamerad abgeblieben ist. Los! Ich muss mir ein paar von diesen bunten Schokolinsen von ihm schnorren.

=

Himmelein-Roden und Körts lehnen an der Brüstung der Aussichtsterrasse. Sie haben Adil in die Mitte genommen. Der schiebt den Schirm seiner roten Kappe in den Nacken, um besser fotografieren zu können. Gerade brummt eine Propellermaschine hoch.

Adil knipst.

Als Nächstes rollt weiter hinten ein Flugzeug mit Delphinschnauze in Startposition. Ein klobiges Modell. Die Tragflächen glänzen wie frisch poliert. Der Delphin wartet. Von links schwebt ein knallgelber Düsenjet ein.

Adil knipst.

Blinkende Landelichter. Unter den Rädern staubt eine Wolke hoch beim Aufsetzen. Körts so:

– Wäre heute schon Mittwoch, hätte ich jetzt gerne einen Job an diesen Sicherheitsschleusen.

Adil, abwesend:

– Mittwoch?

– In drei Tagen macht Domino die Biege. Ab in den Süden. Habe ich doch erzählt. Und komm mir bloß nicht damit, dass ich als Kerl bei Frauen sowieso keine Leibesvisitationen durchführen darf.

Adil wendet sich an Himmelein-Roden:

– Er hat einen Knall, was diese Frau angeht.

Körts:

– Ich rechne mindestens mit einer Postkarte. Die Frage ist, ob ich ihr vorher noch einen Besuch abstatten sollte, um sie daran zu erinnern. Sie schuldet mir außerdem ein Eis.

– Du spinnst.

– Ich spinne? Und das ausgerechnet von einem, der wie ein Irrer diese Schokolinsen in sich reinstopft und angeblich aus Hobby Flugzeuge knipst.

Der Alte:

– Die Schokolinsen sind ausgezeichnet.

Adil zum Alten:

— Das macht er immer. Immer stellt er mich als den letzten Trottel hin. Davon abgesehen bin ich entweder schwul. Oder Terrorist.

Körts:

— Spekulationen, die nicht von ungefähr kommen. Von einer harmlosen Fassade darf man sich nicht blenden lassen. Raten Sie doch mal, was der gute Adil werden will? Kommen Sie, geben Sie einen Tipp ab.

Der dicke Delphin auf der Startbahn steht noch immer in Warteposition. Dahinter transportieren winzige Fahrzeuge auf markierten Wegen Gangways von links nach rechts und umgekehrt, hin zu den Eingängen der Flieger und wieder fort. Adil holt die klöternde Papprolle mit den Schokolinsen aus dem Rucksack und reicht sie an Himmelein-Roden weiter. Der Alte so:

— Fotograf vielleicht? Ein schöner Beruf. Man kommt viel rum.

Er öffnet den Deckel. Körts:

— Fotograf. Von wegen. Komm, erzähl's ihm.

HHR bugsiert einen Schwung Schokolinsen aus der Rolle in die Hand und gleich weiter in den Mund. Kauend, zu Adil:

— Immer freiheraus. Jetzt bin ich neugierig. Und keine falsche Scham. Ich war über 40 Jahre Verkäufer für Herrenmode.

Körts:

— Pilot will er werden. Wie sein Alter.

Adil knipst.

Knipst den wartenden Delphin. Knipst eins dieser Fahrzeuge mit dem schwarz-gelben Karomuster, das jenseits des Zaunes entlanggerauscht, vorbei an Wellblechhallen, Schuttcontainern und Masten mit Überwachungskameras.

– Mein Vater war nie Pilot, sagt Adil, und das stimmt überhaupt nicht, ich will auch nicht Pilot werden. Fotograf klingt super, eigentlich. Habe ich noch gar nicht drüber nachgedacht.

Körts:

– Er spart auf Flugstunden. Das Problem dabei: Den Großteil seines Taschengeldes verfuttert er immer sofort.

– Ist das verboten?

– Was jetzt? Das Futtern oder die Sache mit den Flugstunden?

Adil hört auf zu knipsen.

– Fliegen hat mich schon immer fasziniert, sagt er, vielleicht mache ich wirklich irgendwann einen Schein. Ich habe es aber nicht eilig.

– Sehen Sie. Er will Pilot werden. Wie diese Terroristen damals. Erst haben die Flugstunden genommen, dann Passagiermaschinen gekapert und in Wolkenkratzer gesteuert.

– Ich bin kein Terrorist. Das ist nicht lustig!

– Das ist nicht lustig, das ist nicht lustig. Ich weiß, sagt Körts, deshalb lache ich ja auch nicht. Und wer weiß, vielleicht hast du ohnehin Flugangst.

– Ich bin schon geflogen. War toll.

– Ich bin noch nie geflogen, sagt Körts, aber ich könnte jederzeit. Ich könnte mir das zumindest leisten. Weißt du, vielleicht sollte ich das einfach tun.

– Wo willst du denn hinfliegen?

Körts verschränkt die Arme vor der Hemdbrust:

– Mein Gefühl sagt mir, die Sache mit Domino bekommt langsam eine Basis. Wir hatten gestern ein richtig gutes Gespräch. Was wäre denn, wenn ich sie einfach begleite? Im Urlaub hätten wir Zeit, uns näherzukommen.

HHR:

– Unter der Sonne des Südens. Da ist was dran. Eine ungezwungene Atmosphäre weckt in Frauen oftmals die Abenteuerlust.

Körts nickt. Er so:

– Ein Flugticket ist natürlich kostspielig. Andererseits: Domino reist allein und sucht da unten jemanden. Sie kann sicher Unterstützung brauchen.

Adil verdreht die Ameisenbäraugen:

– Wir haben Praktikum. Vergessen?

– Was pustest du da für einen Schwachsinn in die Welt? Praktikum. Vergessen, dass du dir Anfang der Woche in den Finger gesäbelt hast und plötzlich freihattest? Ich könnte mir auch was einfallen lassen.

Adil betrachtet seinen Daumen. Den krustigen Strich, zu dem der Schnitt mit dem Cuttermesser verheilt ist.

– Du willst dir in den Finger schneiden? Und was erzählst du dann deinen Eltern, warum du plötzlich in Urlaub fährst?

– Idiot. Ich schneide mir nicht in den Finger, ich melde mich einfach so krank. Schwindelgefühle, Grippe, keine Ahnung. Und meine Eltern? Was weiß denn ich. Schwieriger wird es allerdings, ein Flugticket auf meinen Namen zu buchen. Minderjährige brauchen nämlich einen, der im Reisebüro die Papiere für sie unterschreibt.

Blick hin zu Himmelein-Roden. Doch Himmelein-Roden rasselt bloß mit der Papprolle in der Hand:

– Möchte wer noch Schokolinsen?

Er lässt wieder den Deckel aufploppen. Adil schüttelt den Kopf. Dann zum Alten:

– Solche fixe Ideen hat er laufend. Vorgestern wollte er noch Raketen kaufen.

Körts:

– Frauen mögen Feuerwerk. Weiß doch jeder. Aber das Projekt hat sich ohnehin zerschlagen.

Der Alte:

– Raketen? Zu dieser Jahreszeit?

– Ich habe Verbindungen. Letztlich alles eine Frage des Geldes.

– Das Projekt hat sich zerschlagen, weil er sich hat linken lassen. Weil er sich mit Typen eingelassen hat, die in einer anderen Liga spielen. Genau das ist nämlich der Punkt. Das merkt er einfach nicht, wenn jemand in einer anderen Liga spielt.

Der Alte:

– Was ich sagen kann, er hat bügeln gelernt.

– Wissen Sie, was sein Problem ist? Er hat eine Macke. Und das weiß er. Das weiß er ganz genau. Und nur deswegen hackt er immer auf mir rum.

– Mullah Adil, der große Weise, was?

Adil reibt sich an der mächtigen Nase, greift dann plötzlich sehr schnell nach seiner Kamera.

– Au Mann, sagt Adil.

Au Mann diesmal, weil die Geschichte ihn wahrscheinlich gehörig nervt. Au Mann aber auch, weil der dicke Delphin nun anrollt.

Mit viel Bass.

Erst ein Grummeln, dann ein Dröhnen, schließlich peitscht der Lärm allen auf der Terrasse vor dem *Hangar & Durst* förmlich um die Ohren.

Adil knipst.

Körts fingert am Hörgerät.

Ein verbissenes Fauchen, mit dem der Delphin vom Boden abhebt: Der Schatten des Fliegers auf dem Asphalt wächst, huscht mit der Maschine hinfort. Ein Kleinkind in der Nähe drückt sich heulend an seine Mutter, hält sich die Ohren zu. Körts nimmt den Faden wieder auf:

– Am Flughafen haben sie auch Reisebüros. Vielleicht stiefle ich mal eben rüber und erkundige mich, ob noch Plätze in Dominos Flieger nach Sinillyk frei sind.

Adil blickt auf das Display seiner Kamera, kontrolliert die Aufnahmen.

– Kein Kommentar, sagt er.

Körts spürt, wie ihn Adils Antwort eine Wutgrimasse schneiden lässt. Er fährt sich durchs Haar.

– Ja, glotz du nur auf diese dämlichen Blechschachteln, die du hier wie blöd fotografierst. Immer nur zugucken und knipsen. Nie selbst was in die Hand nehmen. Wahrscheinlich hast du wirklich nicht das Format zum Terroristen. Und zum Piloten schon mal gar nicht.

– Leck mich.

– Nö, Adil, keine Chance. Habe ich einen Brilli im Ohr? Benutze ich Kokosseife? Interessiere ich mich nicht die Bohne für Mädchen? Trage ich vielleicht eine blöde Statistenmütze?

Körts haut ihm die rote Kappe vom Kopf.

Adil schaut auf.

Sieht er noch aus wie ein friedlicher Ameisenbär? Er sieht aus wie ein bissiger Ameisenbär, dem das Futter geklaut wurde. Er schubst Körts weg:

– Ich! Bin! Nicht! Schwul! Merk dir das mal. Und merk dir noch was: Eher sitze *ich* hinter einem Schaltknüppel im Cockpit, als dass *du* ... *du* ...

Den Rest des Satzes lässt er in der Luft hängen.

– Als dass ich was ... hm?

Körts schubst zurück, kneift Adil in die Brust. Himmelein-Roden drängt sich zwischen die zwei Jungs, bevor sie richtig aufeinander losgehen. Trennt sie voneinander. Silberlocke und Kollegen, inzwischen alle mit frisch gezapften Mittagspils vor der Nase, schauen interessiert zu.

Adil hebt die Kappe vom Boden auf. Dann so zum Alten:

– Selbst wenn Domino und er die letzten zwei Menschen auf diesem Planeten wären. Selbst dann würde nichts zwischen ihnen laufen. Nichts. In hundert Jahren nicht. Niemals. Wissen Sie, was passieren würde? Sang- und klanglos würde die Menschheit aussterben. Ende der Geschichte. Und ich besorg mir jetzt einen Hot Dog.

Adil schnappt sich den Rucksack, watschelt in Richtung Butze davon, verschwindet hinter der Glastür, an der noch die Tanz-in-den-Mai-Plakate hängen. Der Alte so zu Körts:

– Ein Snack ist ein brauchbarer Vorschlag.

– Kein Appetit.

– Weibsbilder, Kevin Körts. Ich weiß, wie das weh tun kann. Aber das vergeht auch wieder.

— Sie haben gut reden.

HHR blinzelt hinter den Brillengläsern. Schürzt die papierdünnen Lippen. Tiefe, senkrechte Furchen auf der Stirn.

— Es ist komisch, sagt er, ich erinnere mich noch sehr genau an das erste Mädchen, das mir als junger Spund den Schlaf geraubt hat. Schon wenn ich an sie dachte, war ich ziemlich angespitzt. Die Tochter des Friseurs. Weißt du, im Sommer, wenn sie im Laden half, konnte man manchmal über die Spiegel einen Blick in ihren Blusenärmel erhaschen. Die Haut dort unter den Achseln, mein Junge! Samtpfotenweich wird die gewesen sein. Und was hätte ich darum gegeben, sie nur einmal zu berühren. Ein Gefühl, ja, wie Fernweh ...

— Und?

— Nichts und. Sie hat später den Laden ihres Vaters geerbt und eine Menge Kinder bekommen. Natürlich nicht von mir. Das Leben ging trotzdem weiter, mein Junge. Man lernt, die Verletzungen zu tragen wie Narben aus einer Schlacht. Kann man wirklich lernen. Wie bügeln.

Körts schmeckt bitteren Speichel auf der Zunge.

Er dreht den Kopf zur Seite.

Ausspucken.

Mund mit dem Handrücken abwischen.

— Ich wette, Sie haben nie versucht, bei der Friseurstochter etwas zu starten. Sie haben immer nur in die Bluse gegafft. Oder?

— Kevin Körts, sagt der Alte, die Sache war von Anfang an hoffnungslos, dieses Mädchen für mich unerreichbar. Na, und?! Ich durfte sie anhimmeln, das konnte mir schließlich niemand verbieten. Weißt du, auch das lernt man mit der Zeit. Man lernt, diese Art Fernwehgefühle zu genießen. Ehrlich, das lässt uns Alte überhaupt die Tage überstehen.

    Körts starrt auf die Flughafengebäude.

    Scharfe Schatten davor.

    Die Terminals wirken aus der Distanz wie aus einem Modellbausatz. Noch weiter weg auf der anderen Seite hinter den Landebahnen: So etwas wie Meeresglitzern, wo Windschutzscheiben auf einem Großparkplatz das Licht reflektieren.

    – Fernweh, sagt Körts, das ist doch Scheiße.

■

| Domino

In der Wartezone am Gate A39 spritzt urlaubsfrohes Geplapper in der Luft herum. Ein Gesumse aus Vorfreude und Ungeduld, das sich zu einem flirrenden Energieschild über den Köpfen dieser bunt zusammengewürfelten Menschenausstellung zu verdichten scheint. Träume von Schirmchendrinks und guter Laune unter Palmen.

Mittendrin stillt eine spuckeblasse Frau mit wirrem Haar einen Säugling. Eine Hand wie eine Schale am Hinterköpfchen des zappelnden Bündels. Ein paar Sitze weiter tratschen zwei Ü-30-Tussis. Strassbesetzte Trainingsanzüge. Sonnenbankbräune. Halbes Auge immer bei den beiden kniehohen Figuren, die zwischen den Bankreihen umhertorkeln. Hosen ausgebeult von Windeln, angeknabberte Brötchen in den prallen Fäusten.

Ein Stück abseits: Domino.

Sie lehnt an einem fahl leuchtenden Getränkeautomaten. Gähnt. Betrachtet gähnend die Luxuswerbung im Luxusformat gegenüber. Seit gut einer Stunde geistert sie am Flughafen herum.

14.25 Uhr.

Das Telefon vibriert.

Ihre Mutter.

Domino drückt den Anruf weg. Das Gerät vibriert sofort wieder.

– Mama, was denn noch? Ich sollte das Ding langsam wirklich in den Flugmodus stellen. Das ist dein zehnter Anruf.

– Der dritte.
– Pfft. Fein, dann eben der dritte.

Domino verdreht die Augen. Verlagert das Gewicht von einem aufs andere Bein. Die Stimme ihrer Mutter:

– Ich weiß genau, dass du gerade die Augen verdrehst. Und warum drückst du mich überhaupt weg, hm? Egal. Mir ist da nämlich noch etwas sehr, sehr Gutes eingefallen. Hast du über Aushänge nachgedacht? Auf Englisch natürlich. Ich mache dir gern am Rechner einen Entwurf und schicke ihn dir. Vielleicht kann man da im Hotel was drucken.

Neben den Ü-30-Tussis wäre noch ein Platz frei. Domino schaut sich die Kinder genauer an. Ein Junge, ein Mädchen. Sie: Schühchen Jäckchen Schnuller Schnullerdöschen. Alles farblich aufeinander abgestimmt, alles voller Glitzer. Er: Käppi, weiter Hoodie und Mini-Jogginghose, was seine Gestalt fast quadratisch wirken lässt. Domino:

– Kann es sein, dass du aufgeregter bist als ich?
– Kann es sein, mein Mädchen, dass du heute einfach ein klein wenig unausgeschlafen bist? Packen schlaucht, das versteh ich schon. Na, wie oft hast du den Koffer denn noch mal geöffnet?

Der quadratische Junge hält sich jetzt mit den Händen seitlich an einer Kinderkarre fest. Aus dem Ablagenetz ragen die Schaufel eines Plastikbaggers und der Kopf einer Harke. Er streckt sich danach.

– Ich hätte dich nicht einweihen sollen, sagt Domino, wirklich.
– Das ist nicht meine Tochter.
– *Was* ist nicht deine Tochter?

– Ein bisschen mehr Euphorie, bitte. Das wird bestimmt ein Abenteuer, sagt die Mutterstimme, wie Bozorg wohl aussieht? Wenn der schon die ganze Zeit über da unten im Süden lebt, dürfte er gut Farbe bekommen haben. Aber ohne Ausbildung, ohne die Sprache zu können? Vielleicht hütet er Schafe? Schafe haben die da unten jede Menge. Und Ziegen.

Der Junge streckt sich weiter, verliert den Halt, und sein Stummelarm erwischt das Glitzerpüppchen, das zu ihm hingewackelt ist. Ihr Schnuller fällt zu Boden. Quäken. Dann sirenenartiges Geheul.

Eine der Tussis springt herbei.

– Erst einmal ist es kein Abenteuer, erst einmal ist es eine Schnapsidee, sagt Domino, Hals über Kopf auf blauen Dunst losdüsen. Dieser Idiot war fast zwei Jahre verschollen. Dann schickt er eine Ansichtskarte, und ich packe und haue meine gesparten Kröten auf den Kopf. Ich bin doch bekloppt.

– Du hast ja nicht gekündigt. Für meinen Geschmack hast du es in letzter Zeit ohnehin übertrieben. Arbeit, Arbeit, Arbeit. Seit der Trennung von Dings, dessen Namen ich ja nicht mehr in den Mund nehmen darf, mache ich mir wirklich Sorgen. Unreifen Kerlen nachtrauern. Habe ich dich dafür in die Welt gesetzt?

– Themenwechsel, sofort.

– Ich weiß noch, früher konntest du nicht genug bekommen vom Feiern und Ausgehen. Du bist jung.

– Mama, ich leg jetzt auf.

– Schon gut, schon gut.

Dann eine Lautsprecherdurchsage an Gate A39. Kollektive Hektik. Plötzlich erheben sich alle von den Sitzen.

– Ich leg jetzt wirklich auf.

– Denk bitte über die Sache mit den Flugblättern nach. Ansonsten: Apotheken und Souvenir-Shops. Die würde ich zuerst abklappern, falls du in dieser Bar nicht weiterkommst. Ein Bild hast du hoffentlich eingepackt.

Noch einmal verdreht Domino die Augen:

– Und Schlapphut. Und Lupe, sagt sie, im Ernst, wenn ich Bozorg dort nicht finde, dann ist das eben so. Na und? Ich habe ein Hotel. Schlimmstenfalls liege ich ein paar Tage am Pool rum.

– Das wollte ich hören, sagt die Stimme der Mutter.

– Ich komme schon klar, keine Sorge. Küsschen.

Domino küsst in die Luft vor dem Telefon. Die Mutter:

– Und schick bitte eine kurze Nachricht, wenn du angekommen bist. Versprochen? Ich liebe dich, mein Schatz.

=

Direkt vor Domino in der Warteschlange wiegt diese blassgesichtige Frau ihren frisch gestillten Säugling, schmiegt sich dessen Köpfchen in die Halsbeuge.

Das Robbengesicht des Babys.

Der süßsäuerliche Geruch.

Überhaupt: Dieses Gewusel um sie herum. Eben war Domino noch kalt, jetzt ist ihr auf einmal warm. Und der Babygeruch scheint immer intensiver zu werden. Domino blickt sich nach den Toiletten um.

Knapp zehn Minuten hat sie noch.

14.37 Uhr.

Kacheln Fliesen Waschbecken, eine Wand voller Spiegel.

Domino stutzt.

Gestern erst hat sie sich ihr rückenlanges Haar an den Seiten und im Nacken kurz rasiert. Oben ist es länger geblieben, aber jetzt nicht mehr dunkel, sondern weißblond. Lange Strähnen fallen ihr bis aufs Kinn.

Domino lässt sich Wasser über die Handgelenke laufen, kaltes Wasser, schaut auf die Finger. Der Lack, drei Schichten, royalschwarz wie Kaviar. Wassertropfen, die daran abperlen.

Rumoren im Magen.

Nur weil sie an eine Delikatesse gedacht hat?

Sie schafft es eben noch in eine der Kabinen.

Als sie zurück ans Gate kommt, ist der Wartebereich verwaist. Die Frau in Uniform am Schalter ruft Dominos Namen aus.

– Frau Phuong bitte umgehend an Gate A39, Frau Phuong bitte …

– Steht vor Ihnen, sagt Domino.

Uniform schaut von ihrem Monitor auf.

– Das war knapp, sagt sie (nicht ohne Herablassung).

Scheucht Domino durch einen niedrigen Gang, der sich am Ende zu Akkordeonfalten staucht. Eine Stewardess mit Lederhandschuhen empfängt sie am Flugzeug. Singstimmchen:

– Welcome on board.

Domino findet ihren Platz.

Auf den Bildschirmen über den Sitzen gibt gerade ein zweisprachiger Avatar *Safety Instructions*. Sie schenkt der Sache keine große Beachtung. Bei der Demonstration der Schwimmwesten wird ihr allerdings wieder übel.

Magensäfte, die bitter die Speiseröhre hochschießen.

Eine Stimme von der Seite:

– Puh! Deine Zehenspitzen sind in Gefahr: Mir fällt echt ein Riesenstein vom Herzen. Bin ich froh, dass du da bist. Das war ja auf letzter Hacke.

– …?

Domino lässt den Hüftgurt einrasten. Die Stimme weiter:

– Ich nehme Zeichen sehr ernst. Gut, dass der Sitz neben mir nicht frei geblieben ist. Ich wäre durchgedreht. Man kennt doch die Geschichten, wenn jemand im letzten Moment aus dummem Zufall das Flugzeug verpasst, das dann abstürzt …

Eine weibliche Stimme, nicht mehr ganz jung. Domino:

– Gibt es nicht auch die Geschichten, wo Leute eine Maschine nur beinah verpassen und dann abstürzen?

Dominos Sitznachbarin zuckt zusammen, als weiter vorn die Klappe eines Gepäckfachs aufspringt. Eine Stewardess stöckelt den Gang hoch. Lederhandschuhe drücken das offene Gepäckfach zu, energisch, beinah grob. Wieder zuckt die Frau neben Domino zusammen:

– Ich sabble zu viel, sagt die Stimme, tut mir leid, vorm Start ist es am schlimmsten. Dabei weiß ich, dass statistisch sowieso kaum ein Risiko besteht und bla. Und die Piloten in den Filmen kriegen die Sache ja meist auch wieder in den Griff. Fliegst du oft? Kennst du Tricks? Irgendwas, das im Notfall nützt?

Domino wendet sich nun ihrer Sitznachbarin zu. Un-

gefähr doppelt so alt wie sie, schätzungshalber. Um die 40. Langer Hals. Strohiger, getönter Wuschelkopf. Nasenpiercing. Etwas Giraffenartiges hat die Frau an sich. Nicht nur der Hals: Oberkörper, Arme und Beine wirken auch sehr lang. Domino:
 – Im Notfall? Ein Fallschirm vielleicht.
 – Haha! Der war spitze. Komm, mal ehrlich.
Domino schüttelt den Kopf:
 – Keine Ahnung. Stumpf auf den Vordersitz starren?
 – Und sich nebenher eine angenehme Phantasieszene vorstellen, richtig? Davon habe ich schon gehört. Die Methode soll der Hit sein. Man malt sich was richtig, richtig Schönes aus, und das hilft total gut, sobald man sich dem hingibt.
Domino kraust die Stirn:
 – Wobei soll das helfen? Dass man entspannter abstürzt?
Wuschelkopf schaut. Domino schaut zurück. Wuschelkopf schaut noch immer und spitzt hochnäsig die Lippen, als wolle sie gleich ein Flötenkonzert geben. Dann, nach dieser selbst auferlegten Zwangspause von höchstens zwei, drei Sekunden, kramt sie in der Tasche zu ihren Füßen und legt wieder los:
 – Willst du ein Rätselheft? Ich habe mir gleich mehrere besorgt. Der Tipp einer Freundin, die damit ihre Flugangst überwunden hat. Reden lenkt übrigens am besten ab, Schweigen hilft bei mir jedenfalls nicht. Hier!
 – Was ist das?
 – Na, ein Rätselheft. Du siehst auch ein bisschen blass aus.
Domino holt kräftig Luft.

— Gleich führe ich mich auf wie ein richtiges Miststück, sagt sie.
— Warum so aggressiv?
Sie kommt nicht mehr zum Antworten. Eine verrauschte Ansage über die Bordlautsprecher unterbricht das Gespräch. Das Flugzeug rollt bereits in Startposition. Domino, mehr zu sich selbst:
— Sehr schön.
Wuschelkopf hantiert an der Lüftung:
— Hast du verstanden, was die gesagt haben?
— Bitte?
Wuschelkopf, mit dramatisch gedämpfter Flüsterstimme:
— Eine Tonanlage mit miserabler Akustik. Und die behaupten immer, die warten diese Flieger bis zum Exzess. Warum klingen die Lautsprecher dann nach Joghurtbechertelefon. Irre. Darf ich deine Hand gleich halten?
Domino wickelt demonstrativ das Heftchen, das sie bekommen hat, zur Rolle zusammen, schüttelt den Kopf:
— Ich halt schon ein Rätselheft fest.
Ihre Augen kurz ins Weiße gedreht.
Unterdessen öffnet Wuschelkopf eine Ampulle und träufelt sich ein paar Tropfen auf die Zunge.
— Warum tut man sich das an? Warum hält man sich nicht von Dingen fern, die einem unheimlich sind? Ach ja, Entschuldigung, Ulla.
Ulla streckt Domino die Hand hin, und das Flugzeug fährt an. *Ulla, Trulla,* reimt es noch gegen Dominos Willen im Kopf. Dann drückt der Schub sie nach hinten, und sie behält ihre Hände bei sich.
Der Sitz vibriert. Räder holpern. Luft wird mit Wucht

durch die Turbinen gepresst. Triebwerke dröhnen wie ein unsichtbares A-Orchester aus Bässen und Staubsaugern. Das Flugzeug beschleunigt weiter, die Verkleidung knarzt und quietscht.

Der Flieger richtet sich vorne auf, hebt ab und steigt.

Plötzliche Ruhe. In der Fensterluke kippt die Landschaft zur Seite weg. Autobahn Fluss Rapsfelder. Summend wird das Fahrwerk eingeholt. Man hört, wie sich die Luke über dem Schacht schließt.

Schleier driften ins Bild.

Schließlich stößt der Flieger ganz in die Wolken. Die gelb gefleckte Landschaft unter ihnen verschwindet. Eine Hand liegt über Dominos Knie, warm und fest. Nicht ihre Hand.

– Das ist mein Knie, sagt Domino.

Die Hand drückt noch einmal fest zu.

– Danke.

– Wofür?

Ulla stößt einen Seufzer der Erleichterung aus:

– Du warst eine Riesenhilfe. Weißt du, das ist meine erste Reise seit Ewigkeiten allein. Ich lerne gerade ganz viel über mich. Ich habe eine ziemlich miese Beziehung hinter mir. Ein Typ wie ein Nagel: hart und kalt. Und ich habe immer brav gehofft, meine Wärme reicht schon für zwei.

– M-hm. Unschön. Hier, das Heft. Ich bin nicht so der Rätselfreund.

– Lieber ein Magazin?

– Nicht nötig, sagt Domino.

Ulla taucht mit dem Wuschelkopf wieder zu ihrer Tasche ab. Krümmt Oberkörper und Hals vor, geschmeidig und zugleich auch ungelenk. Wirklich giraffenhaft. Sie drückt Domino eine Illustrierte in die Hand, zaubert außerdem ein aufblasbares Nackenhörnchen aus der Tiefe hervor. Ulla:

– Die Zeitschrift kannst du ruhig behalten. Habe ich mir versehentlich doppelt gekauft. Ich dummes Gnu.

Domino:

– Protestieren hilft wahrscheinlich nicht, schätze ich.

Ulla geht nicht weiter darauf ein:

– Ich freue mich auf Sinillyk. Ich war schon öfter da. Genau der richtige Ort, um ein bisschen Abstand von allem zu bekommen. So gut das eben geht nach neun Jahren. Nach all den Träumen, die in der Zeit begraben wurden. Kinder, Familie. Wollte er alles nicht, damit wir zwei mehr voneinander haben. Tja, aber auf einmal musste er alles bespringen, was nicht bei drei auf dem Baum war. Um sich *lebendig zu fühlen*. Egal. Ich halte jetzt den Rand.

Sie wischt am Augenwinkel herum.

Dann nimmt sie den Stöpsel in den Mund und pustet.

Ein paar Minuten später ist sie tatsächlich weggenickt.

15.42 Uhr.

Sie fliegen mit über 800 km/h, zehn Mal schneller, als Dominos Motorroller auf Anschlag fährt. Die Stewardessen fangen an, Getränkewagen im Schneckentempo den Gang hochzuschieben. Domino rätselt, ob sie Durst hat. Und auf was?

Hunger hat sie, spürt Domino.

Aber keinen Appetit.

Auf den Knien liegt das Magazin. Vorne drauf, schiefes Grinsen und verschattete Augen: Valentin Tiller. *Der Polarisierer. Das große Interview – über Erfolg, Feinde und wer künftig die Hauptrolle in seinem Privatleben spielt!*

Domino hat das Magazin letzte Woche bereits beim Arzt durchgeblättert. Bei einem Artikel über plastische Chirurgie musste sie gleich nach dem zweiten Absatz kapitulieren. Ihre Überempfindlichkeit im Moment.

Domino starrt stumm auf den Vordersitz.

Sich mal eben etwas Schönes auszumalen, stellt sie fest, während Ulla leise schnarcht, fällt ihr erstaunlich schwer.

=

⏪

|zurück: 1. April,
knapp sechs Wochen zuvor
Eine kreisende Discokugel filetiert bonbonbuntes Licht, streut es blitzend in den Raum. Boom-Boom-Bässe knallen gegen schwitzende Kellermauern. An der Wand einige zerschlissene Sessel, die aber hauptsächlich zum Jackenablegen genutzt werden. Freitagabend.

Dominos Kollegen von der Technik haben sich an den Tresen verzogen. Domino und die junge Redaktionsassistentin Lynn haben den aufdringlichen Redakteur für den Moment abgeschüttelt, genehmigen sich am Rand der Tanzfläche ein weiteres Strohhalmgetränk.

Zweier- und Dreiergruppen bierbetankter Kerle bewegen sich auf leicht kalkulierbaren Satellitenbahnen um die beiden herum, darauf lauernd, ein verwertbares Funksignal zu empfangen. Als Domino einen von ihnen testweise mit einem aufmunternden Blick bedenkt, navigiert er sofort näher.

Freiwillige Feuerwehr, tippt sie. Spielt Fußball. Und geht an den Wochenenden auf Scheunenpartys.

– Hi! Ich heiße Jo, sagt er. Ich habe dich hier noch nie gesehen. Was studierst du?

Die zur Begrüßung erhobene Hand fährt hastig durch den Schopf. Ein Student, klar.

Sie sind im Studentenclub eines Studentennests.

Letzten Monat hat im Nachbarort eine Flüchtlingsunterkunft in Flammen gestanden. Der Redakteur bastelt an einem Beitrag, in dem Opfer und Täter zu Wort kommen. Domino begleitet ihn als Aufnahmeleiterin, kümmert sich darum, dass das Team unbehelligt arbeiten kann. Dass keine Schaulustigen ins Bild kaspern, keiner stört, wenn gedreht wird. Ums Organisatorische.

Domino reist selten mit dem Team mit. Kostengründe. Der Redakteur (Ende 30, verheiratet, vierjährige Tochter) hat in diesem Fall aber darauf bestanden. Er will sie flachlegen, das hat seine Assistentin ihr gerade gesteckt. Was Domino amüsiert und wütend macht.

Tickt wohl nicht sauber!

Sie sucht sich die Kerle aus: ehernes Gesetz. Noch gar nicht lange her, dass sie das erste Mal sitzengelassen wurde. Das passiert nicht wieder.

Domino mustert den Studenten:

– Oh, Jo, sagt sie, das war so ziemlich das Lahmste, was ich je gehört habe. Hast du wenigstens eine Zigarette?

Er schüttelt den Kopf. In seinem Blick eine Zärtlichkeit, die fast weh tut. Diese Sorte kennt sie gut: Das ist einer, der ihr Kinderbücher vorliest, wenn es draußen regnet. Der ihr jeden Wunsch erfüllt, vom Gute-Nacht-Tee bis zur Wärmflasche, falls sie es darauf anlegt. Lynn so:

– Wenn ihr wollt, passe ich kurz auf.

Sie grinst aufgekratzt. Domino:

– Worauf?

– Na, auf deinen Drink. Damit ihr tanzen gehen könnt.

Jo:

– Wollen wir?

Domino reicht das Glas weiter, zieht Jo hinter sich her. Er bewegt sich zielsicher immer knapp neben dem Takt.

– Okay, brüllt sie in sein Ohr, was kannst du noch alles nicht?

– Witze erzählen.

– Der war gar nicht schlecht, sagt sie.

– Du bist toll, sagt er.

Berührt ihren Arm. Sie sieht, wie er die Hand in ihre flicht, mit ihren Fingern spielt. Was kann sie tun? Oder nicht tun? Sie versucht es mit einem Kuss. Dem ersten seit einem halben Jahr. Und Jo küsst gut. Nicht zu sanft, nicht zu fest, nicht zu viel Zunge. Sie schiebt ihn weg:

– Ich bin toll? Ich bin von Hormonen getrieben. So einfach ist das. Und ich glaube, das mit dem Tanzen vergessen wir mal lieber.

Domino lässt ihn stehen. Läuft prompt dem Redakteur in die Arme. Er deckt sie sofort mit einer Salve Fragen ein. Sie wird schnell misstrauisch, wenn Typen zu viel fragen. Ein Mann, der zu viel redet, wäre nichts für sie.

– Wer war denn der aufdringliche Dorftrottel da eben?

– Jo, der keine Witze erzählen kann, sagt sie.

– Mann, Dom, der hat doch nicht das Format für eine wie dich.

Vor Aggression bekommt sie noch mehr Durst. Lässt sich an der Bar einen Kurzen vom Redakteur spendieren. Domino weiß, das ist auch bei Tieren so, wenn die gereizt sind: Der Körper fährt alle Funktionen herunter, die er nicht braucht. Der Mund trocknet aus, weil der

Körper das Wasser bunkert. Und ein kleiner Teil des Gehirns übernimmt das Kommando. Domino:

– Ich würde noch einen nehmen.

Auch mit dem nächsten Schnaps macht sie in atemberaubendem Tempo kurzen Prozess. Der Redakteur gähnt demonstrativ. Die Nasenflügel verfärben sich weiß. Er so:

– Dieser Schuppen ist wirklich unfassbar ätzend. Wir sollten in unserer Unterkunft noch einen an der Bar trinken, was meinst du?

– Wir sehen uns morgen beim Frühstück, sagt sie.

– Du gehst?

– Ich dachte, *du*, gibt sie zurück.

Verschwindet in Richtung WCs. Eins der Frauenklos ist übergelaufen, die Wasserlache breitet sich auf dem Boden aus, Menschen drücken sich vorbei, und jemand ruft ihr zu:

– He, das ist echt einer der süßesten Typen der Welt, dieser Jo ... und weißt du was? Er sucht dich.

Lynn.

Domino entwischt vor die Tür. Klackert auf ihren hochhackigen Schuhen ein Stück die Straße hoch, einmal knickt sie um. Stützt mit dem Handballen an der Hauswand ihren kippligen Stand. Leichte Breitseite im Motorikzentrum.

Schritte hinter ihr, zögernde Schritte.

Sie friert.

Egal zu welcher Jahreszeit, von denen sie in ihren Breiten ja genau drei haben: Frühling, Arschloch und Herbst. Und normalerweise keinen Winter. Zu kalt ist es insgesamt trotzdem immer für ihren Geschmack.

Eine Stimme von der Seite:

– *Brrrrrr*. Februar.
– April, April, sagt sie.
– Hier, sagt er, ich habe dir eine Zigarette besorgt.
– Und Streichhölzer, wie ich sehe, sagt sie. Ich wusste es. He, nur mal so, magst du Scheunenpartys?

Jo reibt sich mit der Hand verlegen den Nacken:
– Was?
– Nicht so wichtig.

Sie raucht. Blick nach oben. Der Mond ein offenes Klammerzeichen, dünn wie ein Fingernagel. Jo nach einer Weile:
– Fliegen zwei Blondinen in den Urlaub. Fragt die eine Blondine in der letzten Nacht am Pool: Du, was ist wohl näher, der Mond oder zu Hause? Sagt die andere Blondine: der Mond. Oder hast du schon mal zu Hause von hier aus gesehen?

Sie lacht.
– Nice.

Jo verstrubbelt sich das Haar.
– Ich mache dann einfach mal damit weiter, bis die Nacht um ist, ja?
– Dann bin ich erfroren.

Er erinnert sie an Bozorg, geht ihr auf. Ein bisschen. Nicht optisch. Aber das leicht Tapsige an ihm. Und flachsen konnte man mit Bozorg auch. Dazu die Stimme, die ihr gefällt. Sie klingt auf charmante Weise nuschelig und zugleich fest und warm. Sie merkt, sie will ihm noch ein wenig weiter zuhören.
– Ich habe ein Auto, sagt er, steht gleich da vorne.
– Ich bin betrunken, sagt sie, ich rauche sonst nie. Ich bin ziemlich betrunken.

– Was hattest du denn alles?
Sie schnippt die Kippe weg.
– Alles. War ein merkwürdiger Tag.
Und ihr geht auf, wie sehr das stimmt.
Der Redakteur.
Dieser grauenvolle Beitrag.
Die Flüchtlinge aus der abgefackelten Unterkunft, die sie am Morgen interviewt haben. Und die Täter, die Milchgesichter: *Sie persönlich hätten ja überhaupt nichts gegen Ausländer, aber. Und ob die sich überhaupt wohl fühlen würden in ihrem Ort? Man müsse verstehen, die ganzen eigenen Schwierigkeiten. Wenn doch nach der Schule kaum noch einer einen vernünftigen Ausbildungsplatz …*
Die kaputten Ansichten und verkrampften Gespräche wecken das erste Mal seit Jahren in Domino Erinnerungen an ihren Vater. Vielleicht das erste Mal überhaupt rührt sie etwas wirklich unangenehm an ihrer Herkunft.
Ihr Vater.
Ein Einwanderer, der wahrscheinlich mit denselben naiven Hoffnungen wie diese Fremden ins Land eingereist war. Bis zum Überfall kämpfte er darum, seine schwangere Frau nachzuholen. Sie kam, als er im Koma lag.
Aufenthaltsbefugnis aus humanitären Gründen.
Seine Frau blieb, brachte hier ihr Kind zur Welt.
Er ging zurück, als er halbwegs wieder auf den Beinen war. Der Kopf, der Schuhtritte von drei Jugendlichen abbekommen hatte, arbeitete nicht mehr richtig. Ein Ohr blieb taub. Sobald das andere die Sprache seiner Peiniger hörte, verkrampfte er, und wurde es laut, geriet er schnell in Panik.

Dominos Eltern teilten sich das Schmerzensgeld.

Später ließen sie sich scheiden.

Domino ist jetzt in dem gleichen Alter wie ihr Vater, als er sich aus der Heimat aufmachte, die sie praktisch nicht kennt. Nur ein einziges Mal war sie dort, zu Besuch, Jahre her. Ein ärmliches, korruptes Land. Ein Land, in dem Frauen nichts zu sagen haben.

– Du frierst wirklich ganz schön, sagt Jo.

Es stimmt, stellt sie fest: Sie zittert.

– War ein merkwürdiger Tag. Und ich habe keine gute Phase. Ich muss morgen sehr früh wieder hoch, sagt sie (mehr zu sich selbst).

Er tritt hinter sie. Fährt mit den Händen an ihrer Taille entlang, umfängt mit den Armen ihren Bauch. Sie bettet den Hinterkopf an seine Schulter. Er drückt seine Lippen auf ihren Hals, da wo die Schlagader unter der Haut liegt.

– Nächsten Monat gehe ich für zwei Semester ins Ausland, sagt Jo, zwei Weltmeere und einen Kontinent weiter. War schon immer mein Traum. Weg. Mal was ganz anderes kennenlernen.

Domino:

– Warum erzählst du mir das?

– Weiß nicht. Damit du mir auch etwas über dich erzählst? Ich kenne ja noch nicht mal deinen Namen.

– Hat dein Auto Standheizung, Jo?

Sie fahren aus dem Ort, einen Hügel hinauf und noch einen. Er findet einen abgeschiedenen Parkplatz, der Wagen holpert über Schotter, hält neben einer funzeligen Laterne.

Blick ins Tal mit den Lichtern.

Domino schlängelt sich über den Schaltknüppel zu Jo auf den Fahrersitz. Sie spürt seine Hand in der Delle unten an der Wirbelsäule. Mit den Fingerspitzen streicht er auf ihrem Rock über den Po nach vorn, erreicht auf diese Weise ihre Leistenbeuge.

Ihr Knie drückt gegen das Schloss des Gurtes. Er dreht den Sitz in Liegestellung, was ein paar Verrenkungen nötig macht, bis sie wieder auf ihm hockt. Sie schaut ihn an, verharrt reglos. Er schaut zurück:

— Was ist mit dir?

Seine Hand gleitet unter ihr Hemd, öffnet den BH, und sie hält still, spürt die Berührung. Schweigt.

— ...

Er streift ihr das Oberteil ab. Die leichte Gänsehaut um ihre Brustwarzen, die feinen, blonden Härchen, die man sonst nicht sieht. Sie kommt sich unglaublich schön vor, jung, jünger als sonst, fast schmerzhaft lebendig. Sie beißt sich fest auf die Unterlippe. Jo:

— Stimmt was nicht?

Es schwingt nichts Vorwurfsvolles in seinen Worten mit. Sie öffnet seinen Gürtel. Ihr Tun hauptsächlich von Instinkt und Muskelgedächtnis gesteuert.

Sie tut, was sie tut, weil es sich gut und richtig anfühlt.

— Jo, flüstert sie, du wirst mich nie wiedersehen, okay? Wir werden keine Nummern austauschen. Du fragst mich nicht nach meinem Namen.

▶▶

Der Flugzeugschatten gleitet lautlos. Das weite Weiß der Wolkenfelder wird zum Dunkelblau eines Meeres. Nach fast 3000 Kilometern Flug taucht die Küste auf. Schroff, hügelig, hier und da überzogen von grünlichem Flaum. Die Straßen: breite, graue Pinselstriche auf ockerfarbener Leinwand.

Der Druck auf den Ohren beim Landeanflug.

Die Ruckler.

Da ist es wieder: Dominos Magenflattern.

Sie greift nach der Spucktüte. Die Räder setzen auf. Der Pilot bremst scharf. Hinten im Flugzeug wird geklatscht. Ulla drückt im Überschwang Domino herzlich an sich, verpasst ihr einen Kuss auf die Schläfe. Und nun, ohne dass das eine zwingend etwas mit dem anderen zu tun hätte, kommt Domino doch noch alles hoch.

Sie trägt das Papiertütchen mit ins Flughafengebäude.

Plexiglas Plastikschalensitze Panoramafenster. Wegweiser und Symbole. Urlauber schieben sich, sie drängen sich aneinander vorbei, sie hieven ihre Gepäckstücke von den Gummilappen der Laufbänder.

Kofferwagen quietschen Richtung Ausgang.

Domino treibt im Strom mit.

Dann eine milchige Schiebetür, die sich automatisch vor ihr öffnet. Ein trockener Luftstrom fächelt Domino warm ins Gesicht.

Hat sie sich von Ulla-Trulla verabschiedet? Keine Erinnerung. Sie weiß nicht einmal mehr, wie genau sie nach draußen gefunden hat. Zieht ihren Rollkoffer aber hinter sich her.

18.22 Uhr.

Im Freien.

Hupen. Durcheinander. Ein Wirrwarr verschiedener Sprachen um sie herum. Warum hat sie eigentlich die Spucktüte noch nicht weggeworfen?

– Taxi? Hotel?

Jungs und Mädchen, behände wie kleine Tiere, umringen Domino. Wo kommen die her? Sie zerren an ihrem Ärmel. Domino versucht, sie mit Gesten wegzuscheuchen. Was es nur schlimmer macht. Man betatscht sie, zeigt ihr Sonnenbrillen, teure Marken oder Nachbildungen davon.

– Lasst mich sofort los.

Eine Stimme drängt:

– Kauf. Alles original.

Ein Mädchen hält Schritt, als Domino blind die Flucht ergreift. Es redet Brocken in ihrer Sprache, hält Domino eine Blume hin. Domino:

– Hau ab.

Da, ein Ruf:

– Süße! Schätzchen! Hier rüber.

Ulla.

Ulla-Trulla winkt. Aus einer Menschentraube vor einem Hotel-Shuttle, den Giraffenhals weit gestreckt.

– Ich habe nur einen Mülleimer gesucht, sagt Domino.

Ulla nickt in Richtung der Kinder:

– Banden. Gib denen bloß niemals Geld. Die bleiben dir auf der Pelle, wenn du ihnen was gibst. Und wenn du ein Taxi brauchst, lass dir vorher den Preis sagen.

– Fährt dieser Wagen nach Sinillyk?
– In welches Hotel musst du denn?
– Ins *Paradise*.
– Nein, Schätzchen, die Fahrt hier geht zum *Beach Resort*. Haben die dir im Reisebüro denn nicht gesagt, was mit dem Transfer ist? Das sind 50 Kilometer von hier bis in die Stadt.

Ulla wuschelt sich durch den Wuschelkopf, inspiziert ein paar Schilder und mustert dann Domino genauer. Domino so:
– Ich erinnere mich nicht wirklich.
– Schätzchen, du siehst aus, als wärst du völlig durch.
– Der Magen, sagt Domino, ich weiß auch nicht.
– Okay, sagt Ulla, du hast mir vorhin geholfen, jetzt helfe ich dir. Warte, das kriegt die Ulla schon hin. Und gib mir mal die Spucktüte.

=

Ein röchelnder Kleinbus. Felsen wie aus Pappmaché da draußen. Unfertige Hausgerippe. Und lauter freistehende Plakatwände entlang der Fernstraße:
Bier
Fastfood
Autos
Ferienanlagen in der Nähe werden auch beworben. Und dann das: ein kreisrunder Postermond. Davor, in Raumfahrermontur, Helm unterm Arm: Valentin Tiller. Breitbeiniger Retter des Universums. Sogar hier.

Drinnen frischt Ulla ihren beerenfarbenen Gloss auf. Sie, die lauten Fahrgeräusche übertönend:

– Du suchst hier also deinen alten Mitbewohner. Und ich habe mich das gleich gefragt, warum reist die wohl allein? Ob die solo ist? Kann eigentlich nicht sein. Aber jetzt verstehe ich allmählich. Knick, knack. Da sind doch bestimmt romantische Gefühle im Spiel. Oder?

– Nein, ziemlich sicher nicht. Er war eigentlich nie mein Typ. Außerdem: Bozorg ist früher mal mit meiner besten Freundin zusammen gewesen.

– Früher, Schätzchen, früher. Das sagt doch schon alles. Mal Hand aufs Herz, ist sie noch deine beste Freundin?

Ein komplizenhaftes Zwinkern. Domino:

– Sie ist tot.

– Oh.

– Genau. Mit 17. Und ihn hat das dann auch fast umgebracht. Deshalb ist er weg.

– Oh.

– Und bevor du fragst: Nein, kein Flugzeugabsturz, kein Autocrash, kein Verbrechen. Einfach ein blöder Schlaganfall. Aus dem Nichts.

Ulla lässt den Lipgloss in die Handtasche fallen, Blick fest auf Domino:

– Herrje. Aber am Herzen liegt dir dein alter Freund schon, stimmt's? Ich meine, immerhin reist du bis ans Ende des Kontinents wegen ihm.

– Vielleicht ja nur, um ihm zu sagen, was für ein Arschloch er ist.

– Ist er das?

Domino:

– Keine Ahnung. Ich vermisse meine Freundin. Bei ihm bin ich mir gar nicht so sicher. Am Ende war er wirklich ein Wrack. Kaum noch mit anzusehen, wie es mit ihm bergab ging. Erst einmal war es wie eine Erleichterung, als er sich quasi über Nacht verpisst hat. Dann war ich sauer. Sein ganzes Gerümpel steht noch im Keller.

— Und ich albere rum, sagt Ulla.

Die Kulisse wechselt: schrundige, buckelige Stoppelfelder und ein paar Grasrampen mit lichten Stellen. Domino:

— Konntest du ja nicht ahnen. Und ist lang her.

Das Fahrzeug zuckelt eine Anhöhe mit einer Menge Biegungen hoch. Tiefe Schlaglöcher. Die Sitzfederungen lassen die Körper wippen.

Zum Glück hat der Magendruck nachgelassen. Zum Glück fühlt Domino sich nur müde und überwach zugleich. Ulla:

— Weißt du was? Du hast mir deinen Namen noch immer nicht verraten.

— Domino.

— Schöner Name. Wie passend für einen bildhübschen Menschen wie dich. Hast du sicherlich schon öfter gehört. Neid, Neid. Ich fühle mich zwar auch noch wie 24, innendrin bleibt ein Teil von einem wohl immer jung, aber ich bin inzwischen eben 42. Und du?

— 20.

— Wirklich keinen festen Freund?

— Für was Festes fehlt mir das Talent, merke ich immer wieder.

In der Bankreihe vor Ulla und Domino zeigt jetzt aufgeregt ein Finger aus dem staubigen Fenster. Eine Bucht. Blau wie auf Weltkarten. Nach einer Weile des Schauens und Schweigens dann wieder Ulla:

– Ich drücke dir jedenfalls die Daumen, sagt sie, wenn du willst, höre ich mich gerne auch mal um. Wie hieß die Bar noch gleich? *La... wie?*
– Shangri-LaBamba. Angeblich.
– Sinillyk ist ziemlich, ziemlich weitläufig. Entlang der Küste gibt es lauter Siedlungen und Ferienanlagen. Über Kilometer geht das. Und ich erinnere mich nur an einen Laden mit *La*. Hm, *La Bar*, meine ich. Mit Pool im freien Innenhof. Da schwamm ein Tretbootschwan drin.
– Falscher Name, leider.
– Und richtig weit außerhalb. Aber guck mal, da!
Domino folgt Ullas Blick.

Ein Bild fertig zum Rahmen: Goldgelbes Abendlicht streift Palmen und Bougainvilleen, fällt auf eine milchweiße Fassade, Türen und Fensterläden in satten Himmelstönen, ein offenbar frischer Anstrich.

Schnörkeliger Schriftzug über dem Eingang: *Hotel Paradise*.

Vier Sternchen prangen im Halbbogen darunter.

Domino riecht das Meer, als sie aussteigt. Schmeckt sofort Salz auf den Lippen. Ulla winkt.

Die Staubschleppe, die der abfahrende Bus hinter sich herzieht. Domino rumpelt den Rollkoffer über eine gepflasterte Auffahrt, vorbei an einem Blumenrondell mit knallig leuchtenden Blüten.

19.12 Uhr.

Die Rezeptionistin, körperbetonter Blazer, klassisch roter Nagellack, akkurat gescheiteltes Langhaar, händigt Domino die Zimmerkarte aus.

– Da drüben ist der Speisesaal, gleich hier vorne finden Sie die Aufzüge. Haben Sie einen schönen Aufenthalt.

Der Etagenflur im dritten Stock wie eine zu lange Bowlingbahn.

Die Lüftung beginnt zu atmen, als Domino Zimmer 321 betritt und die Karte in einen Schlitz im Flur schiebt.

Der Marmor macht die Schritte laut.

Eine komplette Wand nehmen Fenster ein, sie reichen bis zum Boden. Domino verschiebt eins der Elemente und tritt auf den Balkon.

Weiße Vorhänge bauschen sich kurz.

Ein Pool-Oval. Sonnenschirme.

Sandwege, die sich in der abendlichen Dünenlandschaft verlieren. Und ein Stück weiter die oberen Stockwerke eines schachtelförmigen Gebäudes und wieder ein Stück weiter noch eins. Andere Hotels.

Domino beugt sich über das Geländer. An den Tischen unten sitzen Urlauber, jeder für sich allein, und starren in die Luft.

Ein Wartesaal vorm *Paradies*.

Durst.

Domino kehrt ins Zimmer zurück. Sie bleibt beim Ausziehen in einem Hosenbein hängen und kippt fast um. Sie muss lachen. Stellt sich nackt mit der Flasche Wasser, die für sie bereitgestanden hat, vor den Badezimmerspiegel.

Zu Schulzeiten ist sie sich, wegen der Hänseleien einiger Jungs, immer zu flach vorgekommen. Heute weiß sie die Vorzüge von Kleidergröße 34 zu schätzen und will um keinen Preis und an keiner Stelle ein Gramm mehr auf den Rippen. Sie betrachtet sich im Profil, sucht nach Anzeichen von Veränderung, die sich nicht entdecken lassen.

Dann geht sie duschen.

Sie dreht die Temperatur Stück für Stück hoch. Hüllt sich hinterher in ein Handtuch. Kämmt ihr kurzes, wasserstoffblondes Haar streng zurück.

Ein Ziehen in den Brüsten. Kann aber auch bloße Einbildung sein. Ihr ist, als müsse sie gleich anfangen zu weinen. Doch sie war noch nie eine große Heulsuse, und es kommt nichts. Sie löscht das Licht, schickt ihrer Mutter im Dunkeln eine Nachricht, schickt ihrer Kollegin Lynn eine Nachricht. Steckert das Ladekabel ins Telefon.

Eine Stille, dass Domino am liebsten auf Zehenspitzen gehen würde.

Aufs Bett legen.

Sich auf das Hotelkissen in ihrem Nacken konzentrieren.

Fest, keine Daunen. Das mag sie.

Sie schließt die Augen, ein mineralischer Geruch hängt in der Luft, der vom Pool aufsteigt. Domino hält den Atem an, hört das schwache Glucksen der Filter und ihren Herzschlag in den Ohren, ein leises Pochen, wie von Insekten, die gegen Glas fliegen.

Was treibt sie hier?

Sie döst weg.

Schreckt wieder auf. Aus Halbschlaf, in dem Erinnerungen und Träume und Gedanken sich vermischen und wiederholen.

So vergehen die Stunden. So vergeht die Nacht.

Futur II
- 63 Tage später: Ein weiterer Arbeitstag wird in den üblichen Bahnen verlaufen sein. Während Domino kurz vor Feierabend in nüchterner Hartnäckigkeit Sendungsprotokolle erstellt, tänzelt Lynn ins Büro. Sie entführt Domino in ein nahes Café, um sie unter einer Markise in ihre Affäre mit dem Redakteur einzuweihen. Ein heimlicher Kurzurlaub sei geplant. Domino entsorgt am selben Abend Bozorgs Karte. Nach der Rückkehr aus Sinillyk hat sie bereits sein Gerümpel aus dem Keller abtransportieren lassen. Das Frühjahr erscheint tröstlich weit weg.

- 9,4 Jahre später: Sie wird die frisch bezogene Wohnung, zentral, einige Kilometer vom Stadtrand entfernt, das erste Mal gründlich geputzt haben. Bis an die Grenze der Sterilität, wie sie es schätzt. Ihr Händchen für modische Spielereien und ihr kühles Temperament spiegeln sich in fast jedem Einrichtungsdetail. Lieblingsstück des Single-Haushalts: der begehbare Kleiderschrank voller Markenware. Sie hat, nun fast 30, O-Ton, «einen megagroßen Bekanntenkreis, Erfolg im Job und ganz okaye Kurzzeitbeziehungen». Manchmal, wenn sie Schulkinder sieht, ertappt sie sich dabei, wie sie im Kopf Rechenexperimente anstellt.

- 55,8 Jahre später: Sie wird ihren 75. Geburtstag gefeiert haben. Erst im Vorjahr ist ihre Mutter hochbetagt verstorben. Domino reist noch einmal ins Land ihrer Vorfahren, um einen Teil der mütterlichen Asche dort in den Wind zu streuen. Merkwürdigerweise fühlt sie sich der fremden Kultur näher, je weiter der Aufbruch ihrer Eltern aus der Heimat in die zeitliche Ferne rückt. Noch vor Ort plant sie für das nächste Mal einen längeren Aufenthalt. Ihre geschickte Altersvorsorge macht das problemlos möglich. Und sie ist fit. Und auch geistig agil. Rätselhefte verabscheut sie noch immer.

▸

|Donnerstag, 12. Mai
Ein weitverbreitetes Phänomen: Anfangs fühlt man sich oft dünnhäutiger in der Fremde, sensibler und bildet sich schnell ein, eine leicht verschobene oder auch klarere Wahrnehmung von sich selbst zu haben.

Unter Dominos Haut kräuselt es sich, ohne dass sie einen richtigen Namen für dieses Gefühl hätte, während der Fahrstuhl ins Erdgeschoss gleitet. Domino schaut an sich hinab.

Sandalen mit Keilabsätzen aus Kork, hellgrauer Baumwollrock, ein T-Shirt mit Aufdruck, sehr körperbetont, bauchnabelfrei. Domino streicht sich mit der Hand über den Streifen nackter Haut. Der zarte Film Sonnenmilch.

Sie richtet den Riemen der Umhängetasche, während sie die Lobby durchmisst. Die Frau an der Rezeption sieht der vom Vortag zum Verwechseln ähnlich. Gleicher Blazer. Gleicher Nagellack. Nur dass die hier einen Plastikreif trägt, der ihr das Haar aus der Stirn hält.

– *Shangri-La ... Bamba?!* Und das soll eine Bar sein, hier in Sinillyk? Ich kann den Manager gerne mal fragen. Aber ich fürchte ...

Was immer die junge Dame fürchtet, der Manager weiß auch nichts:

– Draußen beim Club D'Foe gab es vor Jahren mal eine Disco in den Hügeln, aber die verwildert jetzt als Ruine vor sich hin und hieß auch anders. Zuletzt sollen ein paar Aussteiger dort gesehen worden sein. Ich weiß nicht. Es gibt einen Haufen Locations für Amüsement entlang der Küste. Das *La Bar* ist sehr bekannt. Immerhin was mit *La*.

– Das habe ich schon mal gehört, sagt Domino.

Der Manager streicht die metallicgraue Krawatte glatt:

– Tut mir leid. Ziemlich ambitioniertes Vorhaben, scheint mir.

Domino nickt:

– Auch das habe ich schon mal gehört.

Sie legt die Postkarte und ein altes Bild von Bozorg auf den Tresen.

Achselzucken.

Sie erzählt die gleiche Geschichte wie im Reisebüro. Sie erzählt, man hätte sie überhaupt erst wegen dieser Bar nach Sinillyk geschickt.

Körts.

Beim Gedanken, dass sie diesem kleinen Trottel vertraut hat, rebelliert wieder der Magen. Sie mietet ein Hotelfahrrad und begibt sich auf die Strecke in den Ort: fünfeinhalb Kilometer.

Keine schöne Route.

Der Manager hatte sie gewarnt. Viel Verkehr auf der Zufahrtsstraße. Sie nutzt den schmalen Seitenstreifen. Hinter den Leitplanken, zwischen Disteln und halbwelken Büschen, ranken holzige Gestrüppstängel und traurig gelbe Puschelblüten in die Höhe.

Der Singsang der Reifen. Die plötzlichen Windstöße, wenn LKW dicht an ihr vorbeibollern. Einmal ein Hupen. Aus einem staubummantelten Kleinwagen lehnen sich junge Männer halb aus den Fenstern, rufen ihr zu:

– Please, marry me!

Oder etwas in der Art.

Sie gelangt direkt zum kleinen Hafen, den der Manager ihr rümpfnasig als *das Zentrum von Sinillyk* beschrieben hat. *Kein schöner Hafen.*

Ein Fähranleger.

Das Kassenhäuschen ist noch geschlossen. Ein rostiges Boot tuckert vorbei. Auf blanken Pollern hocken Möwen wie räudiges Gesindel.

Domino schließt das Rad an einem Verkehrsschild an. In der Nähe einer Baustelle. Der Geruch nach frischem Teer. Arbeiter in orangefarbenen Westen und mit nackten Armen stützen sich auf ihren Schaufeln ab, gaffen.

9.24 Uhr.

Vor einem Kiosk betrachtet Domino Postkarten auf dem Drehständer. Hofft, das Motiv zu entdecken, das sie kennt.

Fehlanzeige.

Wenn man nicht weiß, wonach man genau sucht, kommt es einem gar nicht wirklich vor, als würde man etwas suchen.

Sie spaziert zu Fuß zur nächsten Kreuzung, entlang einer breiten Straße mit Restaurants, Souvenirshops, der winzigen Filiale einer Bank und einer Apotheke, die geschlossen hat.

Hinter den Häusern winklige Gassen, die sich neu verzweigen. Domino erreicht nach einer Weile einen Platz voller Marktstände.

Auch davon hatte der Manager gesprochen.

Geheimtipp!

Domino begibt sich ins Getümmel.

Fisch, der in Plastikbeuteln verkauft wird. Und Gemüse. Und Obst. Und Gewürze Honig Handarbeiten Stoffe Bekleidung Schnürsenkel Kosmetik Spielzeug Sonnenbrillen Batterien Trödel.

– Best fish!

– Best silk! Best quality, best price!

Alle zehn Schritte ein neuer Duft. Nach Seife Käse Blumen, nach Mottenkugeln. Komisch, dass ihr nicht schlecht wird.

Die Händler schippen Schoten und Knollen auf Waagen, zerhacken rohes Fleisch, sortieren Ledergürtel und Strohhüte. Sie schleppen Nachschub herbei, befüllen Körbe und Tüten, hängen Bügel um, feilschen, schwitzen.

Überall offene Geldkassetten.

Wenn Leerlauf herrscht, plappern Marktfrauen wie entfesselt in Telefongeräte, die sie gleich wieder sinken lassen, sobald jemand nur schaut.

– Special discount! Try, try!

– Look! Feel!

Hat sie wirklich gehofft, Bozorg würde ihr zufällig über den Weg spazieren? Domino beschließt, zum Hafen zurückzukehren.

=

Sie glaubt genau zu wissen, in welche Richtung sie muss, biegt prompt falsch ab. Ein Kopfsteinpflasterweg führt in ein verkommenes Viertel. Hauseingänge, die mit Sperrholzplatten vernagelt sind. An einem Baugerüst hängt eine verdreckte Plane, schwingt im Wind. Domino nimmt die nächstbeste Gasse. Und auf einmal überkommt sie das Gefühl, beobachtet und verfolgt zu werden. Meint Schritte hinter sich zu vernehmen. In gleichbleibendem Abstand.

Etwas zwischen Panik und Lust flammt in ihr auf. Wobei die Lust, sich nicht einschüchtern zu lassen, überwiegt.

Helllichter Tag.

Was soll passieren?

Sie schlüpft um eine Ecke und gleich um noch eine. Verlangsamt wieder das Tempo. Lauscht. Sie ist sich nicht sicher, was sie hört, ob es nicht einfach das Geräusch der eigenen Sandalen ist, das sie vernimmt, ob sie nicht einfach mal stehen bleiben soll.

Sie bleibt stehen.

Domino kramt in der Umhängetasche, findet das Telefon. Die Schrittgeräusche: Da sind sie wieder. Sie kommen näher. Ein Schlappen von harten Sohlen auf Asphalt. Domino umfasst das Telefon fester. Sie weiß nicht recht, wieso.

Über die Schulter blicken. Ihren vermeintlichen Verfolger vorübergehen sehen. Sehen, wie er sich ebenfalls nach ihr umdreht.

Ein Mann mit gefälschter Markensonnenbrille im abgemagerten Gesicht.

Goldkettchen an Hals und Handgelenk.

Er wechselt die Straßenseite. Schräg gegenüber bleibt er in einem Hauseingang stehen, lehnt sich mit der Schulter gegen den Mauervorsprung, fischt eine Zigarettenschachtel aus der Hose. Ohne jede Hast.

Domino setzt sich in Bewegung, atmet auf, als sie ein Stück weiter einen Ladenkiosk erspäht, vor dem ein paar Stühle und Tische auf dem Gehsteig stehen. Im Fenster blinkt die Buchstabenkombination O-P-E-N in verschiedenen Rottönen.

Drinnen leuchten die Lampen in kränklichem Gelb. Ein Raum kaum größer als ein Lastenaufzug. Getränkekühlschränke, vollgestopfte Regale mit abgepackten Lebensmitteln. Im Fernseher unter der Decke läuft Sport. In zwei wuchtigen Behältern neben der Kasse wird Slush-Eis umgewälzt.

Blau. Weiß.

Auf einem niedrigen Hocker dahinter: ein Kahlkopf mit buschigem, grauem Schnurrbart. Domino versucht, ihn nach dem Weg zum Hafen zu fragen. Versucht es auf Englisch. Mit Händen und Füßen. Ihr fällt das Wort nicht ein.

– Where the ships go, you know?
– …?

Verständnisloses Augenaufreißen. Breite Stummelfinger massieren die Glatze. Aber Kahlkopf erhebt sich zumindest.

– Mist, sagt sie, Hafen, wie hieß das noch gleich? Where all the boats are. Das versteht doch eigentlich jeder. Boats. The water. Blue like this.

Sie deutet auf den blauen Bottich. Der Mann lächelt:
– Ah …! Big? Small?

Das Türglöckchen bimmelt. Domino sackt innerlich in sich zusammen. Jemand betritt den Laden. Kein Mädchen mehr, aber auch noch nicht lange aus der Pubertät raus. Eine Anhängerkette baumelt der vielleicht 17-, höchstens 18-Jährigen vor der Brust. Ein Flamingo aus buntem Glas.

Domino zu dem Mann:
– Ist doch nicht zu fassen, sagt sie, das meinte ich nicht. Ich will zum Hafen. Zum Wasser. To the ocean.
Der Mann lächelt noch einmal mild:
– Big?
– Ach, was soll's, sagt Domino, yes, big.

=

Mit einem Minilöffel stochert sie in der blauen Eispampe herum: Domino kippelt auf dem Plastikstuhl, in den sie sich vor dem Kiosk hat rutschen lassen. Sie sitzt im Schatten. Im Hintergrund das Fernsehgebrabbel aus dem Laden: der fremdsprachige Kommentar der Sportreporter.

Ein Mann setzt sich an den Nebentisch.

Der dürre Typ von eben.

Auf den zweiten Blick erst sieht man es: Er ist noch jung, wahrscheinlich jünger als Domino. Sie erkennt ihn sofort wieder. Sein Kurzarmhemd flattert um die dünne Brust. Im Ausschnitt hängt die Sonnenbrille.

Er spielt mit einem Gasfeuerzeug.

Eine Flamme zischt hoch, erlischt und zischt wieder hoch. Er zündet sich eine Zigarette an, bläst Rauch in Dominos Richtung.

Kein Wort.

Wie in einem zweitklassigen Gangsterfilm. Domino muss lachen. Er lacht auch kurz auf. Kein angenehmes Lachen. Schaurige Zähne.

Domino stellt das Slush-Eis auf den Tisch, guckt im Sitzen nach links, guckt nach rechts. Nirgends Bewegung. Am Straßenrand parken vereinzelt Fahrzeuge. Mit Kennzeichen, die ihr nichts sagen.

– What's your name?

Domino tut, als wäre die Frage gar nicht auf sie gemünzt.

Denkt nach.

Von rechts ist sie eben gekommen, links führt die Gasse bergab. In dieser Richtung wird sie zum Hafen kommen. Bergauf geht es wohl kaum ans Wasser. Domino schultert ihre Tasche.

Der dürre Typ setzt die klobige Brille auf, was seinen Kopf aussehen lässt wie den eines mutierten Insekts. An der nächsten Ecke wird Domino von ihm überholt und angerempelt.

Seine Hand, die ihren Oberarm in die Zange nimmt. Sie fasst es nicht, dass es wirklich geschieht. Nie und nimmer hat sie damit gerechnet.

Domino blickt sich um.

Auf einem Fenstersims eine Katze, die ihre Hinterpfote betrachtet und dann leckt. Kein Mensch, nirgends. Jedes Härchen an Dominos Oberkörper elektrisiert. Da ist etwas, das gegen Lungen Herz Kehle drückt.

Der Typ hat freie Bahn.

Sich noch einmal umschauen, probieren, nicht an all das zu denken, was ihr jetzt drohen könnte, und es damit doch tun. Ihre Kampfeslust erwacht. Versuchen, sich loszuwinden. Laut werden:

– He!, bringt sie hervor.

Eine Ader zuckt auf seiner Stirn. Er stinkt nach Qualm und saurem Atem und grapscht nun auch mit der freien Hand nach ihr, berührt sie flüchtig an der Brust, aber sie hat eher nicht den Eindruck, dass es das ist, was er will. Er so:

– You like this, hm? What's your name?

Ein Pfiff hallt. Eine Stimme ruft:

– Roulis!

Und noch ein paar laute Brocken in der Landessprache. Die Zange am Arm schnappt auf. Der mit der Insektenbrille macht sich davon. Und ein Mädchen mit lässiger, kaugummikauender Arroganz im Gesicht kommt auf Domino zu. Weiß blitzt ihr Lächeln in den Tag. Ihr dunkler Pferdeschwanz schwingt hin und her, wenn sie den Kopf bewegt. Sie so:

– Das war Roulis. Du bist hoffentlich okay.

Schwerer Akzent, aber sie spricht Dominos Sprache. Domino:

– Ich …? Ja, ich wollte eigentlich nur zurück zum Hafen.

– Rikki, stellt das Mädchen sich vor, ich war gerade auf dem Weg zur Arbeit. Hast Glück gehabt.

Domino bemerkt das Anhängerkettchen. Rikki ist das Mädchen, das eben auch im Kiosk war.

– Mein Fahrrad steht am Hafen.

Domino bringt den Satz abgehackt hervor, während Rikki sie schon sanft vom Ort des Geschehens weglotst. Durch eine kaum wäscheständerbreite Gasse, in der sie sich zum Schluss an einem Plastikmüllcontainer auf Rädern vorbeiquetschen müssen. Ein Stück weiter liegt ein lichtüberfluteter Platz.

Dankbar folgt Domino.

Geht dicht neben Rikki her. Der holzige Geruch im Haar, gutes Kaminholz. Und Rikki redet ohne Punkt und

Komma. Schimpft über die ganzen Tricks der Banden von Sinillyk. Wie sie die leichtgläubigen Urlauber in die Pfanne hauen, indem sie erst furchtbar nett sind und später drohen. Rikki:

– Die packen einem Stoff in die Tasche. Dann rufen die einen Onkel an, der bei der Polizei arbeitet. Oder das wenigstens behauptet. Und der knöpft einem das Geld ab. Bußgeld, damit es keine Anzeige gibt. Kapierst du? Hier darfst du quasi niemandem trauen, ehrlich. Auch ein Kaugummi?

Domino nickt.

Und kurz darauf taucht ein kleiner Junge auf. Beginnt, einen Fußball gegen eine Wand zu bolzen.

Allein.

=

◀◀

|zurück: letzte Woche Freitag
Türen fliegen auf, Türen fliegen zu. Die Sprechstundenhilfe blättert durch ein Terminbuch, dessen Seiten sich an den Ecken nach oben wellen. Eine Batterie von Kugelschreibern in der Brusttasche ihres Kasacks.

Früher hat Domino diese Hemden mit dem überschnittenen V-Kragen immer schick gefunden. Eine Zeitlang wollte sie Apothekenhelferin werden. Genau deshalb. Sie erinnert sich gut. Ein Lehrer hat mal die Aufgabe gestellt: Wer oder was werde ich mit Anfang 20 sein?

Ein paar Idioten wollten Leprakranke in der Dritten Welt waschen. Sie nicht. Einer der Jungs kam mit der Idee Pornoproduzent um die Ecke. Wegen der Kohle. Eins der Strebermädchen der Klasse schrieb: Raumfahrerin. Auf fernen Planeten, wo die Vögel aussehen wie Flamingos, wollte sie landen. Das Gefieder würde die Farbe (wortwörtlich) eines Gletschersees haben.

Das war maximal bescheuert.

Das wusste Domino. Das wusste jeder, auch mit 14. Domino ist nie eine große Träumerin gewesen. Arbeiten gehört zum Leben dazu, wenn man es ein wenig behaglich haben will, das hat sie früh gelernt, und ein stinknormaler Job war für sie deshalb kein Debakel.

Blaue Flamingos. Am Arsch!

Und was wussten diese Idioten schon von Leprakranken? Alles, was mit Zerfall und körperlichen Beschwerden zu tun hat, widert Domino an.

Apotheken fand sie akzeptabel.

– Später noch mal wiederkommen, sagt die Sprechstundenhilfe, was soll ich machen? Sie sehen ja, was hier los ist.

Sagt es nicht zu Domino.

Sagt es zu einer Frau mit Kopftuch und imposantem Ballonbauch unter dem bodenlangen Gewand. Die Sprechstundenhilfe kritzelt im Terminbuch herum. Kopfschütteln.

Domino schickt sie in Behandlungsraum III.

Vorhin war sie schon gegenüber, in Behandlungsraum I. Dabei ist sie nur zur Routineuntersuchung da. Beschwerden hat sie keine. Aber die neue Ärztin legt offenbar Wert auf Gründlichkeit. Es ist Dominos erster Termin bei ihr.

Den alten Frauenarzt, kürzlich in Rente gegangen, mochte Domino schon allein deshalb, weil er wortkarg war. Und diese Hände. Schlank warm ruhig, nur ganz zart behaart. Sehr schöne Männerhände.

Seine Nachfolgerin wirkt jung, auch wenn ihr schwarzes und glattes Haar bereits mit einzelnen silbernen Strähnchen durchzogen ist. Sie hat es derart fest am Hinterkopf zusammengezurrt, dass die feinen Bögen der Brauen dadurch dauerhaft hochgezogen werden.

Domino weiß noch nicht, was sie von ihr halten soll.

Dürre Finger, fast knochig.

Und der Ausdruck im Gesicht. Domino sieht es: Dieser Mensch weiß etwas, das sie noch nicht weiß.

– Einmal für den Ultraschall freimachen bitte.

Das Grunzen der Tube, als das Gel herausgequetscht und kalt um den Bauchnabel herum verteilt wird.

Eine Vorahnung?

Kleinkindhaft wendet Domino den Blick ab. Ganz gegen ihre Art. Will nicht sehen, was es auf dem Monitor am Fußende der Liege zu sehen gibt. Krisselige Formen. Wabernde Bilder. Koordinaten am Rand.

Lieber konzentriert sie sich abwechselnd auf die beigen Lamellen der Senkrecht-Jalousie vor dem Fenster und die Clogs der Ärztin. Hört Fragen. Und hört sich Antworten geben. Domino:

– Kurz vor Weihnachten, glaube ich. Ja, im Dezember habe ich die Pille abgesetzt. Immer mal wieder Unterleibsschmerzen seither. Bisschen nervig. Aber nichts Dramatisches.

Die Ärztin:

– Stichwort Dezember: Schwangerschaftswoche sechs oder Anfang siebte. Wussten Sie das? Voraussichtlicher Geburtstermin, zumindest nach Messung der Scheitel-Steiß-Länge, rund ums Fest. Sieht so weit alles gut aus.

– ...?

Absolute Leere unter Dominos Scheitel. Ein leichter Schauer, der vom Steiß aufwärtszieht. Die Ärztin:

– Schon mal ein gelegentliches Ziehen in der Leistengegend gespürt? Das ist jetzt normal.

– Ein Ziehen?

– Die Gebärmutter wird in diesem Stadium größer und richtet sich auf. Das dehnt die Bänder, die den Uterus im Becken verankern. Ziehen wird es auch in der Brust. Sie können sich denken, wieso.

Die Lippen der Ärztin. Präzise in kräftigem Rot geschminkt. Ein Mund, der keinen Spielraum für Zweideutigkeiten lässt.

Domino begreift. Und will noch nicht begreifen.

– Moment, sagt sie, ich hatte letzte Woche erst Blutungen. Ganz sicher.

– Schmierblutungen. Kommt vor.

– Unmöglich!

– Sie sind schwanger. Das habe ich mir gleich gedacht, als ich Sie vorhin gesehen habe. Schauen Sie her …

Die Ärztin drückt Knöpfe, das Gekrissel auf dem Bildschirm gefriert, während es Domino in den Ohren kracht und der Boden unter der Liege Risse bekommt. Nun aber: *schwanger.*

Das sitzt.

– Wieso? Wie? Ich meine, das kann eigentlich nicht …?

Die Ärztin:

– Na, beim Nägellackieren ist es sicherlich nicht passiert.

Auf Dominos Brust fühlt sich die Haut an wie mit heißem Wasser übergossen. Die Arme dagegen scheinen eiskalt. Ein letztes Aufbäumen:

– Na gut, sagt sie, aber da gibt es doch Mittel und Wege. Richtig?

– Sie sind überrascht.

Eine neutrale Feststellung, keine Neugier.

– Es gibt nicht mal einen Vater, bringt Domino hervor. Ich reiße ganz sicher nicht die Fäuste hoch vor Freude.

– Hm.

Die Ärztin reicht Domino eine Ladung Papiertücher für den Glibberkram auf dem Bauch.

– Ich bin zu jung. Verstehen Sie?

– Sie sind keine 14 mehr. Sie tragen die volle Verantwortung für Ihr Tun. Ich finde ja, es gibt deutlich Unangenehmeres.

Domino nickt. Was soll sie sonst machen?

– Und jetzt?

– Kein Alkohol, klar. Einen Gang runter. Sind Sie berufstätig?

– Ja. Aber das meinte ich nicht. Ich will kein Kind.

– Sie haben Zeit. Und die sollten Sie sich auch nehmen. Denken Sie in Ruhe über alles nach. Ich gebe Ihnen gern Broschüren mit, Adressen und Telefonnummern. Vereinbaren Sie außerdem einen neuen Termin. Und dann, wie gesagt, erst einmal alles sacken lassen.

Domino schüttelt den Kopf:

– Gute Idee. Ich denke, ich fahre dann mal nach Hause und zerlege ein bisschen die Einrichtung.

Die Augenbrauenbögen der Ärztin wandern noch ein Stück höher, der rot geschminkte Mund wird schmaler. Nein, Domino mag diese Frau nicht. Das weiß sie jetzt. Die Ärztin fragt:

– Haben Sie jemanden, mit dem Sie sprechen können? Sie sollten mit jemandem reden. Wissen Sie, vorhin war hier eine Patientin, vielleicht drei, vier Jahre älter als Sie, noch keine 30, und die hat heute erfahren, dass sie Gebärmutterhalskrebs hat. Vielleicht hilft Ihnen das? Sie sind kerngesund.

Raus, nur raus.

Wie eine aufgezogene Spielzeugfigur, mit kurzen, steifen Schritten. Dann werden die Knie schaumstoffweich. Das Treppenhaus ist enger. Und draußen die Welt viel lauter und viel größer als vor anderthalb Stunden. Und furchteinflößend hell.

Immerhin: Sie existiert noch.

Es hasten weiter Passanten an einem vorbei, ohne Notiz von ihrer Umgebung zu nehmen; sie beachten die junge Frau nicht, die da wie blöd an ihrem Motorroller steht, Helm vorm Bauch, und (beim Blick an sich herab) plötzlich kurz davor, loszuschreien.

Domino beherrscht sich.

Helm auf, durchatmen.

Die Abendluft, die zart nach Kakao duftet, weil Wind die Gerüche aus den Fabrikschloten hinter Halle 2 stadtauswärts trägt. Das sorgt für einen Moment der Aufgehobenheit. Zwei Sekunden, in denen alles in Ordnung ist. Bis Domino ihre Bänder im Unterleib zu spüren meint. Nichts, aber auch absolut gar nichts ist in Ordnung. Was kann sie jetzt tun?

Terpentin trinken. Sich von einer Treppe stürzen. Haha!

Ihr fällt noch etwas anderes ein.

In die Apotheke.

Drei Schwangerschaftstests. Unterschiedliche Marken.

Nach Hause.

Drei Mal wider jede Vernunft für Minuten hoffen, drei Mal bangen. Wie unter einer Glocke, an der alle Rationalität stumpf abprallt.

Drei Mal am Ende dasselbe Ergebnis.

Und dann liegt da auch noch die Postkarte, die da nun schon seit zwei Tagen liegt. Das *Lebenszeichen* von Bozorg. Und schließlich (in dieser Situation das i-Tüpfelchen) der Anruf von Dominos Mutter. Einfach mal erkundigen, wie es geht. Domino:

– So mittelprächtig. Viel los. Vor mir auf dem Tisch stapeln sich zum Beispiel ein paar Schwangerschaftstests. Was würdest du eigentlich davon halten, Oma zu werden?

Statisches Rauschen in der Leitung.

– Habe ich das gerade richtig verstanden? Weil, wenn ich das richtig verstanden habe und wenn du wirklich ein Kind bekommst, dann such dir mal schnell einen Mann dazu. Oder bin ich nicht auf dem Laufenden?

– Ich bekomme kein Kind.

Kurz die Angst, dem Druck auf der Brust nicht standhalten zu können. Kurz, ganz kurz das Bedürfnis, einfach loszuheulen. Domino merkt, wie sie mit dem Handballen an ihren Augen herumzutasten beginnt. Die Mutter:

– Wieso überhaupt Schwangerschaftstest? Na, geht mich ja nichts an. Aber ich kann dir jedenfalls sagen, ein Kind mal eben allein großzuziehen ist kein Vergnügen. Muss zu zweit natürlich nicht besser sein. Da hast du gleich wieder ganz andere Probleme. Schlimmstenfalls doppelte. Sag mal, wolltest du mich nur mal so auf die Probe stellen? *Oma!* Sehr witzig.

Domino schiebt die Teststreifen aus dem Blickfeld. Jetzt besser schnell die Kurve kriegen:

– Vergiss es einfach, sagt sie, vielleicht ist das ja typisch Frühling. Hast du nicht auch das Gefühl, es grassiert? Wo man hinschaut, Schwangere. Hirnzerstörend. Apropos: Habe ich dir erzählt, dass Bozorg geschrieben hat?

Ein verblüfftes:

– Nein!

– Doch.
– Und wo steckt er? Geht es ihm gut? Jetzt verstehe ich auch, warum du so merkwürdig zuwege bist. Ist ja mal der Hammer.
– Im Süden.
– Lass dir doch nicht immer alles aus der Nase ziehen, Schatz. Wo im Süden? Vielleicht kannst du ihn ja mal besuchen. Hast du nicht sowieso noch ohne Ende Urlaubstage?

Die Heckklappe einer kleinen Autofähre donnert auf den Kai. Wagen rollen an Land. Unter einem dermaßen blauen Himmel, dass es ihr geradezu wie Hohn erscheint: Domino befindet sich wieder am Hafenbecken.
Allein.
Ein Jogger schnauft auf der Promenade vorbei. Stirnband. Am Arm ein Messgerät. Schweiß tropft von der Nasenspitze. Ein Urlauber, unverkennbar. Soll sie ihn anhalten?
Was könnte sie ihm sagen? Dass sie beklaut wurde? Dass sie jetzt kein Telefon und keinen Fahrradschlüssel und keine Scheckkarte mehr besitzt?
Sinnlos.
Ein paar hundert Meter weiter lässt sie sich an einer Treppe zum Strand nieder, starrt zwischen angewinkelten Knien auf Waschbetonplatten.
Nach einer Weile hebt sie den Blick.
Eine käsebleiche Gestalt fällt ihr auf. Geringelter Badeanzug, dessen Farben stark verblasst sind. Stumpfes Haar, fransiger Pony. Billigkopfhörer. Das Gesicht drückt eine Art fröhliches Dauerentsetzen aus.
Kein Kind. Keine Erwachsene.
Auf immer alterslos.
Weltvergessen tanzt dies entrückte Wesen auf der Stelle vor sich hin. Dreht sich. Die kurzen Arme säbeln unkoordiniert die Luft.
Eine Zurückgebliebene, denkt Domino.

Flüstert vor sich hin:
– Oh nein. Nein!
Merkt es.
Das Ziehen in den Brüsten.
Greift sich mit ihren Fingern in die Wangen, krallt sich in ihre Haut. Nicht auszuhalten.

Sie streift die Sandalen ab, geht durch den Sand zur Wasserkante vor und folgt dem Meeressaum Richtung Hotel. Wie in Trance setzt sie einen Fuß vor den nächsten.

Wie in Trance.

11.10 Uhr.

Ein schief zusammengezimmerter Hochsitz. Oben thront einer dieser selbstverliebten Kasper mit sehnigen Gliedern. Ein Rettungsring schmückt das Holzgerüst. Auf dem Rund der Name des Hotels: *Beach Resort*.

Alle paar Minuten passiert Domino diese Abschnitte, wo Klappliegen und Schirme in den Sand gepflanzt sind und Sonnenmilchdunst sie anweht. Zimtig, pampelmusig oder süßlich wie zerlaufene Minztörtchen.

– Huhu, Schätzchen!

Dominos Kopf ruckt um 90 Grad herum.

Ulla.

Eingehüllt in ein farbenfrohes Flattertuch. Auf dem Wuschelkopf einen Strohhut mit damenhaft breiter Krempe, den sie gut festhält, um ihn bei ihren langen Giraffenschritten nicht zu verlieren.

Küsschen links, Küsschen rechts.

Das Gesicht ziert das unkalkulierte Lächeln einer Tombolagewinnerin. Pure Freude. Bis Domino von ihrem verkorksten Morgen berichtet.

Von Rikki und Roulis.

Und der eigenen Blödheit.

– Leichte Beute war ich für die. Diese Rikki hat unter Garantie mit dem dürren Grapscher gemeinsame Sache gemacht. Sie kannte ja sogar seinen Namen. Wie konnte ich nur so dumm sein?

Ulla klatscht sich entsetzt an die Schläfen unter der Hutkrempe. Ihr Nasenpiercing zwinkert in der Sonne.

– Mein Gott, sagt sie, komm erst einmal mit in den Schatten.

Sie führt Domino an der Hand zu ihrer Liege und zaubert aus einem Sandloch eine Flasche Wasser hervor. Domino trinkt. Hört das Gluckern der Flüssigkeit und das eigene hastige Schlucken.

Dann sitzt sie so da, neben Ulla.

Hände im Schoß. Schaut einem Jungen und einem Mädchen beim Muschelkampf zu. Schaut einem Mann in scheußlich knapper Badehose zu, der mit einem Kinderspaten kunstvoll eine Art Sandpalast modelliert.

Domino:

– Hinterher wirken die Tricks einfach nur billig.

– Erzähl noch mal der Reihe nach, sagt Ulla.

– Diese Bitch. Zuerst hat mich Rikki im Kiosk ausspioniert und nach dem Pseudo-Überfall eingelullt. Was die nicht alles zum Besten gegeben hat. Sie hat gemeint, jeder in Sinillyk würde Roulis kennen. Ein Kiffer mit einer Menge Schulden. Und von sich hat sie behauptet, sie wäre Köchin. Drei Jahre Ausbildung im Hotel, drüben bei uns. Deshalb würde sie auch unsere Sprache so gut sprechen.

Ulla nickt:

– Das war eine einstudierte Nummer, klar.

– Genau. Die hat mich zugesabbelt, während wir da auf dem Kantstein gesessen haben. Bla, bla, bla, bla. In einer Tour. Und ein Stück weiter bolzt dieser Junge im Fußballtrikot den Ball gegen die Hauswand. Rikki erklärt mir den Weg zum Hafen, meint, sie müsse jetzt langsam los. Ob wir nicht noch ein gemeinsames Foto machen wollen. Ruft den Jungen herbei. Und ich gebe dem mein Telefon. Ohne mit der Wimper zu zucken.

Ulla atmet hörbar aus:

– Puh! Der Kleine hat wohl gleich die Beine in die Hand genommen. Wie fies. Aber wer rechnet auch mit so was?

– Das ging alles ratzfatz. Meine Tasche stand neben mir. Die hat der auch geschnappt. Rikki sofort hinter ihm her. Und ich? Ich blieb da wie verblödet stehen. Das weiß ich noch.

Domino versinkt in Gedanken.

Der Platz.

Ein abgewarztes Münztelefon gab es da. Unter einer Plastikhaube. Und der kaputte Hörer baumelte lose an einer Spiralschnur.

Dieses Bild.

Und wie das Blut in den Schläfen gepocht hat, wie sie die Arme um sich selbst schlang. Ullas Stimme holt sie zurück:

– Und diese Rikki, die hat sich als Heldin aufgespielt?

Domino nickt:

– Die kam mit meiner Tasche wieder, ja. Und unschuldigen Kulleraugen. Ich nehme an, die haben einfach hinter der nächsten Ecke rausgeholt, was sie wollten. Und sie schlug sogar vor, ich sollte am besten gleich zur Polizei. Sie würde natürlich alles bezeugen. Aber leider, zu dumm, jetzt müsse sie erst einmal zum Job. Sie hat mir noch ihren Namen und eine Telefonnummer auf die Hand gekritzelt. Nein, sag nichts. Ich fühle mich eh schon idiotisch genug.

Ulla fächelt sich inzwischen Frischluft mit dem Strohhut zu.

– Das Gefühl kenne ich, sagt sie, das kenne ich gut.

Domino wischt sich über die Augen. Sieht, wie dem Kinderspaten-Mann ein Turm von seinem Sandpalast einstürzt. Schaut dann zum Typen auf dem Hochsitz. Sie meint, den Geruch der in der prallen Sonne schmurgelnden Haut förmlich riechen zu können.

Domino schiebt ihre Füße in den kühlenden Sand, beißt sich auf die Lippen, bis es weh tut. Ihr ist, als wäre da nur noch Knete hinter der Stirn.

– Ich fange langsam an, mich auf den Rückflug zu freuen, sagt sie.

=

Meer und Himmel: hingepinselt in hellen Wasserfarben. Zusammen starren Ulla und Domino auf den Horizont, zusammen sitzen sie auf der Strandliege unterm Sonnenschirm. Brisen streichen durch die warme Luft. Ulla:

– Wenn ich was für dich tun kann …

Domino zuckt die Achseln.

– Mein Geld ist futsch. Und guck mich an, ich muss wahrscheinlich mein Gesicht dringend in Ordnung bringen.

Der Versuch eines Lächelns.

Ulla greift nach ihrer Hand.

– Ich kann dir Geld leihen, Schätzchen, kein Problem. Steck bloß dein hübsches Köpfchen deshalb nicht in den Sand.

Domino entzieht sich der Berührung, drückt das Kreuz durch, reibt die bloßen Unterarme. Draußen auf dem Wasser schaukeln träge ein paar Bojen. Gischt spritzt um Körper, die sich ins Nass stürzen.

– Echt lieb. Ich müsste vor allem dringend mal telefonieren. Und wenn du zufällig was hättest, womit man sich auspeitschen kann, sage ich ganz sicher auch nicht nein.

Ulla gluckst. Es klingt wie ein Hickser.

– Trink noch mal was, sagt sie.

Schraubt den Deckel von der Flasche und hält sie Domino hin, setzt sich den Hut wieder auf den Wuschelkopf.

Dann klatscht sie sich entschlossen auf die Oberschenkel und reißt das Kommando an sich, kümmert sich um die nächsten Schritte.

Schritt eins: Sie sorgt dafür, dass Domino von Ullas Hotelzimmer aus mit der Bank zu Hause telefoniert. Besteht außerdem (Schritt zwei) darauf, dass Domino das Beach-Resort-Gurkensandwich testet und eine Kugel Vanilleeis zum Nachtisch bekommt. Zu ihrem eigenen Erstaunen verspeist Domino den Snack bis zum letzten Waffelkrümel.

Schritt drei: Ulla treibt den latzhosigen Hausmeister der Anlage auf. Nach einigem Gecirce leiht er ihnen einen hantelschweren Bolzenschneider. Ulla bewegt testweise die langen Metallschenkel:

– Mit so einem Ding wollte ich schon immer mal losziehen, sagt sie, gut, dass mein Ex weit weg ist. Gut für meinen Ex. Auf nach Sinillyk!

Am Hafen sehen die Bauarbeiter in den orangen Westen den beiden Frauen bei ihren Bemühungen zu.

X Anläufe ohne zählbares Ergebnis.

– Die Primaten da drüben feixen sich eins, sagt Domino.

Ulla wuschelt sich durch den Wuschelkopf:

– Die Primaten da drüben haben recht, wir sollten unser Hirn benutzen.

Sie stemmt die Beine entschlossen in den Gehweg und deutet mit dem Bolzenschneider auf den Bauarbeiter mit dem größten Brustumfang. Der schiebt den Helm in den Nacken, versteht.

Bizepse spannen sich. Das Fahrradschloss knackt auf. Jubelpfiffe der Kollegen, als die Kette im Hafenbecken landet.

15.30 Uhr.

Der letzte Schritt: Als radebrechende Dolmetscherin geht Ulla mit zur Polizeistation. Domino gibt alles zu Protokoll und muss tausend Dokumente unterschreiben.

Der Beamte: ein sprechender Aktenordner.

Das Büro: eine stickige Schuhschachtel.

Von einem Roulis hat der Polizist noch nie etwas gehört. Die Nummer auf dem Handrücken ist nicht vergeben. Diebstähle an Urlaubern würden sich sowieso nur selten aufklären lassen, wird Domino informiert. Und als sie zum Schluss noch nach einer Bar namens Shangri-LaBamba fragt, schüttelt der Mann nur unbeteiligt den Kopf.

– Hat die auch was mit Ihrer Räubergeschichte zu tun?

Räubergeschichte.

Drecksack.

Wieder auf der Straße, surrt es in Domino förmlich vor Hitze. Dumpf und taub, ein Gefühl von Benommenheit, bei jedem Schritt pulst es ihr neu durch den Körper. Domino umarmt Ulla zum Abschied:

– Ich schulde dir was.

– Papperlapapp. War dieser Bauarbeiter nicht toll gebaut? Du warst dabei: Ich habe seine Muckis angefasst. Ich habe Spaß mit einem schwitzigen Bauarbeiter gehabt. Davon habe ich lange geträumt.

– Im Ernst. Vielen Dank.

Ulla knufft Domino gegen den Arm.

– Das gleicht sich immer wieder aus im Leben. Beim nächsten Mal bist du für jemand da, der deine Hilfe braucht. Ganz bestimmt.

Domino nickt.

– Gut möglich.

Ulla sagt:

– Man bekommt seine Chancen manchmal ganz unverhofft. Davon bin ich überzeugt. Selbst nach all den Nackenschlägen, die hinter mir liegen. Man muss aus den Chancen nur was machen.

Domino nickt noch einmal.

Und sie weint.

Aber erst später beim Schwimmen im Pool ihres Hotels.

Unter Wasser.

Sie gleitet ins Becken, macht ihren Körper ganz lang,

streckt die Arme, taucht in die Tiefe zu dem Schatten, den sie selbst wirft. Sie berührt den Boden. Und dann ist es wie ein Schweben, als sie langsam, ganz langsam zurück an die Oberfläche treibt.

Schwerelos.

II

Futur II

- 55 Tage später: Domino wird sich auf eine Affäre mit dem Redakteur eingelassen haben. O-Ton: «Eine harmlose Bumsgemeinschaft ohne Verpflichtungen», die sie nach einiger Zeit wieder beendet. Sie schämt sich nicht für ihr Sexualleben, hat sie noch nie. Aber es stört Domino, dass der verheiratete Kerl beginnt, sie mit romantischen Gefühlen zu belasten. Sie präsentiert ihm einen der alten Schwangerschaftstests. Er will sofort seine Familie für sie verlassen. Nicht mit ihr. Allein die Geburt. Und sie würde niemals ein Kind stillen, schließlich habe sie ihre kleinen festen Brüste gern. Er begibt sich in psychiatrische Behandlung.

- 14,1 Jahre später: Domino wird das erste Mal während ihrer beruflichen Laufbahn einer ernsten Leistungsmüdigkeit begegnet sein. Sie merkt es sogar beim Feiern. Die totale Momenthingabe wie früher, die fehlt. Sie gönnt sich ein Sabbatjahr, reist in der Weltgeschichte umher. Erkundet auf dem Motorroller auch das Herkunftsland der Eltern. Besuch beim Vater. Kurz vorm Rückflug: Lebensmittelvergiftung. Im Krankenhaus lernt sie einen Entwicklungshelfer kennen. Später Heirat und Umzug in eine andere Stadt. Wegen Eierstockzysten bleibt Domino unfruchtbar. Das Paar denkt lange über Adoption nach.

- 59,9 Jahre später: Sie wird ihren 80. Geburtstag gefeiert haben. Beim Aufräumen entdeckt sie eine Ansichtskarte. Über Bozorgs Schicksal weiß sie nichts, besucht aber noch einmal den Ort ihrer Jugend. Auch den Friedhof, wo ihre beste Freundin einst beerdigt wurde. Das Grab existiert seit Jahrzehnten nicht mehr. Sie selbst ist gut auf den Tod vorbereitet, hortet Tabletten. Der Plan: Es wie die Mutter von eigener Hand zu beenden, sobald sie rapide abbaut. Zuweilen kauft sie Rätselhefte, ohne jemals eins aufzuschlagen. Doch wenn sie nachts erwacht, ist da was, das sie zusammenrollen kann, zum Dranfesthalten.

|Freitag, 13. Mai
Früh am Morgen fährt sie aus dem Schlaf hoch, verknäult in ihr Bettzeug. Die Wimpern kleben aneinander. Domino hat geträumt, weiß aber nicht mehr was. Eingehüllt in eine Decke setzt sie sich auf den Balkon, zieht die Knie unters Kinn und die Oberschenkel eng an die Brust.

Feuriges Rosa, Weißgelb und Lilablau: Der Sonnenaufgang kündigt sich an. Flackernd erhebt sich das Rund. Seevögel segeln über die Bucht. Nebel liegt auf den entfernten Hügeln. Sie würde gerne ein Foto machen. Würde den Moment gerne mit jemandem teilen.

Keine Kamera mehr.

Keiner da.

7.06 Uhr.

Domino schaltet die elektrische Zahnbürste ein. Sie läuft exakt 30 Sekunden und hält automatisch an und läuft dann automatisch weiter.

Zahnseide.

Etwas Blut am speichelgetränkten Faden.

Blut.

Sie sieht sich lachen im Spiegel. Ein merkwürdiges Lachen.

7.33 Uhr.

Im Frühstücksraum: An keinem der vielen stofftuchgedeckten Tische mit Muscheldekoration sitzt jemand. Aus der angrenzenden Küche Gläserklirren, Tellerklappern, das Schnaufen von Küchengeräten.

Domino schleicht am Buffet entlang.

Konzentratsaft und Vollmilch in Karaffen. Schalen mit Joghurt und Dosenobst auf Eiswürfelbetten. Brötchen in rustikalen Körben. Daneben ein Arsenal von Konfitüren. Domino öffnet den Rolltop-Deckel eines silbernen Wärmebehälters. Darunter dampft Rührei.

Ein Déjà-vu.

Vor sechs Wochen war Hotelrührei ihre Rettung am Morgen. Damals, in diesem Studentennest. Sie hatte einen dicken Schädel, aber Hunger. Die Welt war okay. Heute kann sie sich nicht entscheiden.

Bereitet sich schließlich ein Frühstück mit Lachs und Dill, etwas, das sie sonst nie zum Frühstück essen würde. Stellt dann nach der ersten Gabelspitze fest, dass sie eigentlich nichts mehr auf der Welt liebt als Knäckebrot, salzige Butter und Käse. Sie schiebt trotzdem noch den nächsten Bissen hinterher.

Der Lachs kommt in Kontakt mit den Geschmacksknospen … prompt geht nichts mehr. Also doch Knäckebrot.

Gleiches Spiel.

Plötzlich will sie Müsli.

Domino verlässt den Tisch, kaut dabei auf einer Rosine herum, die im Mund zäher und zäher zu werden scheint. Sie popelt die klebrigen Überreste aus den Zähnen, schnipst sie unauffällig beim Fahrstuhl auf den Boden.

Was ist der Plan für heute?

9.15 Uhr.

Domino klappert die Surfshops am Strand ab. Bretterbuden, vor denen sich Lockenmähnen in zerschlissenen Shorts auf Campingstühlen rekeln. Vier Mal Sonderpreis für einen Schnupperkurs, zwei Mal ungefragt Kaffee und ein Gutschein für einen Gratis-Cocktail in einer Bar. Einmal Seesternsammlung, wenn Domino das richtig versteht.

Von einem Bozorg hat keiner was gehört.

Domino sieht junge Bierbäuche Jet-Ski fahren. Domino sieht alte Leute in Bademode von vorgestern Boule spielen, sieht die hängenden Hintern und die aus der Form gerutschten Brüste.

Domino sieht vor sich im Sand den eigenen Schatten nach und nach kürzer und kürzer werden, während die Sonne steigt, kehrt schließlich um.

Zurück im Hotel winkt ihr sofort die Frau an der Rezeption. Winkt, Irrtum ausgeschlossen, aufgeregt. Es ist die mit dem Haarreif:

– Jemand hat eben nach Ihnen gefragt, sagt sie.

Domino denkt in der ersten Sekunde an die Polizei, dann aber sofort an Ulla. Sie sind ohne konkrete Verabredung auseinander. Vielleicht plagt Ulla das Bedürfnis, nach Domino zu sehen? Oder schlicht die Langeweile?

– Aha, sagt Domino nur.

Wartet auf nähere Erklärungen.

– Ich glaube, das wird Ihr Glückstag, sagt die Frau von der Rezeption, Sie suchen doch diesen Broyzek hier, oder wie der heißt.

– Bozorg. Mit weichem Zett.

– Na, wie auch immer.

Die Frau von der Rezeption schaut herausfordernd und vergnügt, als würde sie jede Sekunde mit einem einsetzenden Trommelwirbel rechnen. Und dann macht es bei Domino plötzlich *klick:*

– Moment, sagt sie, Sie meinen, *er* war hier?

– Ich meine, es *ist* jemand hier, der nach Ihnen gefragt hat. Eindeutig ein Landsmann von Ihnen. Eindeutig jemand, dem man nicht alle Tage über den Weg läuft. Er wollte am Pool auf Sie warten.

Haarreif zwinkert Domino konspirativ zu.

Domino stößt sich vom Tresen ab.

In der Lobby heben Urlauber gutgelaunt ihre Töchter hoch, Urlauber knuffen ihre Söhne kameradschaftlich in die Seite.

Auf der Hotelterrasse stehen Familien vor einer Wandtafel, auf der die Wassersport-Angebote und die Fahrpläne der Ausflugstouren zu den Inseln angeschlagen sind.

Und am Pool herrscht der größte Trubel.

In Meerjungfrauen-Pose sitzt ein Duo draller Blondinen (wie lebendige Witzfiguren) am Beckenrand. Domino reckt suchend den Hals, geht auf die Zehenspitzen. Ein zweifarbiger Strandball eiert durch die Luft. Blau. Weiß. Ein Stück weiter springt die Außendusche an: Ein Wasservorhang rauscht nach unten. Domino hält Ausschau nach einem Zeichen.

Nichts.

Sie hört den eigenen Atem unter dem Spaßgedröhne, das im Innenhof herumechot. Sie schreitet die Liegestuhlreihe ab. Domino entdeckt niemanden, der ihr bekannt vorkommt. Sie schreitet die Reihe noch einmal ab. Auf einem der Plätze klappt ein Klatschmagazin nach unten:

– Neue Frisur. Gratuliere. Neun von zehn Meteoriteneinschlägen, was den Popstar-Faktor angeht, würde ich sagen. Mag ich.

11.55 Uhr.

Manchmal schickt einem das Universum, was man sich wünscht. Manchmal aber auch: Körts.

– …?

Körts, der sich mit lang ausgestreckten und überschlagenen Beinen und Rentnershorts mit Bügelfalte auf der Poolliege fläzt. Die nackten Knie verdeckt jetzt von diesem Valentin-Tiller-Porträt, das Domino zu verfolgen scheint.

Körts!

Domino macht einen Schritt nach hinten. Ihr ist, als wäre sie in den Traum zurückgekehrt, der sie am Morgen aufgeschreckt hat. Halb fürchtet, halb hofft sie es. Vielleicht liegt sie ja noch immer im Bett und wacht gleich auf?

Körts so:

– Überraschung geglückt, wie! Rein organisatorisch war es eine kleine Meisterleistung, muss ich unbescheiden zugeben. Meinen alten Herrschaften habe ich verklickert, ich bin für das Reisebüro als Hoteltester unterwegs. Und zack, bin ich hier. Genau genommen schon seit gestern Abend.

– Du?!

Mehr als diesen albernen Ausruf bekommt Domino nicht aus der Kehle. Der Schock presst die Lungen zusammen.

– Ich! Tata! Leibhaftig.

Er streckt sich genüsslich.

Körts schiebt seine verspiegelte Sonnenbrille ins kurze Haar.

Zusammengekniffene Augen, die eine Winzigkeit zu

weit auseinanderliegen. Helle Kuhwimpern. Am gestauchten Rumpf hängen die Arme wie dürre Ästchen, gesprenkelt von einer Vielzahl Leberflecken.

Dieses Kurzarmhemd.

Ein Muster aus einem lange untergegangenen Jahrzehnt.

Und dieses antiquierte Hörgerät dazu, natürlich.

Körts rollt das Klatschmagazin zusammen. Schickt sich an, die Liege zu verlassen. Schwingt die Beine zur Seite.

=

Domino macht auf dem Absatz kehrt. Wickelt sich im Gehen das dünne Tuch, bei dem sich der Knoten zu lösen beginnt, fester um die Hüfte. Die Sandalen knallen gegen die Fersen. Erst in der Lobby holt Körts sie ein. Sie wendet sich mit gehässigem Lächeln zu ihm um:

– Egal, was du sagen willst, ich will das alles nicht hören. Ich will gar nichts hören, und glaube mir, ich bin bereit zu töten, wenn du mir auch nur einen Millimeter zu nahe kommst. Nur einen!

– Mann, bist du kacke drauf. Müffelt meine Garderobe vielleicht? Das Transpirieren lässt sich ja kaum verhindern bei den Temperaturen.

Er riecht an seinem Hemd. Domino:

– Du bist nicht Gast dieses Hotels, oder?

– Die Zimmer waren alle belegt. Richtig günstig waren sie auch nicht. Nein, ich bin nur reingeschneit, um mich zu erkundigen, wie es so läuft.

– Gut! Pass auf, wenn du nicht Gast dieses Hotels

bist, dann hast du genau zwei Möglichkeiten. Entweder gehst du freiwillig durch die Drehtür da vorne raus, oder ich lasse dich mit einem Mordsaufstand rauswerfen.

Körts hebt die Hände.

– Ist ja gut. Nur eins vielleicht noch. Kannst du das Shangri-LaBamba empfehlen? Wollte da nachher nämlich mal auf einen Drink vorbei, eventuell. Aber he! Vielleicht sehen wir uns dann einfach da.

– Stopp!

– Ich habe es kapiert. Die Drehtür. Roger!

Ein braves Schuljungen-Nicken.

Körts hat die Hände wieder sinken lassen und in der Shorts vergraben. Er schlurft nun Richtung Ausgang davon. Domino schneidet eine Grimasse. Das Gefühl dabei, als würde sich ihr Gesicht in dichten Spinnweben verfangen.

Sie so:

– Das Shangri-LaBamba gibt es nicht.

Körts hält inne, dreht sich um:

– Haha! Der ist nicht schlecht. Doch das kannst du mir nicht verbieten, dass ich da hinfahre. Keine Chance.

– Du bluffst.

– Ich bluffe? Wovon redest du? War das Wiedersehen mit dem guten alten B. nicht der Brüller?

– Du weißt nichts über das Shangri-LaBamba. Keiner hier weiß etwas.

Körts schüttelt den Kopf.

Und zwar so, wie man den Kopf schüttelt, wenn einem zu dem, was der andere sagt, rein gar nichts einfallen will.

Domino flieht in den Fahrstuhl.

Läuft im dritten Stock den langen Flur entlang. Sie läuft! Das kleine Pappheftchen mit der Magnetkarte hat sie schon in der Lobby in der Hand gehabt. Im Zimmer rutscht sie sofort innen an der Tür herab. Sie kann die eine Ecke des Bettes sehen. Es ist frisch gemacht. Traumlogik?

Wohl kaum. Zimmerservice.

Die Vorhänge sind zugezogen. Die Klimaanlage arbeitet knapp über der Froststufe. Domino reibt sich die Oberarme.

Sie lauscht.

Sie wartet.

Ein Insekt summt im Schlingerkurs durch den Raum. Mal dichter an ihrem Ohr, mal weiter weg.

Nach einiger Zeit das Tappen von Schuhen, die sich nähern. Dann das Klopfen, mit dem sie fest gerechnet hat.

Pause.

Körts' gedämpfte Stimme von draußen:

– Entschuldigung, wenn ich noch einmal störe. Ich kriege das nur nicht ganz auf die Kette, was hier läuft.

Domino schweigt:

– ...

Körts nach einem Moment:

– Vielleicht bist du auch gar nicht dadrin?

– ...

Wieder antwortet Domino nicht. Das Insekt landet auf ihrem linken Arm. Die winzigen Beine kitzeln auf der Haut. Körts weiter:

– Lustig, ich habe an der Rezeption gerade den Blitztest gemacht. Die kannten das Shangri-LaBamba echt nicht. Aber dafür gibt es eine ganz gute Erklärung. Wie auch immer. Ich schiebe dir jetzt eine Postkarte unter der Tür durch. Die solltest du dir mal angucken.

Domino pustet. Das Insekt schwirrt auf, landet aber unverzüglich wieder auf dem Arm, krabbelt Richtung Schulter. Domino hebt ihre rechte Hand. Fast tonlos flüstert sie:

– Hau ab, bitte.

Sie ist sich sicher, dass man es auf dem Flur nicht hören wird. Sie ist sich sicher, dass sie den Anblick des zermatschten, aufgeplatzten Körpers nicht ertragen könnte. Körts:

– Meine Telefonnummer steht auch drauf. Für alle Fälle. Damit du mich erreichen kannst. Achtung, kommt …

Seitlich von Domino verdunkelt sich der Türschlitz.

Dann taucht die Karte auf, und das Geräusch vertreibt das Tierchen von ihrem Arm. Sie greift nach dem Rechteck.

Kann das sein?

Womit sie niemals gerechnet hätte: Was sie sieht, ist das exakt gleiche Motiv wie auf Bozorgs Karte.

■

... 10

|Samstag, 14. Mai

Abfälle in Plastiktüten lehnen an einer Hauswand neben einem Baucontainer. Gestank nach Müll Schutt Diesel. Sie sind gut zehn Gehminuten vom Hafen entfernt. Eben haben sie eine Tankstelle mit zwei museumsreifen Zapfsäulen passiert. Geschlossen. Vielleicht nur fürs Wochenende, vielleicht für alle Zeit.

Körts:

– Der Busbahnhof.

Mit Stadtführerarmschwung lenkt er Dominos Augenmerk auf ein leeres Asphaltrund mit Schlagbaum. Ein Schlagbaum, von dem die rote und weiße Farbe fast vollständig abgeblättert ist. Domino:

– Und wo sind die Busse?

– Unterwegs? Was weiß ich, sagt Körts, jedenfalls … hier bin ich vorgestern angekommen, und in der Bude da drüben habe ich die Postkarte entdeckt. Komm mit.

Körts wuchtet auf den knochigen Schultern den Reiserucksack zurecht. Er stakst in die Richtung, in die er gerade noch gezeigt hat. Socken straff hochgezogen.

Unter der Dachkante des bröckeligen Gebäudes hängt eine Uhr mit gewaltigem Ziffernblatt und rostigen Zeigern. Ein ausklappbares Schild steht am Eingang. Eiswerbung.

Körts dreht den Postkartenständer. Domino:

– Und, zufällig vergriffen das Motiv?

– Nö.

Er deutet auf einen dicken Packen in der vorletzten Reihe: das Zuckerwürfelhäuschen mit dem blauen Fensterrahmen.

– Okay, sagt sie, der Teil der Geschichte scheint zu stimmen. Was hast du noch? Falls du noch was hast.

– Siehst du den Briefkasten am Ende der Straße? Jede Wette, dass dein alter Freund Bozorg dort die Karte eingeworfen hat. Und zwischen hier und dem Briefkasten liegt was? Eine Apotheke. Und über der Apotheke befindet sich eine Arztpraxis. Ein Doktor mit drolligem Namen. Echt nette Leute am Empfang.

Domino wird ungeduldig:

– Und warum gehe ich jetzt nicht einfach rüber in die Praxis und frag nach dem richtigen Bus, hm?

– Weil heute Samstag ist? Gibt auch hier Wochenenden, weißt du. Wenn du also nicht warten willst, hältst du dich besser an mich.

– Vielleicht warte ich ja lieber. Kann alles Stuss sein, was du erzählst. Und selbst wenn nicht, selbst wenn es das Shangri-LaBamba geben sollte und du sogar weißt, wo es ist, was bitte heißt das schon?

– Das heißt, du hast keine große Wahl.

– Ach. Hab ich nicht?

Körts, sehr entschieden:

– Nein. Weshalb bist du denn schließlich hier?

– Sicher nicht, um mit dir eine Bustour zu unternehmen.

Domino bewegt den Drehständer. Er quietscht. Und wie aus dem Nichts flattert auf einmal ein heller Schmetterling empor, der dort offenbar im Schatten gerastet hat. Er trudelt gen leeren Platz.

Aus Körts' Miene spricht Enttäuschung:

— Und ich habe dich immer für eine Frau gehalten, die nicht lange fackelt, die genau weiß, was sie will. Hast du eine andere Spur? Ich meine, es ist alles haarklein ausgetüftelt. Alles. Die Station, an der wir rausmüssen. Die genauen Koordinaten der Bar. Ich habe für den Fall der Fälle sogar einen Umgebungsplan mit der Route. Und den trage ich genau hier an meiner Brust. Mit anderen Worten: Du brauchst mich.

Aus der Hemdtasche lugt tatsächlich eine Faltkarte. Körts patscht sich dagegen. Domino fragt:

— Nur mal rein hypothetisch: Wie lange wäre man denn unterwegs?

Körts legt wichtigtuerisch die Stirn in Falten.

— Die gute Nachricht: Es sind nicht die Inseln. Die nicht ganz so gute Nachricht: Es ist trotzdem eine ganze Ecke, weil dieses Hügelland dazwischen liegt. Mit dem Bus kommt man aber in die Nähe. Ich sag mal, alles in allem wird man zwei, maximal drei Stunden unterwegs sein. Am frühen Abend sind wir da. Und dann gibst du mir im Shangri-LaBamba ein Bier aus.

— Pfft!

— Meinetwegen auch mit meinem Geld.

Domino, abschätzig:

— Bier? Bier bekommt dir bestimmt gar nicht.

Körts schraubt an seinem Ohrkasten:

— Vielleicht sollte ich auf zwei Bier erhöhen. Außerdem brauche ich ein Foto. Ein Foto von dir und mir. Das ist der Preis. Eine Aufnahme unter Palmen. Oder zumindest am Strand. Unbedingt. Schon allein für Adil.

— Wer ist das? Dein Betreuer beim Behindertensport?

— Adil? Ein Nachbar. Aufs Foto bestehe ich. Und für die Sache mit dem Behindertensport berechne ich ein drittes Bier. Im Geschäftlichen bin ich sehr zäh neuerdings. Übertölpeln wird echt schwer.
— Aha.
— Wirklich, sagt Körts, mich linkt keiner mehr so schnell.
— Die Sache ist bloß, sagt Domino, ich bin nicht sonderlich scharf auf Begleitung. Deshalb denk dir mal was anderes aus.
— Negativ. *Du* hast mich angerufen. Es ist verrückt, es ist allerdings auch Fakt: Die Mission wäre ohne mich kläglich gescheitert. Nur dank mir gibt es neue Hoffnung. Ich will dabei sein. Ich will ein Foto. Und das kriege ich auch.
Er hält ihr eine Packung Kaugummi hin. Spearmint. Die mag sie. Kauen würde vermutlich guttun. Sie lehnt ab.
— Komm schon, sagt Domino, es muss doch eine Chance geben, dich loszuwerden. Hm?
Sie richtet den Riemen ihres Täschchens, verschränkt die Arme. Körts dreht einen Kaugummistreifen zum Kringel und wirft ihn sich in den Mund. Er, kauend und schmatzend:
— Ich bin wie ein Betonträger. Ich gebe nicht nach.
— Super, sagt Domino, ab jetzt bist du mein neues Vorbild.
Blick nach oben zum Ziffernblatt.
15.31 Uhr.
Vorn an der Hauptstraße sägt ein Moped vorbei.
Körts tapert zu einer der Haltebuchten, studiert, den

Oberkörper weit vorgebeugt, einen Fahrplan unter angekokeltem und bekritzeltem Plastik.

– Ha! Vandalismus wie zu Hause, freut er sich.

Winkt Domino heran.

Sie bemerkt beim Näherkommen einen Falter auf dem Rand eines Papierkorbs. Derselbe wie eben? Domino fühlt sich beim Anblick des Tiers wie ein Körper zwischen zwei Flügeln, die gleichzeitig in verschiedene Richtungen möchten. Sie zu Körts:

– Ich fasse mal zusammen. Nirgends Fahrgäste. Und noch immer nichts Busartiges. Also, letztes Angebot: Gib mir die Adresse, ich suche mir ein Taxi, und du lernst in aller Ruhe weiter Fahrpläne auswendig. Von mir aus kaufe ich dir vorher auch Bier am Kiosk und lass dich dabei ein Foto machen.

Körts geht nicht darauf ein:

– Keine Ahnung, wie sie das mit der Pünktlichkeit hier halten. Aber in einer Viertelstunde könnten wir die erste Etappe in Angriff nehmen, wenn mich nicht alles täuscht. Roger?

– Von wegen *Roger*, du A-Loch. Was heißt überhaupt *erste Etappe*?

Körts reibt sich das Kinn:

– Wir müssen wahrscheinlich einmal umsteigen. Oder eine längere Strecke laufen. Oder hitchen. Je nachdem. Taxi kostet mit Sicherheit ein Vermögen. Und wie war das noch mal? Wer von uns zweien hat sich sein Telefon und seine Patte von ein paar Kiffern aus der Tasche ziehen lassen?

Domino:

– Mal was ganz anderes. Wie kämen wir denn zurück?

Körts schaut einmal flüchtig an Domino hoch. Von den Sandalen über die Beine über den kurzen Rock bis zu ihrem ärmellosen Top:
– Auch hitchen? Wenn du dabei bist, klappt das bestimmt prima. Oder wir nehmen den ersten Bus am Morgen. Und die Gegenfrage lautet natürlich: Mal angenommen, wir finden Bozorg, dann drehen wir doch nach zwei Stunden nicht wieder um, oder? Hast du eine Zahnbürste dabei?
Hat Domino.
Und einmal Wechselklamotten. Und einen Bikini. Sie weiß selbst nicht recht, wieso. Andererseits, kann es schlimmer werden? Fast drei Tage hat sie jetzt in den Sand gesetzt. In vier Tagen geht es bereits zurück.
Was sagt ihr das Gefühl?
Es nuschelt.
– Ich habe dabei, was man für eine Busfahrt bräuchte, sagt sie, keine Sorge. Wir können das Abfragespiel kurz halten.
– Abends wird es frisch, sagt er.
– Ich bin mir sicher, du würdest mir zur Not auch eins deiner Hemden aus der Altkleidersammlung leihen, falls es kalt wird in der Nacht und wir länger bleiben. Richtig?
Körts, mit dem Pathos des Monderoberers in der Stimme:
– Du bist also dabei. Drei Bier im Shangri-LaBamba? Ein Foto?
Domino ignoriert die hingestreckte Hand. Deutet mit dem Kinn auf Körts' Hemdkragen:
– Kleiner Gratistipp: Ich würde den obersten Knopf mal öffnen.

Körts tut es sofort:
– Die Hemden flashen dich, was? Coolness ist King. Und ich lasse mich vielleicht auf zwei Bier runterhandeln, wenn wir beide auf dem Foto bis zu den Knien im Wasser stehen. In Badeklamotten.

Domino:
– Mich *flasht* vor allem, dass du dein ganzes Gepäck mitschleppst. Gibt's bei dir im Hotel keine abschließbaren Zimmer?

– Nö. Bin in keinem Hotel.

– Wo hast du denn dann bitte gepennt die letzten Tage?

Körts wischt sich mit dem Daumen lässig über einen Nasenflügel:

– Unter den Sternen. In den Dünen. Regen kennen die hier im Frühling ja quasi nicht. Und wer braucht schon eine Minibar? Und ich wollte die Spesen ein wenig niedrig halten an der Stelle. Hab extra eine Poftüte dabei.

– Eine was?

Körts, abgelenkt:

– Einen Schlafsack. Aber he! Guck mal, langsam kommen sie aus ihren Löchern. Na, wer sagt's denn …

Er hat recht.

Der Busbahnhof, eben noch ausgestorben, bevölkert sich.

Kleckerweise.

Karierte Plastiktragetaschen werden vor die Bänke im Wartebereich gestellt. Eine Parade von Unrasierten und Wettergegerbten versammelt sich.

Domino rechnet noch mit einer buckligen Alten, die

Hühner in einem Flechtkorb transportiert. Oder mit einem barfüßigen Jungen, der eine Ziege am Strick führt. Immerhin: Eine o-beinige Figur in Matrosenhemd und maritimer Tellermütze öffnet den Schlagbaum.

Da kommt der Bus angehustet.

Ein rußender Schrotthaufen auf Rädern. Körts und Domino stellen sich in die Schlange, die sich vor der Tür bildet.

– Ich fasse es nicht, dass ich das tue, sagt Domino.

II

... 9

▶▶

|Samstag, 14. Mai

Sie hangeln sich von Haltestange zu Haltestange nach hinten, vorbei an Knien und am Boden deponierten Gepäckstücken. Wo ist nur der Sauerstoff? Aus sämtlichen Poren und Fasern um sie herum kriechen zwiebelige Körper- und Essensdünste. Die Luft lässt sich kaum atmen. Im Hinsetzen überfällt Domino eine Art Aufstehschwindel.

Körts wartet darauf, dass sie durchrutscht.

– Jeder eine eigene Sitzbank, bestimmt sie.

Kein Problem für Körts.

Er schiebt den Rucksack gegenüber ans Fenster und schlüpft auf den freien Platz daneben. Er lacht, hell und ein wenig glucksend, als sich die Türen schließen, und ballt die Faust, als sie den Busbahnhof verlassen. Körts von jenseits des Mittelgangs:

– Du bist wirklich dabei. Ja!

Im Mund kaut Domino auf zu viel Speichel herum.

– Jetzt möchte ich doch ein Kaugummi, sagt sie, und ich möchte wissen, wie du im Hotel meine Zimmernummer rausgefunden hast. Die geben sie doch nicht weiter an der Rezeption.

Er hält ihr eilfertig die Packung hin. Mit seinen spillerigen Astärmchen und, das ist ihr vorhin schon aufgefallen, erstaunlich hübschen Händen.

Feingliedrig.

Helle Halbmonde unten auf den rosigen Nägeln. Körts:

– Man muss immer die Augen offen halten, so einfach ist Raumfahrt.

– Kevin!

Er gönnt sich selbst noch einen Streifen Kaugummi. Körts, beim Auspacken:

– Drei, zwei, eins. Ein Countdown, leicht zu merken. Die Nummer stand in Kugelschreiber auf der Ecke von dem Pappdings, das du in der Lobby in der Hand hattest. Kann ich sonst noch behilflich sein?

– Ja.

– Dann schieß mal los. Und he! Wegen unserer Abmachung. Ich gebe Rabatt. Zwei Bier und ein Foto reicht. Ich helfe gern, weißt du.

Körts strahlt.

Domino nicht.

Sie macht mit der Hand den Schweigefuchs. Wie eine Kindergärtnerin, die lärmende Rabauken zur Ruhe bringen will.

– Prima, sagt sie, denn ab jetzt wird die Klappe gehalten. Ich bin schwer allergisch gegen überflüssiges Gesabbel.

Körts' Strahlen erlischt. Er, zähneknirschend:

– Roger.

15.53 Uhr.

Aus heiseren Lautsprechern unter der speckigen Decke schmalzen Uralt-Radiohits. Der Bus schaukelt auf die Fernstraße, Richtung Hinterland. Schilder mit der Aufschrift *Fydl*, *Soraki* und *Coúpi* ziehen vorbei.

Gestrüpp Maschendrahtzäune Wellblech. Skelette von Lagerhallen. Erste Haltestellen. Und auch hier überall Plakatwände:

Turnschuhe
Parfüm
Unterwäsche
Alle 50 Meter weiße Marksteine am Straßenrand. Und immer wieder Autos, die auf der linken Seite überholen.
16.22 Uhr.
Domino zu Körts:
– Halt die Klappe.
– Habe ich auch nur einen Mucks von mir gegeben bisher?
– Du wolltest gerade.
– Stimmt. Ich wollte. Ich frage mich die ganze Zeit nämlich schon, was genau willst du von diesem Bozorg eigentlich? Der stabilste Typ war das nicht, oder? Musste dem an Silvester nicht mal der Magen ausgepumpt werden, als der noch bei dir gewohnt hat? War ich damals zwölf? Ich war zwölf, glaube ich. Und ich sehe es noch vor mir, wie die Leute aus dem Block den Notarztwagen umringt haben. In der Schweinekälte. In diesem hellen Blaulicht.
– Das war Neujahr.
– Hm. Neujahr, sagt Körts, da fliegen bei uns ja weiter die Raketen in den Himmel. Egal. Jedenfalls … stand nicht auf dieser Postkarte, die er dir geschickt hat, dass er verliebt ist? Schön für ihn. Nur, wieso brennst du so darauf, ihn zu sehen? Eine Eifersuchtsgeschichte?
– Auf der Karte stand auch, dass es ihm beschissen geht. Und wolltest du nicht deinen Rand halten?
Körts bemüht sich.
Schaut raus.

Gekämmte Felder. Dazwischen Äcker, die aussehen, als hätten Panzer das Gelände zerfurcht. Die Landschaft wird schroffer.

Körts bemüht sich wirklich, doch ihm brennt zu viel unter den Nägeln. Er schüttelt den Kopf, als hätte er bei einer Knobelaufgabe ein falsches Ergebnis raus. Er so:

– Für mich passt das nicht. Dem guten, alten B. geht es beschissen, und du steigst deshalb in den nächsten Flieger? Obwohl du nichts von ihm willst? Was soll das? Leidest du an einem Helfersyndrom?

– Weshalb bist du denn in den nächsten Flieger gestiegen?

– Öhm …

Pause.

Körts' Gesicht hat rosa Flecken bekommen. Aus Verlegenheit oder einfach wegen der Backofentemperaturen im Bus. Oder beidem.

– Es war übrigens anders damals, sagt sie, Bozorg musste nicht der Magen ausgepumpt werden. Er hat mit einer Klinge an sich herumgesäbelt.

Domino streckt einen Arm aus, zieht mit einem Fingernagel Striemen in die Haut, direkt am Handgelenk. Die Pulsadern schimmern bläulich.

Körts:

– Das heißt, es gibt genügend fröhliche Geschichten von früher, die man sich beim Wiedersehen erzählen kann.

– Absolut.

Er:

– Der wahre Grund ist das trotzdem nicht. Ich habe dich im Reisebüro genau gescannt. Da war was mit dir.

Ich bekomme schon noch raus, was. Pass auf, ich rate, und du sagst nur ja oder nein? Okay?

– Nein.

Körts:

– Bist du in Geldsorgen? Schuldet dir dein alter Kumpel noch Patte?

Sie:

– Willst du meinen Allergiepass sehen? Ich krieg gleich Atemnot.

Befehlend legt Domino einen Zeigefinger an die Lippen.

Körts nickt:

– Schon gut, schon gut. Ich halte wieder meine Klappe.

Er stützt nachdenklich das Kinn auf die Handballen. Schweigt. Der Bus fährt weitere Haltestellen an. Kommt durch winzige Orte, die daliegen, als habe seit Jahren hier kein Mensch mehr vom Rest der Welt Notiz genommen. Und umgekehrt. Einmal trappelt vor ihnen wirklich ein Eselskarren.

16.48 Uhr.

Domino sieht den Schemen ihres Gesichts in der Scheibe und hinter dem Schemen steile Abhänge und Klüfte, viel Grau.

Es geht in Serpentinen bergab.

Der Fahrer bremst, zieht durch eine Kurve, und im Scheitelpunkt gibt er wieder Gas. Plötzlich sackt der Bus hinten rechts ab, wie ein Tier, das im Lauf von einer Kugel getroffen wird.

Eine dumpfe Erschütterung.

Harte Schläge gegen den Unterboden. Die Fahrgäste

halten sich an den Lehnen der Vordersitze fest. Domino schleudert nach vorn. Mit der Stirn schlägt sie gegen etwas Festes.

Der Bus rutscht über die Straße, schert mit dem Heck aus, kratzt 30 Meter an der Leitplanke entlang.

Funken sprühen.

Metall kreischt.

Sie kommen in Schräglage zum Stehen.

Erst jetzt, mit Verzögerung, wird Domino bewusst, dass Menschen um sie herum aufgeschrien haben müssen. Der Nachhall der Stimmen hängt noch in der Luft, im Gang rollen Äpfel, jemand schlägt ein Kreuz vor der Brust.

Domino findet sich im Freien wieder.

Sie steht auf den Füßen.

II

... 8

|Samstag, 14. Mai

Der rechte Hinterreifen in Fetzen. Front- und Seitenverkleidung sind zerkratzt, als hätte sich eine Monsterklaue daran vergangen.

Das Nächste, was Domino registriert, ist, dass sie etwas abseits auf der Leitplanke sitzt. Neben ihr: Körts' Reiserucksack. Sie kühlt sich mit einer Art Feldflasche aus Metall die Stirn.

Wo ist Körts?

Sie entdeckt ihn in einer Traube Menschen, die sich um den Busfahrer gebildet hat. Es wird telefoniert, es wird gestikuliert.

Domino schaut sich um.

Im Tal unten die Dächer einer Ferienanlage, der Pool als blauer Tupfer davor und weit weg, sehr weit weg auch das Meer, tranig wie Motoröl.

Null Verkehr auf der Straße.

Sie befinden sich mitten im Nirgendwo.

Nach einiger Zeit löst Körts sich aus der Menge, versorgt Domino mit den Neuigkeiten:

– Der Ersatzreifen hat ganz offenbar einen Platten, der Fahrer eine aufgeplatzte Augenbraue, die übel blutet, und heute brauchen wir auf dieser Strecke nicht mehr auf ein Einsatzfahrzeug zu hoffen. Das war der letzte Bus in diese Richtung, definitiv.

– Das heißt, sagt Domino, du schlägst jetzt dein Zelt auf und legst dich in deine Poftüte. Na, phantastisch.

Domino wirft Körts die Feldflasche zu, reibt sich den Hals. Körts:

– In etwa einer Stunde kommt noch der Bus aus der anderen Richtung, wenn ich das richtig verstanden habe. Mit dem können wir zurück nach Sinillyk. Schmerzen im Nacken?

– Nein.

– Schleudertrauma ist kein Spaß, sagt Körts.

– Ich habe nichts, sagt Domino, außer einer Scheißlaune. Wir sind also nur in diese bescheuerte Einöde gegurkt, um wieder umzudrehen?

Körts trinkt, blickt dabei prüfend zum dottergelben Rund am Himmel hinauf, das sich bereits Richtung Horizont senkt.

Er zieht die Faltkarte aus seiner Hemdtasche.

– Schwer einzuschätzen, wie das Gelände beschaffen ist, sagt er, aber wir könnten es von hier aus natürlich auch auf eigene Faust versuchen, wenn du dich fit fühlst.

– Was genau meinst du mit *auf eigene Faust*?

17.17 Uhr.

Domino und Körts stiefeln nebeneinander her auf der Straße. In ihrem Rücken, schon ein Stück entfernt, der havarierte Bus.

17.48 Uhr.

Der Asphalt: überall geflickt. Körts geht und hüpft ein wenig vor Domino, macht unvermittelt einen großen Satz. Dreht sich um. Vor ihm klafft ein tiefer Riss, führt im Zickzack von einer Seite zur anderen.

– Kein Wunder, wenn ihre Blechschüsseln dauernd demoliert sind.

– Vielleicht haben die hier Erdbeben, sagt Domino,

das fehlt in meiner Sammlung von Katastrophen eigentlich noch.

– Die können einfach keine anständigen Straßen bauen, sagt Körts, das wird dir erst im Ausland klar, in was für einem bombigen Teil der Welt wir leben. Im Ernst, auf unseren Straßen gibt es so was einfach nicht.

– Stimmt. Und auf unseren Straßen gibt es Autos.

17.49 Uhr.

– Guck mal, da kommt eins, sagt Körts, halt auch den Daumen raus.

Domino zeigt ihm einen Vogel.

Der wuchtige Wagen rast erst an ihnen vorbei. Bremsleuchten flammen auf. Split knirscht. Der Motor erstirbt.

Stille.

Der Fahrer schwingt sich aus der Tür.

Flipflops.

Ein Schlaks. Löckchenbart, am Kinn ausufernd. Passend zu den Zotteln, die oben durch ein Bandana gebändigt werden und am Nacken wild wuchern.

Er spreizt Zeige- und Mittelfinger zum Peace-Zeichen. Lehnt sich mit dem anderen Arm gegen das Vinyldach. Unter einer Schicht aus Staub funkelt die Karosserie in goldenem Lack. Körts formt einen Trichter vorm Mund. Auf die Entfernung zu Lockenbart:

– Wir wollen nach, äh … Sinillyk-Ulorat!

– *Yeah! Ulorat*, ruft Lockenbart zurück, *c'mon*.

Domino und Körts nähern sich dem Wagen. Das Heckfenster ziert ein Aufkleber: F1–11. Aus den offenen Fenstern wimmert einheimische Popmusik. Das Innere wirkt in etwa so einladend wie ein Bahnsteig-Mülleimer. Die halbe Rückbank blockiert ein Plastikwäschekorb.

Körts kratzt sich ausführlich am Kopf:
— Sollen wir?

Domino wirft einen zweiten Blick auf Löckchenbart. Ein braungebranntes Sonnyboy-Gesicht, wenn man das ganze Haargefluse subtrahiert. Freundlich funkelnde Augen unter langen Wimpern. Sie zu Körts:
— Haben wir eine große Auswahl?

Körts nickt:
— Lohnt vielleicht einen Versuch. Und muss ja auch nichts heißen, wenn Leute Psychopathenkarren fahren und wie eine Mischung aus Lustmörder und Höhlenmensch aussehen.
— Der ist harmlos, sagt Domino.

Löckchenbart verzieht einen Mundwinkel zum semi-abgezockten Lächeln. Seine Funkelaugen fest auf Domino gerichtet. Körts zu Domino:
— Oha! Der Höhlenmensch sabbert gleich. Aber, du entscheidest ...
— Pfft, macht sie.

Körts wuchtet den Rucksack von den Schultern, tritt an den Kofferraum, um sein Gepäck zu verstauen. Löckchenbart zu Domino:
— Shangri-LaBamba.

Körts drückt einen Metallknopf am Heck und fährt herum. Domino und er schauen sich kurz an, stoßen dann synchron hervor:
— Was?!

Womit Löckchenbarts Aufmerksamkeit auf Körts gelenkt wird. Dem Sonnyboy, bis eben die Inkarnation der Gelassenheit, vergeht das Lächeln. Er fuchtelt nun wild mit den Armen:

– No!, brüllt er, no, no!

Zu spät: Die Haube quietscht auf.

Domino sieht, wie Körts die Kinnlade nach unten klappt, er sofort einen Schritt nach hinten tritt und den Rucksackriemen loslässt. Der Rucksack knallt mit dumpfem Geräusch zu Boden. Dann sieht Domino, was Körts gesehen hat. Sie blickt in einen Kofferraum voller weißer, quicklebendiger Kaninchen.

Nasen, die zittern und sich rümpfen. Ohren, die sich aufrichten und drehen. Hinterbeine, die wild in die Luft kicken. Eins der Tierchen hüpft sofort über den Rand des Kofferraums auf die Straße. Und schon springen die nächsten hinterher.

Auf langen Beinen hoppelnd stieben sie auseinander. Runter von der Fahrbahn. Verteilen sich in einem Streifen Gras. Körts stürmt einem der Weißen nach, um ihn wieder einzufangen.

Und Löckchenbart?

Springt hinters Steuer.

Das zornige Aufheulen des Motors: Der Wagen schießt davon, fährt ein Stück, hält dann abrupt, die Fahrertür fliegt auf. Löckchenbart stürmt an den Kofferraum und haut die Klappe zu.

Dann prescht der Wagen um die nächste Kurve.

Und ist weg.

Vor Dominos Füßen ein weißes Kaninchen. Es kratzt sich mit schnellen Hinterbeinbewegungen am Kopf. Körts hält ein anderes an den Löffeln hoch.

– Ein stattlicher Rammler. Habe ich es gewusst, oder habe ich es gewusst? Typen mit so einer Karre, die haben einen Knacks.

Um sie herum knabbern Mümmelmänner an Halmen.
Domino:
- Das ist eine Häsin, Schnucki.
- Eine Häsin? Weil sie weißen Pelz trägt?
Körts inspiziert den Unterleib des Tieres eingehender.
Domino kommandiert:
- Los, weiter! Er hat Shangri-LaBamba gesagt.

∎

| Bozorg

|Montag, 18. April
Bozorg blättert um. Seite 86. Gleich hat er die Story durch. Er notiert sich etwas auf dem Bestellblock, den er zu sonst nichts braucht.

Vorsaison.

Demnächst werden sie den Pool in der Mitte des offenen Innenhofs wieder befüllen. Der Tretbootschwan liegt im Moment noch angekettet auf dem Trockenen, am Grund des leeren Beckens. Neben Eimern Planen Werkzeugen. Eine Holzleiter ragt über den Rand hinaus.

Im Augenblick gibt es keinen Grund, etwas zu überstürzen. Mitte April verirrt sich kaum jemand ins La Bar.

Stillstehende Discokugeln.

Verwaistes DJ-Pult.

Bozorg legt das Buch zur Seite. Palmen recken sich hinter dem (von der Salzluft angenagten) Mauerwerk in die Nacht. Der Mond: silbrig wie eine Münze und genauso rund.

Das fahle Licht fällt hinab auf leere Hocker. Bozorgs einziger Gast: ein Stammgast. Dr. Zuli. Neben sich den Motorradhelm. Vor sich eine Flasche einheimischen Branntweins.

Buschige Augenbrauen. Das ergraute Haar und der Bart ein Gestrüpp aus Locken. Die Brille verbogen vom vielen Auf- und Absetzen. Ein Mann, mit dem sich prima schweigen lässt.

Arzt in Sinillyk.

Der Arzt.

Gezahlt hat er bereits. Sobald Christos erscheint, wird dichtgemacht für heute. Bozorg wartet auf Motorgeräusche, rechnet jede Minute mit dem Halbgott in Flipflops, Eigentümer des La Bar.

Stattdessen schält sich eine schlanke Silhouette aus der Dunkelheit.

22.37 Uhr.

Eine Rothaarige von höchstens 45 Kilogramm: Sie schreitet zielstrebig durch den Torbogen und schnurstracks am Pool vorbei.

Selbst Zuli riskiert einen Blick.

Die blassen Sommersprossen überall auf der Haut.

Es folgt das Taubstummenspiel. Bozorg kennt das: Jedes Mal die gleiche Pantomime, solange unklar ist, was der Barkeeper versteht oder nicht versteht. Das unsichtbare Glas, das vor dem Mund gekippt wird. Aber dann plappert die Fremde auch schon in ihrer Sprache los:

− Ist das der Flittchentresen? Ich komme vom Mars. Und ich brauche am besten Schnaps. Sonst kann ich in dieser Atmosphäre nicht überleben. Schnaps. Wie heißt das hier?

− ...

Bozorg versteht, bleibt trotzdem stumm.

Sie beugt sich zu ihm herüber. Schöner Mund. Volle Lippen. Augen blau wie am Tage vom Himmel herabgelogen. Vermutlich jünger als Bozorg, vermutlich soeben mit der Schule durch.

Ziemlich sicher eine der Neuen aus dem Club D'Foe, der gut 20 Minuten zu Fuß die Küste runter liegt. Sie trägt einen dieser Pullis mit dem aufgenähten Palmeninsel-Logo auf der Brust.

Sie so:

– Oder einen Cocktail? Das Wort kennt man doch eigentlich überall im Universum. Hauptsache was mit Wumms, ja? Super!

Sie deutet auf das Spirituosenregal und lächelt, als Bozorg eine Flasche jongliert. Limetten Tequila Eis, ein Spritzer Prosecco. Laut Karte ein Comet. In dieser sternenklaren Frühlingsnacht.

Stumm stellt Bozorg das Getränk auf den Tresen.

– ...

– Pass auf, ich saufe mir jetzt das Fleisch von den Knochen, sagt sie, und du sammelst mein Skelett ein und wirfst es morgen früh bitte feierlich meinem Chef vor die Füße. Gibt ein hübsches Trinkgeld. Deal?

Bozorg wischt, wo er Limetten geschnitten hat, schweigt weiter. Geschirrtuch über der Schulter.

– ...

Die vom Mars ext den Cocktail. Schiebt das Glas zurück. Auf der Stelle noch mal das Gleiche, soll das heißen.

Limetten Tequila Eis, ein Spritzer Prosecco. Laut Karte immer noch ein Comet. In dieser sternenklaren Frühlingsnacht.

Das Marsmädchen:

– Jammjamm, sehr lecker, bist mein Held, Barkeeper. Weißt du, ich hatte ja gehofft, ein kleiner Planetenwechsel würde mir guttun. Aber was ist? Man hält mich hier als Sklavin in einem luxuriösen Urlaubsclub fest. Trauriges Schicksal. Beep! Beep! Seit einer Woche üben

wir in einer Tour diese albernen Clubshows ein. Und den dadaistischen Clubtanz.
— ...?
Sie hebt plötzlich die Hände, bewegt sie links und rechts vom Kopf, als würde sie eine unsichtbare Wand wischen wollen, wiegt sich dazu ein wenig hin und her und reißt eine Fratze:
— Ganz wichtig beim Clubtanz: das Clubgrinsen. Reinster Drill. Ein Leben wie in der Kaserne inklusive. Ich teile mir das Zweibettzimmer mit einem Mädel, das panische Angst vor Elektrosmog hat. Heißt im Klartext: kein Fernsehen, kein Telefonieren. Vielleicht sollte ich was mit dem Chefanimateur anfangen? Der hat wenigstens ein anständiges Apartment.
— ...
Sie nimmt wieder einen kräftigen Schluck.
— Andererseits, sagt sie, wenn ich was mit ihm anfinge, käme ich auch nicht häufiger vom Gelände runter. Tja. Was ist mit dir? Hast du vielleicht eine Hütte am Strand? Auf meinem Heimatplaneten verehren wir Jungs mit breiten Schultern und Teddybäraugen.
— ...
Sie schaut Bozorg einen Moment fest an.
Dann wendet sie sich an Dr. Zuli:
— Kennen Sie den jungen Mann näher? Ich würde sagen, wenn ich mir die Augen so anschaue: ein Sensibelchen, grübelt viel, macht sich eher zu viele Gedanken als zu wenige. Richtig?
Dr. Zuli grunzt einmal leise und trinkt. Wiederholt anschließend, während er sich über den Bart fährt, erstaunlicherweise:

– Richtig.

Mit schwerem Akzent. Das wiederum freut die vom Mars. Sie wendet sich nun wieder an Bozorg:

– Haha! Ihr seid prima Erdlinge. Ihr gefallt mir. Und ich finde, so ganz allmählich könntest du mal deine Zähne auseinanderkriegen und mir deinen Namen verraten.

Bozorg verschränkt die Arme und schaut sie fragend an.

– …?

Sie nickt in Richtung Buch:

– Das da habe ich schon die ganze Zeit im Blick. Wenn ich das richtig lese, steht da als Titel: Ich wäre tendenziell für ein Happy End. Wir müssten uns also verständigen können. Hm?

– …

Bozorg schaut auf das Cover. Sie so:

– Ich bin Jackie. Komm schon, gib mir das Gefühl, etwas Besonderes zu sein. Wenigstens für heute Abend. Gehört das nicht zu deinem Job?

Bozorg lächelt. Stellt eine kleine Schale mit Nüsschen auf den Tresen.

– Ist noch nicht Saison, Jackie, sagt er.

=

Man hört tatsächlich die Wellen. Nächtliche Brandung. Im La Bar ist die Musik lange verklungen, Dr. Zuli auf den Sitzbock und hinter den Hochlenker seiner klassischen Chopper gekraxelt, knatternd heim nach Sinillyk.

Dafür nun anwesend: der Halbgott in Flipflops.

Flanellhemd über der sehnigen Surferstatur. Die Hände voller Ringe. Er streckt, wie immer zur Begrüßung, die Faust aus. Bozorg schlägt ein. Knöchel treffen sich. Dann spreizt Christos, auch wie immer, Zeige- und Mittelfinger zum Victory-Zeichen.

– Peace, Hombre. Wer ist die Kleine?

– Jackie. Jackie vom Mars, sagt Bozorg.

– Hm. Der rote Planet, was. Verstehe. Hat die sich abgeschossen?

– Schläft.

Christos begutachtet die Szene. Jackie, die mit dem Oberkörper halb auf dem Tresen liegt, den Kopf auf einen Arm gebettet. Er lässt das lange Revoluzzer-Bärtchen durch die beringte Faust gleiten.

– Okay, komm. Nimm zwei Trankopfer mit. Ich muss dir was zeigen.

0.39 Uhr.

Grillen zirpen in den dunklen Büschen vor dem La Bar. Strahler leuchten den Weg zum Eingang taghell aus: Der Wagen steht da wie im Spotlicht.

Bozorg:

– Goldlackierung, schwarzes Dach, fast museumsreif. Gratuliere. Da, wo ich herkomme, nennt man solche Kisten Prollkutschen.

Christos reibt sich die Hände:

– Mein Geschenk an mich zum 30. Als Kind hatte ich von diesem Modell ein Spielzeugauto. Genauso eins.

– Was bedeutet der Aufkleber an der Heckscheibe?

– F1–11? Der war schon drauf. Ist ein Raketenkürzel, Hombre.

– Sehr unauffällig.
– Ich bin kein Bankräuber.
– Ich sag ja nur.

Sie lassen die Flaschen aufzischen, stoßen an. Christos: Bier. Bozorg: Cola. Der Halbgott in Flipflops wischt liebevoll über das Vinyldach.

– Gut, als Fluchtauto für politische Aktivitäten nicht ideal, mag sein. Dafür ein Liebhaberstück. Ich sage nur: zwei Fallstrom-Doppelvergaser für das wuchtige Drehmoment im unteren Drehzahlbereich. Seinerzeit war das der Vorstoß in eine andere Dimension. Musst du mehr wissen?

Bozorg nickt:
– Eine Schwanzverlängerung also.
– Da, wo du herkommst, leiden alle unter ihren kleinen Pimmeln, ich weiß. Haben wir nicht nötig. Was meinst du wohl, warum eure Frauen bei uns Urlaub machen?
– Besseres Wetter. Das lasse ich gelten.
– Ihr seid so arrogant. Sag besser schnell was Respektvolles zu diesem arschgeilen Schlitten, oder ich suche mir einen neuen Barkeeper.

Christos teilt spaßhaft mit dem Ellbogen aus.

Ein freundschaftlicher Schulterrempler von Bozorg zurück. Er deutet mit dem Flaschenhals auf das Auto:
– Passt zu dir. Ein würdiges Gefährt für den wahren König von Sinillyk. Wann hattest du überhaupt Geburtstag?
– Im Winter, als du dich in deiner Bude verkrochen hast.
– Glückwunsch nachträglich, sagt Bozorg.

Hört dann hinter sich ein helles Stimmchen:
– Beep! Beep! Kann ich anschreiben lassen?
Jackie.

Sie lehnt am Torbogen, beißt gegen das drohende Gähnen fest die Backenzähne zusammen. In der Hand hält sie das Buch, das Bozorg vorhin gelesen hat.
– Ist aufs Haus, sagt er.
Christos zu Jackie:
– Zieh ich ihm vom Gehalt ab.
Bozorg deutet in die Runde:
– Mein letzter Gast. Mein Boss. Sein Auto.
Jackie plinkert mit den Wimpern, winkt ein nachlässiges Hallo.
– Freut mich. Arschgeiler Schlitten.
Bozorg:
– Doppelstrom-Fallvergaser.

Christos wischt sich unter der Nase längs. Er betrachtet das Logo auf Jackies Shirt. Die gute Laune von eben: wie plötzlich weggebeamt.
– Du arbeitest im Club?
– Sie halten sie da gefangen, sagt Bozorg.

Jackie ignoriert Christos, federt auf Bozorg zu: das Knirschen des Schotters unter den Sohlen.
– Ich bin noch bis September in der Gegend, sagt sie, ich habe mir das Buch geliehen. Ist das okay?

Dann nimmt sie ihm das Getränk aus der Rechten. Ihre Finger berühren sich länger als nötig. Sie steht sehr nah, nimmt einen Schluck. Bozorg dreht sich zu Christos:
– Ist Außerirdischen zu trauen?
Christos zu Jackie:
– Er schenkt dir das Buch.

Bozorg öffnet die Tür des Wagens. Wie ein Taxifahrer alter Schule:

– Wir bringen dich.

– Hast du sie noch alle, Hombre?

Christos verschluckt sich fast an seinem Getränk. Bozorg zu Jackie:

– In Wahrheit würde er nie eine Frau allein durch die Dunkelheit marschieren lassen. Er hält auch bei jedem Tramper an. Ungelogen, ein Herz hat der Mann, weicher als alte Sitzpolster.

=

Jackie schlüpft auf die Rückbank des F1–11. Bozorg setzt sich zu ihr. Schließt die Tür. Sie schauen nach draußen zu Christos.

– Hat der ein Problem mit Frauen?

Bozorg schüttelt den Kopf:

– Ich glaube sogar, er ist Feminist. Bauchschmerzen macht ihm die D'Foe-Uniform. Wenn er das Logo sieht, spritzt das Adrenalin ins Blut. Kann er nichts machen. Mein Boss hasst den Club.

Das Strahlen unter ihren Wimpern.

– Dann gründen wir doch einen neuen. Den Club-Hasser-Club.

Bozorg kurbelt das Fenster runter:

– Wir sind fertig mit knutschen. Wie sieht's bei dir aus?

Christos leert sein Bier und wirft die Flasche in die Nacht. Ein dumpfer Aufprall von Glas auf sandigem Boden. Dann steigt auch er ein.

Der Wagen hustet metallisch, der Motor stottert auf, ein gestottertes Bellen, beginnt dann dumpf zu grummeln und zu puckern.

204 Pferdestärken.

Christos strahlt.

Nun doch.

– Ist das ein Auto, oder ist das ein Auto?

Christos' lässt die Kupplung springen, die Reifen pflügen Kies in die Nacht. Es geht die Straße parallel zum Meer hinunter. Raus aus Urolat.

Jackie nach einiger Zeit von hinten:

– Warum hasst du den Club D'Foe?

Christos' Gesicht verfinstert sich im Schein der Armaturen:

– Das kapiert ihr nicht. Anders als ihr, lieben wir unser Land. Und ihr kennt nur Wohlstand. Aber ein Drittel der Bevölkerung lebt bei uns in ärmlichen Verhältnissen. Alles, was wir haben, ist im Grunde das hier. Unser Meer und unsere Strände. Und die Ausländer schlagen Kapital daraus. Ausbeutung nennt man das. Nur mal ein Beispiel: Nach dem Bau der Clubanlage hat es drei Hoteliers in die Pleite gerissen. Und die Leute hier? Die schauen in die Röhre. Die dürfen kellnern und die Scheißhäuser für die Touristen putzen.

Bozorg schaltet sich ein:

– Christos hatte vor dem La Bar eine Disco in den Hügeln. Die musste auch dichtmachen. Hässliche Nummer.

– Aha, sagt Jackie, und wieso musste die dichtmachen?

Scheinwerfer erfassen die Umrisse struppiger Sträucher und flache Häuser einer Streusiedlung.

Dann ein Wegweiser zum Club.

– Tja, wieso? Wenn der Wind ungünstig stand, störte der Musiklärm die Nachtruhe der Clubgäste. Und der Weg zur Disco führte über die Küstenstraße hier. Nächtlicher Autolärm, verstehst du. Haben Urlauber nicht so gern. Aber im Sommer ging bei uns in den Hügeln echt die Post ab.

Bozorg:

– Ein legendärer Ort. Christos war da oben nicht nur Geschäftsführer, ihm gehört auch das Grundstück.

Der Halbgott in Flipflops schaltet runter, umkurvt Schlaglöcher, biegt ab. Der nächtliche Club D'Foe, angestrahlt wie eine Sehenswürdigkeit, blitzt bereits in der Dunkelheit auf.

– Die mussten einen Sturmtrupp von Anwälten auf mich hetzen. Ich war noch ziemlich jung und naiv damals. Am Ende haben die mir mit ihren Paragraphen und einstweiligen Verfügungen natürlich den Arsch aufgerissen und die Disco plattgemacht. Seither herrscht Krieg. Ich hatte zum Glück ein paar Kröten auf der hohen Kante liegen und konnte das La Bar eröffnen, noch dichter dran am Club. Ich weiß, das kotzt die D'Foe-Wixer richtig an. So, aber nun ab in die Heia. Husch!

Der Wagen rollt aus.

1.03 Uhr.

Bozorg begleitet Jackie noch ein paar Schritte. Bis zur kleinen Tür in der Umzäunung. An drei Masten dahinter flattern Fahnen mit dem Palmeninsel-Logo im Wind. Jackie:

– Er wirkt eifersüchtig. Ich schätze, du bist ihm wichtig.

– Christos? Christos ist einer von den Guten.

Jackie tippt einen Code. Es summt. Sie:

– Hast du eigentlich eine Freundin?

– Und wenn?

– Wie wär's mit einer zweiten?

Sie hebt den Blick, und er hat das erste Mal den Eindruck, es steckt eine Spur wirkliches Interesse an ihm hinter den Spielchen.

– Du meinst, für die ganze Saison?

Jackie:

– Hol mich morgen von der Probe ab, ja?! Und keinen Korb, ich bin nicht sicher, ob ich das emotional verkrafte.

Christos hupt.

Bozorg schaut Jackie noch hinterher. Die Sterne über ihr: die reinste Lichtverschwendung, wenn man es genau nimmt. Aber was für ein Anblick. Wie sie auf dem abschüssigen Pfad entschwindet. Die selbstbewusste, gerade Haltung. Die wippenden Haarspitzen.

Es ist ihm klar, er wird sie abholen.

Christos lehnt sich aus dem Fenster, spottet:

– Und ich dachte immer, du wärst Mönch, Hombre.

=

|zurück: Oktober,
vorletztes Jahr

Bozorg legt Holz nach. Vor seinem Erdloch schliert Rauch über den Hügel. Er pustet in die Glut, als er das Quad bemerkt. Mit bauschiger Schleppe aus Staub kommt es näher.

Erst ein paar Tage zuvor hat Bozorg an einem sanften Abhang unter krummen Bäumen diese Mulde geschanzt, vor der er nun hockt. Das Dach: eine Konstruktion aus halb verfaulten Brettern und Müllsäcken, getarnt mit Laub. Die Länge der Behelfsunterkunft reicht nicht ganz, um sich darin auszustrecken. Nicht bei seiner Körpergröße.

190 Zentimeter.

Seit der Reise kennt er es, im Sitzen zu schlafen. Den Rucksack benutzt er als Kopfstütze. Nachts hört er hier draußen jedes Knacken Jaulen Raunzen Belfern Gurren. Er liegt viel wach.

Gesehen hat er seit Tagen niemanden.

Christos bringt das Quad vor der Feuerstelle zum Stehen, lässt es im Leerlauf tuckern. Dann sagt er:

– Bist du auf einem Muli hergeritten?

Abgemagert sieht Bozorg aus, als hätte er Jahre in einem Straflager zugebracht. Neben ihm steckt ein Klappspaten in der Erde. Eine Rolle Klopapier über dem Holzstiel.

Bozorg antwortet ausweichend:

— Von oben gekommen.

Zeigt hoch. Meint die Himmelsrichtung, den Norden. Was der andere aber anders versteht:

— Und dein Ufo?

— Verbuddelt, sagt Bozorg, warum sprichst du meine Sprache?

Christos streicht sich über das Revoluzzer-Bärtchen.

— Du sprichst meine, Hombre, sagt er.

Erklärt Bozorg, dass er sich auf seinem Grund und Boden befinde. Sei aber kein Problem, solange er nicht den Löffel abgebe. Eine Leiche, vor allem die eines Außerirdischen, wäre unschön.

— Es gibt eine Menge Krabbeltiere, sagt Bozorg, auch Ratten. Die beseitigen mich im Zweifel. Keine Sorge.

Das genügt Christos.

Er kehrt in den nächsten Tagen ein paarmal zurück. Bringt eine Wolldecke. Lebensmittel. Einen Kanister Wein, den Bozorg allerdings nicht anrührt. Christos lädt den Kanister wieder auf:

— Was bist du für ein merkwürdiger Einsiedler? Was erhoffst du dir hier? Warum so weit weg von deinen Wurzeln?

— Warum nicht?

— Soll ich dir von meinem Alten erzählen? Der war Gastarbeiter im grauen Land deiner Väter, um da sein Glück zu machen. Erst Staplerfahrer, dann Restaurantpächter. In einem irre langweiligen Kaff. Hieß immer, eines Tages kehren wir zurück. Der Tag kam nicht. Stattdessen durfte ich nach der Schule im Familienbetrieb kellnern. Ich sollte den Laden übernehmen.

Bozorg zuckt mit den Achseln:

– In der Gastronomie kann man eine Menge Schotter machen.

– Das Ding war runtergewirtschaftet. Ich habe meinen Vater angesehen, und plötzlich war mir, als würde ich mich selbst in 30 Jahren sehen. Eine Hülle von Mensch. Kurz darauf kippte er aus den Latschen. Dann bin ich auf eigene Faust los, Hombre. Die beste Entscheidung meines Lebens. Ich mache jeden Sommer so viel Schotter, dass ich den Rest des Jahres praktisch frei habe. Hast du was gelernt?

– Ich komme mit ziemlich wenig aus, sagt Bozorg.

Christos quietscht mit den Zehen in den Flipflops:

– Sind dir schon die ganzen zermanschten Tomaten auf der Straße aufgefallen? Nicht weit weg gibt es eine Ketchupfabrik. Ich weiß nicht, ob die Staplerfahrer suchen. Aber im Winter gibt es hier sonst keine Jobs.

Der Oktober schreitet voran.

Die Tage werden kürzer, die Nächte frischer. Noch kann man im Meer baden. Und wenn Bozorg seine Schwimmrunde absolviert, hat er nun manchmal Begleitung von Christos.

– Zu dem Felsen? Da wollte ich schon längst mal hin.

Bozorg steht im seichten Wasser, zieht den Geruch nach Tang tief in die Lungen, deutet hinaus. Christos zurrt die Badeshorts über den mageren Hüften fest:

– Das ist weit, Hombre, richtig weit. Und es ist kalt.

Dann stürzt er sich mit Anlauf hinein. Krault los. Auf halber Strecke fällt Bozorg zurück, er prustet. Ihm brennen die Arme. Christos wartet.

Sie paddeln einen Moment auf der Stelle. Bozorg japst:

– Machst du schlapp?

– Spar dir lieber die Luft, Hombre. Wir müssen den ganzen Scheißweg auch noch zurück.
– Dann aber mit der Brandung, sagt Bozorg.
– Das ist Selbstmord.
Christos dreht um. Bozorg blickt zum Felsen.
Zurück am Ufer fallen sie nebeneinander auf die Rücken, schauen nach oben, während die Atmung den Oberkörper hebt und senkt.
– Gute Methode, sagt Bozorg, sollte ich noch mal einen Notausgang suchen, nehme ich das Meer, glaube ich.
– Noch mal?
– Vielleicht liegt es ja daran, dass wir alle aus dem Wasser kommen, lenkt Bozorg ab, das Meer hat für mich immer etwas sehr Tröstliches.
– C'mon. Ich ertränke dich gleich eigenhändig. Gib mir endlich was, Hombre. Wer bist du?
Christos berührt ihn an der nackten Schulter.
– Was willst du hören? Couchtisch mit Fliesen. Raufasertapeten. Alles stinknormal. Ich bin in völliger Durchschnittlichkeit aufgewachsen.
– Geschwister?
– Einzelkind.
Christos bohrt nach. Und Bozorg erzählt von seinen Eltern. Die Mutter: eine dieser Übervorsichtigen. Immer in latenter Angst vor sozialem Abstieg, materiellen Sorgen und Krankheiten. Halbtagskraft in einem Schulsekretariat.
Der Vater: Programmierer. Angestellter, der die Tage in Büroräumen verbringt, die mit Zwischenwänden in Kabinen aufgeteilt sind, der dort jeden Abend noch im Beisein des Reinigungspersonals schuftet.

– Liebe gab's ab der Pubertät vor allem gegen schulische Leistungen. In Form von Lob und läppischen Freiheiten. Aber egal, was ich getan habe, es hat nie gereicht. Nie waren meine Eltern zufrieden, nie in der Lage, einen Augenblick zu genießen. Ich war 17 und heilfroh, als mein Vater das große Karriereangebot bekam. Führungsposten in einer anderen Stadt. Ich wollte um keinen Preis mit. Ich bin mit jemand zusammengezogen und habe in einer Videothek gejobbt.

– Du hattest den Kampf gewonnen, Hombre. Und dann?

Bozorg denkt nach.

Salz brennt in einer aufgeschürften Stelle am Schienbein:

– Dann kam der beste Sommer überhaupt. Und als er vorbei war, stand ich plötzlich am Grab des Mädchens, dem ich das zu verdanken hatte. Und es war Herbst.

Bozorg nimmt die Ledermanschette ab. Linker Unterarm. Zeigt die Narben her von den Verletzungen, die er sich selbst zugefügt hat.

Christos, madenbleich, setzt sich auf. Er bindet sich das Stirnband wieder über die nassen Haare.

– Weiß deine Familie, wo du steckst?

– Sie wissen, dass ich lebe, und überweisen Geld. Ich bin ihnen nicht böse. Ich musste weg. Ich habe mich selbst kaum mehr ertragen.

Als Bozorg an diesem Abend wieder am Erdloch allein ist, verbrennt er alles, was ihm von Kitty noch geblieben ist. Auch das himmelblaue Flügelhemd, das sie nach der Notoperation an ihrem Todestag getragen hat.

Alle Erinnerungsstücke bis auf ein Foto.

Am nächsten Morgen versucht er, einen Job in der Ketchupfabrik zu ergattern. Kein fester Wohnsitz: Man vertröstet ihn.

Es wird November.

Regen kommt, der Unterschlupf bleibt auch tagsüber klamm. Nach dem Schwimmen dauert es, bis Bozorg wieder aufwärmt.

Christos bringt eine weitere Decke, Schokolade, hat immer eine Thermoskanne dabei: gezuckerter Tee. Mitte des Monats überredet er Bozorg zu einer Tour auf dem Quad.

Sie fahren die einsame Küstenpiste entlang, vorbei an unregelmäßig hingebauten Würfelzuckerhäusern, passieren Apartmentkomplexe und Pensionen im Winterschlaf.

Gelangen nach Urolat, eine Ortschaft, wo sich die Gebäude wie müde Schafe links und rechts der Straße zu Herden zusammengedrängt haben. Kein Mensch, nirgends. Christos:

— Hier habe ich früher die Sommer verbracht. Auf der einen Seite rauscht das Meer. Auf der anderen der Fernverkehr. Komm …

Christos marschiert auf einen Bungalow zu, der in einer Kurve liegt. Flucht, während er unterm winzigen Vordach mit diversen losen Schlüsseln hantiert. Bozorg sieht eine verbeulte Motorhaube und andere Teile von Autokarosserien und ein spakiges Surfbrett an einer Mauer lehnen. Eine struppige Katze pirscht durchs lange Gras.

Dann drückt Christos die verwitterte Holztür auf.

Ein schmaler Flur, der auf einen quadratischen Raum

zuläuft. Bozorg schiebt den Ärmelsaum seiner Schlupfjacke bis zum Ellbogen:
 – Lüften könnte helfen.
 Christos schnuppert und nickt. In den Wänden nistet ein Geruch wie der Atem eines Kranken. Grau, modrig.
 – M-hm. Vier von diesen verfallenen Schmuckstücken gehören mir in Urolat. Habe ich quasi geschenkt bekommen. Was meinst du?
 Bozorg schaut sich um.
 Viel zu schauen gibt es nicht. Auf der einen Seite eine Kochnische mit Herd und Spülbecken. Randvolle Plastiksäcke, die sich fast bis hoch zum Küchenregal türmen. Verlassen steht dort eine kleine gelbe Ballonflasche, in der mal Zitronensaft war.
 – Kein Schimmel, so wie es aussieht, sagt Bozorg, immerhin. Vermutlich Meerblick, wenn man die Scheiben putzt?
 Er spürt etwas an den Beinen.
 Die Katze.
 Sie schmiegt sich an seine Wade und maunzt, als wolle sie ihm etwas mitteilen. Etwas Schmeichelndes. Christos:
 – Es gibt Strom und Wasser. Und ich habe jemanden an der Hand, der nächste Woche ein paar Boiler besorgt, die noch gut in Schuss sein sollen. Pass auf, der Clou ist nämlich das schmucke Vollbad.
 Er zieht Bozorg nach nebenan. Ein Turm aus Autoreifen lagert in der Badewanne. Ein freistehendes Modell, aufgebockt auf Ziegelsteinen.
 – Du willst diese Buden also renovieren?
 Christos:

– Du wirst das machen, Hombre. Hast den ganzen Winter Zeit. Für diese Hütte und die drei anderen. Ich stelle Werkzeug, ich stelle Farben. Den Rest erledigst du. Dafür kannst du sofort hier einziehen. Mietfrei.

▶▶

|Sonntag, 24. April

Er riecht sie, bevor er sie hört. Riecht das von herber Seeluft durchkämmte Haar, das rote. Jackie. Früh, sehr früh muss sie sich am Club aufgemacht und dann in seinen Bungalow hineingeschlichen haben.

Bozorg reckt sich.

Seine Schlafstatt: eine Matratze auf zwei zusammengeschobenen Paletten. Er hat nichts bemerkt. Und nun sitzt sie an seinem Tisch vorm Klapprechner, liest konzentriert. Jackie:

– Stör mich nicht. Mach mir einen Kaffee.

Er tut es.

Stellt ihr einen dampfenden Becher hin.

– Tragen Einbrecherinnen nicht Sturmmasken?

– Ich habe brav geklopft, es kam keine Antwort, und die Tür stand offen. Was macht man da wohl? Außerdem, wir hatten eine Verabredung.

– Du schnüffelst in meinen Privatsachen herum. Soll Leute geben, die pisst so was höllisch an.

Jackie tippt auf der Cursortaste herum.

– Liest sich richtig gut. 30 Seiten noch. Gib Ruhe. Und übrigens, der Rechner war nicht zugeklappt.

Ohne den Blick vom Bildschirm zu heben, wimmelt sie ihn gestisch mit den Fingern ab. Er tritt trotzdem näher, nimmt noch sein Medikament vom Tisch. Sie erfasst es kurz aus den Augenwinkeln.

Kommentarlos.

Er drückt eine schneeweiße Tablette durch die Aluminiumschicht auf den Handteller. Befördert das knopfförmige Ding in den Mund. Lutscht an der mehligen Oberfläche, spürt, wie sie im Kontakt mit seiner Spucke schnell zu zerbröseln beginnt.

Ein leicht bittermetallischer Geschmack auf der Zunge.

Bozorg spült mit Kaffee. Geht ins Bad, kehrt nach einer ganzen Weile mit duschnassem Schopf zurück. Jackie hat inzwischen an den Anfang des langen Dokuments zurückgescrollt, ausgelesen.

10.30 Uhr.

Bozorg:

– Man muss bestimmt noch eine Menge daran arbeiten.

Jackie schüttelt gespielt ärgerlich den Kopf:

– Barkeeper, Barkeeper. Wir kennen uns jetzt fast eine Woche. Ich habe dir praktisch alles von mir erzählt. Und du verschweigst, dass du ein echter Schriftsteller bist?

– Ich habe erwähnt, dass ich schreibe.

– Mir gefällt es. Ich mag, dass ein Tretbootschwan drin vorkommt und den Titel. *Shangri-LaBamba oder Trip nach woanders*. Echt niedlich.

– Niedlich? Ist das der Zwilling von nett?

Jackie spielt an ihren Ohrringen. Silberne Kreolen.

Draußen ein Rumpeln. Ein LKW, der das Fensterglas schwingen lässt wie Papier. Sie:

– Was hast du mit dem Roman vor?

– Nichts.

– Wie nichts?

Er klappt den Rechner zu.

– Wir wollten einen Ausflug machen. Komm.

Wärme empfängt sie vor der Tür.

Sie verlassen die Kolonie mit den weiß gekalkten Häusern. Ein frischer Wind treibt auf der Straße Sandschleier vor sich her. Jackie:

– Jetzt also in die Wildnis, ja? Zum Pilzestreicheln und so.

– In die Natur, genau, sagt Bozorg, schon mal einen Baum umarmt?

Jackies Gesicht hellt sich auf. Sie lacht:

– Barkeeper, bitte. Du bist kein Baumumarmer.

– Ich bin auch kein Barkeeper.

=

Bozorg wandert mit Jackie hinauf in die Hügel. Bei einem Pfahl, an dem ein rechteckiges Blech mit unleserlicher Aufschrift hängt, verlassen sie den befestigten Weg. Stapfen über Steine Moos Flechten, die Wurzelwege entlang, vorbei an Gewächsen, so seltsam blühend, als seien sie aus den Tiefen eines verwunschenen Ozeans emporgewuchert.

Anderthalb Stunden.

Dann eine letzte lange Steigung.

Vor ihnen fällt der Hang über sanfte Buckel und natürliche Terrassen ab bis zum Meer. Hier und da Geröllfelder zwischen den Borstgräsern. Und rechts unten, in weiter Ferne, ahnt man die Clubanlage. Jackie:

– Das ist jetzt der legendäre Ort?

Ihre Wangen, erhitzt von der Anstrengung. Der Atem noch dabei, sich wieder einzupegeln. Bozorg zeigt auf eine Stelle:

– Da. Zwischen den beiden Pinien.

Eine Mulde wie ein Einschlagkrater. Jackie geht darauf zu.

– Und hier hast du sechs Wochen gehaust? Warum? Ich meine, was hattest du überhaupt vor?

– Gab keinen Plan. Spielt das nicht jeder mal im Kopf durch? Abhauen und neu anfangen. Oder was sonst treibst du im Süden? Die clevere Jackie aus gutem Hause. Weit weg von Freunden und Mami und Papi?

Jackie hüpft über die Mulde, tritt in den Schatten eines Baums.

– Ich hätte nicht beichten sollen, dass meine Familie in Geld erstickt. Das hemmt. Kenne ich schon, Jungs mögen Mädchen lieber, die von einem Versorger und Kümmerer träumen. Wollen wir jetzt Bäume umarmen?

– Du lenkst ab.

Jackie berührt den Baumstamm.

– Ich bin hier, um ein bisschen Zeit zu schinden. Ich weiß ja, was kommt. Ich gehe am Ende zurück und studiere. Karriere. Ehe eins. Ehe zwei. Kinder. Nervenzusammenbrüche. Und bla. Und bla. Und bla. Für mich ist das nur Pseudoflucht. Postkartenkulisse gratis.

Bozorg stellt den Proviantrucksack ab.

– Und bei mir sind wahrscheinlich die Songs aus dem Radio schuld. Ich habe immer geglaubt, dass das eine Leben, das ich habe, etwas bedeuten muss. Wahrscheinlich bist du wirklich schlauer.

– Hach!

– Ich meine es ernst.

– Danke, sagt Jackie, aber vielleicht wird Ehemann eins, zwei oder drei berühmter Schriftsteller. Ich ver-

liere den Verstand vor Glück. Und wir fliehen vor dem Rummel in die Wildnis und leben dort glücklich bis ans Ende unserer Tage. Wie klingt das für dich?
– Nach einem Song aus dem Radio?
– Jetzt lenkst du ab.

Ein beinah goldener Schein wabert ins Geäst über ihr, fällt in Sprenkeln auf sie hinunter. Jackie streift die Turnschuhslipper ab, stellt sich auf die Fußspitzen, reckt den Arm nach oben.

Weiter nach oben.

Biegt den Rücken durch. Versucht einen der Äste zu erreichen. Die Rundungen, die sich unter ihrem T-Shirt abzeichnen. Die Taille, die über dem Gürtel frei liegt. Bozorg:

– Künstlergattin, ist die Rolle nicht ein wenig zu klein für dich?

Alles andere, was ihm bis eben durch den Kopf ging: weg.

Jackie:
– Du bist süß. Arsch oder Titten?

Ihre nackten Sohlen sind noch in der Luft, als sie das fragt. Bozorg tritt aus dem Licht zu ihr in den Schatten.
– ...?
– Oder bist du mehr der Typ für Achselhöhlen oder Nacken?

Damit beendet sie ihre Übung. Ein winziges Büschel Nadeln hat sie zu fassen bekommen. Bozorg:
– Was tippst du?

Jackie, nur eine Unterarmlänge entfernt.
– Wir kennen uns jetzt eine Woche, sagt sie, und du

guckst mich nicht an. Nur hinter meinem Rücken. Und nie gerade in die Augen.

Er hebt den Kopf und hält ihn schief, fast so, als wolle er ihn auf der Schulter ablegen. Jackie streicht Bozorg leicht mit dem Büschel Nadeln über den Arm. Er senkt schon wieder den Blick.

– Du kennst meine Geschichte, sagt er, ich kann nicht. Ich bin nicht ganz in Ordnung. Lass besser die Finger von mir. Ist klüger.

– Ich bin schon groß, sagt sie, ich passe auf mich allein auf.

Er betrachtet ihre nackten Zehen. Seine Schläfen pochen.

– Super. Das habe ich gerade prima vermasselt.

Er lacht auf.

Dreht sich weg von ihr, setzt sich dann in den Sand. Sie schaut zu, überlegt einen Moment und setzt sich schließlich zu ihm. Umfasst ihre angezogenen Beine, Knie dicht an Knie, bettet das sommersprossige Kinn darauf. Bozorg öffnet den Rucksack. Angelt eine Orange heraus, schält sie und bietet Jackie einen Schnitz an.

Sie zögert, bevor sie zugreift.

– Ich bin nicht sauer, sagt sie, nur ein bisschen.

Beide schauen starr aufs Meer. Er schiebt sich ein Stück Orange in den Mund, kauend:

– Vorschlag, Marsmädchen?

– Der muss von dir kommen.

– Okay, sagt er, dann spulen wir auf drei ungefähr fünf Minuten zurück. Bis zur Stelle, an der du angefangen hast, über die Zukunft zu spekulieren.

Jackie:

– Künstlergattin ist gar nicht schlecht. In Wahrheit bin ich sehr faul.

Bozorg zählt.

– Eins. Zwei …

– Und, sagt sie, die Antidepressiva, die du nimmst, sind übrigens was für Anfänger. Ich habe selbst schon härteres Zeug geschluckt.

Sie legt den Arm um seine Schultern.

– Drei, sagt er.

Die soll das lassen, denkt er noch.

Dann spürt er den warmen Atem auf seiner Haut, ihren Atem. Dann jedes Fältchen ihrer Lippen auf seinen Lippen. Jede feine Rille. Er vergräbt die Hand tief in ihrem Haar. Holt einmal kurz Luft.

– Fünf Minuten früher …, sagt sie, hat geklappt.

– Du schmeckst nach Orange, sagt er, seltsam. Essen wir die Orange nicht erst in etwa zwei Minuten?

Sie setzt einen schnellen Kuss hinterher.

– Ab sofort bist du meiner, sagt sie.

=

In Bozorgs Hütte angelt Bozorg als Erstes eine Flasche Wasser aus dem Kühlschrank, füllt zwei Gläser. Während Jackie trinkt, betrachtet sie die Fotografie, die gegenüber dem Matratzenlager an die Wand gepinnt ist. Ein Schnappschuss: Bozorg, dem von beiden Seiten ein Kuss aufgedrückt wird.

– Frag ruhig, ermuntert er sie.

– Kitty ist die links, richtig? Die mit der Löwenmähne. Das hattest du mir ja schon erzählt.

– Ja.
– Und wer ist die andere?
– Domino. Kittys beste Freundin. Wir haben uns eine Wohnung geteilt.
– Hast du noch Kontakt zu ihr?
– Nein. Zu niemandem mehr von damals. Im Sommer werden es drei Jahre, die ich weg bin.

Bozorg steht nun neben Jackie. Er denkt an die, die wahrscheinlich noch immer am Stadtrand leben. An der Stelle von Gesichtern sind da im Augenblick nur weiße Scheiben. Ähnlich wie bei Romanfiguren.

Jackie:
– Und diese Domino, die weiß nicht, wo du bist? Du hast ihr nie auch nur eine Postkarte geschickt?

Bozorg kratzt sich am Kinn.
– Ich wüsste gar nicht, was ich schreiben sollte.
– Dass es dir gutgeht? Oder aber, dass du dich unsterblich verliebt hast? Immerhin wart ihr euch mal nah. Und schreiben kannst du ja eigentlich. Vielleicht würde sie das sehr freuen. Und sag jetzt bloß nichts Falsches.
– Wegen der Sache mit dem Schreiben?

Blitzende Augen. Jackie drückt Bozorg das leere Glas vor die Brust, schlendert ins Bad. Er hört, wie die Wasserhähne aufgedreht werden. Jackie wirft Klamotten durch den Türspalt ins Zimmer, wo Bozorg steht.
– Ich habe nichts mehr an, flötet sie.

Sie singt und summt.

Er hört sie in die Wanne steigen. Er hört die Stille, nachdem sie die Hähne quietschend wieder geschlossen hat. Eine Weile schaut er aus dem Fenster seiner Hütte. Ein Zipfel Meer unter Nachmittagshimmel.

Dann ist ihm auf einmal, als könne er sich selbst beobachten.

Er zieht sich aus. Folgt der Spur, die Jackie mit Shorts Schlüpfer Top BH für ihn gelegt hat.

Die kühlen Fliesen im Bad.

Das Gittermuster der Fugen zwischen den Kacheln.

Jackie.

Die Höcker ihrer Wirbel unter der hell schimmernden Haut. Das Haar hochgesteckt. Die geschwungene Nackenlinie und der rötliche Flaum.

Er steigt zu ihr. Warmes Wasser schwappt über den Rand. Er sitzt am einen Ende der Wanne, sie am anderen. Er rutscht tiefer, taucht ab und wieder auf. Seifenschaumflocken bleiben auf seinen Oberarmen zurück.

– Du bist noch da, Jackie. Gibt's dich also wirklich.

Er bekommt es hin: Er schaut ihr fest in die Augen. Freut sich über die Sanftheit in ihrem Gesicht. Und wie sie ihm einen langgestreckten Fuß auf die Brust stellt. Nur den Ballen.

– Nicht reden, sagt sie.

II

Futur II
- 67 Tage später: Bozorg wird Jackies Eltern kennengelernt haben. Das wohlhabende Ehepaar kombiniert den Besuch bei der Tochter mit einem Cluburlaub. Ein Essen zu viert, bei dem man Bozorg teils mit Desinteresse, teils mit Herablassung begegnet. *Berufliche Perspektiven, junger Mann?* usw. Jackie, peinlich berührt, macht eine Szene. Das soll ihre Beziehung festigen. Bozorg merkt jedoch bald, dass dieser Abend ganz anders nachwirkt. O-Ton: «Das war zu viel Realität für uns.»

- 10,3 Jahre später. Christos' Land, seit Jahren von Staatskrisen geplagt, wird einmal mehr an den Rand des Bankrotts geschliddert sein. Demonstrationen, Unruhen. Bozorg verfolgt die Entwicklungen beiläufig über die Medien. Längst wieder in der Heimat, verdient er stattliche Honorare als Konzeptioner in der Kreativbranche. In einer Therapiegruppe lernt er eine Lehrerin kennen, die in ihrer Freizeit im Akkord Buchrezensionen schreibt. Man verreist zusammen.

- 49,9 Jahre später: Bozorg wird seinen 70. Geburtstag im Krankenhaus begangen haben. Ein Krebsleiden, Aussichten durchwachsen. Er blickt zurück auf eine mittelerfolgreiche Autorenlaufbahn. Die meisten Bücher verarbeiten Jugenderlebnisse und sind antiquarisch preiswert zu erwerben. Für sein letztes Romanprojekt sucht seine Agentur seit Jahren einen Verlag. Sofern Finanzen und Kräfte es zulassen, würde er im Sommer gerne Sinillyk noch mal besuchen. Drei Jahrzehnte zuvor hat er seiner Frau dort den Heiratsantrag gemacht, in der Ruine des Shangri-LaBamba. Kinder haben sie keine.

| Freitag, 29. April

Bozorg erhebt sich, als sie den Busbahnhof erreichen, von seinem Platz. Die Wartenden draußen klumpen auf ihren Bänken hinter Tragetaschen und Taschen, die auf Sackkarren verschnürt sind. Ein Zahnloser hat ein Netz mit einer Melone im Schoß.

Die Tür schnauft zur Seite.

Eine ganze Wand voller Geräusche: Keilriemenquietschen, schrilles Gelächter, ein meißelnder Presslufthammer. Bei dem Lärmpegel zieht Bozorg unwillkürlich den Kopf ein beim Aussteigen. Im üblichen werktäglichen Chaos nimmt er Kurs auf Dr. Zulis Praxis.

Am Rand des Platzes verharrt er. Im Imbiss säbelt ein Kerl an einem Fleischspieß herum. Es riecht nach Frittenöl und Gegrilltem. Bozorg hält eine Postkarte in der Hand, staunt selbst. Blind gegriffen. Er will sie zurück in den Drehständer stecken.

Und entscheidet sich um.

Als er den Laden verlässt, blickt er hoch zum Stationsgebäude. Der lange Zeiger zittert, als er eine Stelle weiterspringt.

11.29 Uhr.

Bozorg setzt sich am Hafen auf die Kaimauer, zieht Stift und Notizbuch aus der Seitentasche seiner abgewetzten Cargoshorts.

Wenn er an Domino denkt, denkt er immer als Erstes an ihr Haar. Glatt lang schwarz. Dann an ihren durchdringenden Blick, wenn sie seine Meinung für Quatsch hielt. Ihre Entschlossenheit in allem.

Am Anfang war da eine kleine Verliebtheit, als sie zusammenzogen, stille Schwärmerei.

Bis er ihre Freundin traf, die so ganz anders war.

Erst nach und nach kam Bozorg dahinter, dass Domino nach außen deutlich sicherer wirkte, als sie es nach innen war. Ihre Schönheit schützte sie. Sie mochte es, dass ihre Zartgelenkigkeit und die Form ihres kleinen Hinterns bewundert wurden. Und war enttäuscht, wenn es dabei blieb.

Andererseits: Männer, die klammerten, die im Kino Händchen hielten und sie den Eltern vorstellen wollten, gingen ihr auch auf die Nerven. Und darum hielten Beziehungen höchstens ein paar Wochen.

Was könnte er Domino schreiben?

Er legt den Kopf in den Nacken. Ein Flugzeug malt einen silberweißen Schweif ins Blau, der sich von selbst auflöst.

Erster Versuch:

Liebe Domino! Ich lebe. Und: Ja, ich weiß. Es geht mir nicht gut. Ich habe mich ein bisschen verknallt. Gruß an alle – B. PS: Pass auf dich auf! PPS: Ich hätte früher schreiben sollen – ging nicht.

Bozorg greift die Seite, reißt sie aus dem Notizbuch und wirft sie ins Wasser. Die Worte löschen aus. Vögel schauen neugierig.

Die Differenz der Lebenswirklichkeiten: Er ging am Anfang noch zur Schule, sie schon ganz selbstverständlich zur Arbeit. Sie hatte immer einen Plan von der Zukunft, er schob die Zukunft gerne weit von sich.

Nach Kittys Tod kostete ihn alles doppelt Kraft.

Lachen fühlte sich falsch an. Und weil keiner es merkte, dass es sich falsch anfühlte, wurde es noch schlimmer. Er suchte, wann immer es ging, den Konflikt. Seine verquere Art, um Hilfe zu betteln: Er provozierte Domino wegen ihres Jobs als Angestellte. Machte sich lustig über ihre Begeisterung für banale Fernsehserien und das Ausgehen in Szeneclubs.

Bestand ihr Alltag nicht aus dauernder Langeweile und ein paar oberflächlichen Annehmlichkeiten, die davon ablenkten?

In Wahrheit beneidete er sie. Ihr Leben schien so klar.

Und sein Leben?

Woraus bestand es noch? Aus Stunden des Nichtstuns, in denen die Konjunktive in seinem Kopf lärmten. Aus Selbstmitleid und der Sehnsucht nach Ruhe und Frieden, die es nirgends gab.

Zweiter Versuch:

Dom! Ich hoffe, bei dir geht's besser als bei mir: Habe jemanden kennengelernt. Mir fehlt Hornhaut auf der Seele. B. PS: Ich weiß, ich hätte früher schreiben sollen. Mir tut heute vieles leid.

Hornhaut auf der Seele ...

Bozorg blättert um. Dritter Versuch:

Dom! Die erste Nachricht, die nicht zerrissen wird. Ich bin ein Arsch. Ich habe mich verliebt. Und ich bin an einem guten Ort. Shangri-LaBamba – B. PS: Pass auf dich auf!

Er überträgt das Geschriebene auf die Karte. Knibbelt an der Kante. Abschicken? Nicht abschicken? Bozorg saugt Luft tief in die Lungen. Es riecht nach Tang und dem Diesel der Fähren.

Auf dem Weg zum Briefkasten läuft er an einem Gittermülleimer vorbei. Er zögert. Er steckt die Karte in die Seitentasche der Shorts und geht weiter. Lässt die Praxis von Dr. Zuli links liegen.

Er latscht hinein nach Sinillyk.

Das glatte Steinpflaster, geschliffen von zahllosen Schuhen. Am Ende einer Gasse: eine Gabelung. Eine Art Lichtung zwischen den Häusern. Kabel ragen aus Fassaden, spannen sich kreuz und quer von einer Seite zur anderen, verschwinden um die nächste Ecke, bilden ein löchriges Geflecht.

Die planlose Handarbeit eines Kindes.

Bozorgs Gedanken verheddern sich in dem Vergleich.

Er hält an.

Kopfflimmern.

Er merkt, wie es einsetzt, dass sich etwas ins Bild schiebt. Wie Flusen und Fusseln, die über die Leinwand flackern. Alle Sinne wie frisch angespitzt.

Die Luft auf der Haut tut fast weh.

Bozorg prüft den Inhalt seiner Hosentaschen, forscht nach Kleingeld. Mit nach außen völlig routinierten Bewegungen, die sich im Innern dennoch fahrig anfühlen. An einer Wand hängt ein Münztelefon. Er tritt unter die Plastikhaube, wählt eine Nummer, fragt nach Jackie.

Er lässt sich nicht abwimmeln.

– Das hat meinen Chef jetzt fast auf die Palme gebracht, Barkeeper. Mag er gar nicht, wenn Animationssklaven Privatleben haben. Schmeckt ihm übrigens auch gar nicht, dass ich ständig auswärts schlafe.

Ihr Atem, der durchs Telefon unglaublich nah klingt.

– Wann bist du heute früh rausgeschlichen, sagt er,

ich habe nichts mitbekommen. Wolltest du mich nicht wecken?

— Hast tief und fest geschlafen. Schon Sehnsucht?

— Ich wollte nur mal hören, wie war deine Nacht?

— War super. Ich war mit einem attraktiven Jungen zusammen. Bin die ganze Zeit nur am Gähnen. Aber wo steckst du überhaupt?

— Ich schwänze gerade meinen Arzttermin.

— Eine gute oder eine schlechte Nachricht?

— Schätze, keine schlechte. Ein Vollbad in Hoffnung. Es tut jedenfalls gut, deine Stimme zu hören.

Es knackt in der Leitung. Bozorg wischt mit dem Unterarm Schweiß von der Stirn. Die Gedanken wieder klar, der Puls fast normal. Jackie:

— Ich kenne dich ja noch nicht wahnsinnig lang. Aber du klingst komisch. Alles in Ordnung?

— Warte, ich muss mal eben eine Münze nachwerfen.

Silbergeld verschwindet im Schacht.

Ein Klackern.

— Rück schon raus mit der Sprache, sagt Jackie.

— Es ist nichts. Oder doch. Ich schätze, das hat auch was mit dir zu tun. Ich wollte plötzlich nicht zum Arzt. Wahrscheinlich dachte ich: Du bist das bessere Medikament. Ja, ja, klingt doof, oder? Ich fühle mich lebendig wie lange nicht mehr. Ich habe sogar Domino geschrieben.

— Wem?

— Domino. Mit der ich früher zusammengewohnt habe.

— Aha. Die von dem Foto.

Bozorg greift in die Seitentasche.

– Ich habe die Karte noch nicht eingesteckt. Ich habe ihr geschrieben, dass ich verliebt bin.
– Steck die Karte sofort ein!
– Hältst du das für eine gute Idee?
– Warum nicht? Und du könntest mir auch mal eine Karte schreiben. Ist total romantisch.
Ihre Stimme.
Bozorg ersehnt sich ihren beruhigenden Geruch nach Shampoo und Milch. Ihre Körperwärme. Wie kommt es, fragt er sich plötzlich, dass er hier, in Sinillyk, durch die Straßen streunt? Warum kann er nicht jetzt bei ihr sein?
Er hasst telefonieren. Hört sich sagen:
– Sehen wir uns später? Schon Pläne?
– Ich weiß nicht, wann ich Schluss habe. Sicher nicht vor Mitternacht. Casino-Abend. Und ich kann morgen nicht wie du schlafen bis in die Puppen. Vielleicht schaffe ich es heute nicht.
Er wischt sich wieder übers Gesicht. Diesmal tiefer. Ist es das Salz der Frühlingsbrise, das ihm in den Augen brennt?
– Verstehe.
– Wehe, du bist jetzt beleidigt. Hier drehen sowieso schon alle am Rad. Tiller hier, Tiller da. Dabei kommt er erst Ende nächster Woche. Total behämmert. Gerade richten die seine Suite komplett neu ein. Die tapezieren. Die tauschen sogar die Steckdosen aus und pflanzen ihm ein Beet mit seinen Initialen vor die Tür. Kannst du dir das vorstellen?
– Der Mann ist ein Star.
– Weißt du was? Der Mann wird deinen Roman lesen.
Lange Stille. Bozorg:

— Was?
— Ich regle das, sagt sie, ich kriege ihn dazu. Ich habe ihn praktisch schon um meinen Finger gewickelt. Das schaffe ich bei jedem Kerl.
— Warum sollte Tiller sich für mein Geschreibe interessieren? Und selbst wenn, es gibt noch nicht einmal ein richtiges Ende.
Die Anzeige blinkt. Jackie:
— Tiller versteht was von Geschichten. Und er kennt tausend Leute. Das ist eine Chance. Ich möchte, dass du berühmt wirst.
— Vielleicht will ich ja gar nicht berühmt werden.
— Du hast eine Begabung. Du kannst dich gar nicht dagegen wehren.
Die Anzeige blinkt schneller. Er, hastig:
— Und heute Abend? Sehen wi...
Dann ist die Verbindung getrennt. Die Leitung: tot. Ein paar Straßen weiter krakeelen die Marktleute. Überlaut meint er sie zu hören.

=

Er hängt den Hörer ein. Sehr kräftig. Erschreckt darüber. Erschreckt über sein Erschrecken. Zugleich ärgert er sich über sich selbst. Und sofort wallt neue Wut in ihm auf. Er greift wieder zum Hörer. Klemmt ihn sich zwischen Ohr und Schulter, will wählen.
Ermahnt sich, es nicht zu tun. Findet auch kein passendes Geld mehr. Diesmal knallt er den Hörer noch heftiger auf die Gabel. Ein Mal. Und gleich mit voller Wucht ein zweites und drittes Mal. Kunststoff splittert.

Hinter ihm ein Ruf:

— Hoi, hoi!

Bozorg dreht sich um.

Ein knöchriger Typ in ausgetretenen Stiefeletten. An seiner Seite eine mit Pferdeschwanz. Rikki und Roulis. Bozorgs Begrüßung: ein wortloses Werfen der Hand in die Luft. Er mag die hungrigen Raubtierblicke der beiden nicht. Hat er noch nie. Rikki:

— Gruss an Christos, wir haben da vielleicht was Interessantes für ihn. Für dich aber auch, wenn du richtig randalieren willst. Oder runterkommen, je nachdem. Wie sieht's aus?

Sie hat einen Tragegürtel mit Geldfach um die Hüften gebunden, spielt an dem Reißverschluss. Im Beutel schleppt sie Klarsichttütchen mit Dope spazieren, die großen Scheine stecken bei Roulis im Socken.

— Was habt ihr denn? Ein geklautes Telefon, das ihr verticken wollt?

— Eine Panzerfaust und Maschinengewehre, sagt sie.

Lacht. Roulis schaut stumpf ins Leere.

— Zieht Leine, sagt Bozorg.

Lässt erst jetzt den kaputten Hörer los, der daraufhin sacht an seiner Spiralschnur aus Metall zu baumeln beginnt.

Rikki stützt die Hände auf die Hüften.

— Scherz, sagt sie, aber wir sind jetzt sowieso wieder häufiger bei den Leuten im Shangri-LaBamba. Trudeln allmählich alle wieder ein. Wir sollten uns treffen. Sag Christos das. Ich kann gerne auch was Schönes kochen.

Bozorg bemerkt einen abklingenden Bluterguss an Rikkis linkem Arm. Ein ins Gelbliche spielender Fleck, wo wahrscheinlich jemand vor ein paar Tagen mal hart zugepackt hat.

— Ich muss los, sagt er.

Rikki:

— Christos soll sich melden. Geht um den Stress mit dem Club.

Roulis grinst zu ihrem letzten Wort ein gehässiges Roulis-Grinsen, das Bozorg noch den ganzen Weg zurück zum Busbahnhof verfolgt.

12.55 Uhr.

Der Schlagbaum öffnet sich.

Bozorg knibbelt an der Nagelhaut seines Daumens. Die Sonne brennt im Nacken. Er schaut in Richtung der Praxis von Dr. Zuli.

Das Fenster.

Er hat den Raum dahinter genau vor Augen. Den Uraltcomputer, das vernarbte Handwaschbecken mit den zwei Hähnen, die Plastikspender für Hautdesinfektion und Flüssigseife, darüber der Spiegel ohne Umrandung.

Erinnerungen überlagern sich.

Sehr lebendige Erinnerungen. An die Termine in der Praxis. Plötzlich ertappt Bozorg sich bei dem Gedanken an Rikki.

Ihr Oberarm. Der Bluterguss.

Ein Schmerz durchzuckt ihn. Er weiß sofort, wieso. Und spürt eine zusätzliche Beklemmung. Das schlechte Gewissen, wegen Dr. Zuli?

Bozorg schließt die Augen und öffnet sie wieder.

Der Briefkasten.

Der Bus schnauft bereits in die Haltebucht. Bozorg

rennt los. Und schafft es noch rechtzeitig zurück. Fällt außer Atem in einen der Sitze. Das Gefühl, etwas hinter sich zu lassen, als das Fahrzeug anruckt und sich schwerfällig in Bewegung setzt.

An Bord sein.

Aus einer Kapsel in die Welt starren.

Unterwegs hat er sich immer aufgehoben gefühlt.

◀◀

| zurück: Oktober,
vorletztes Jahr

Hinterm Schreibtisch hängen Diplome Zertifikate Auszeichnungen. Sie füllen die ganze Wand. Christos und Bozorg schauen zu, wie Dr. Zuli am Fenster hantiert, mit einem bockigen Griff kämpft.

Die Verkehrsgeräusche von draußen werden ausgesperrt. Zuli lässt sich in den knarzenden Drehstuhl hinter dem Schreibtisch fallen. Schnauft, bevor er zu sprechen beginnt. Christos übersetzt.

— Er sagt, er ist kein Fachmann. Das musst du wissen. Er bietet dir keine Therapie an, nur ein Gespräch.

Bozorg nickt. Zuli nickt. Beginnt:

— Stellen Sie sich einen Nachthimmel vor, sternenklar. Sie blicken hinauf. Was sehen Sie? Blicken Sie in ein Meer aus Sternen? Oder blicken Sie vor allem ins schwarze Nichts des Alls drum herum?

— Diese Dinge sind doch nicht voneinander getrennt.

— Wie fühlen Sie sich bei dem Blick nach oben?

— Allein.

— Warum?

— Was ist da oben schon? Ein bisschen Licht. Vielleicht ein paar Leute auf einer Raumstation.

Er mustert Dr. Zuli. Der Hemdkragen des Arztes: ein wenig zu eng, ein leichter Schweißfilm schimmert auf der Stirn unter dem Lockengestrüpp. Zuli knetet die Hände:

– Stellen Sie sich jetzt vor, Sie sind ein Astronaut da oben. Sie blicken auf die gute alte Erde hinab. Sie sehen Tag und Nacht. Die Wüsten aus Sand und Eis, wo kein Mensch lebt. Riesige Wasserflächen. Wie fühlen Sie sich? Haben Sie Heimweh, möchten Sie zurück auf die Erde?

– Kann ich nicht sagen. Noch nicht.

– Okay. Schauen Sie sich jetzt mal die dichten Lichterfelder an, wo der Planet eng besiedelt ist. Sie schweben über diesen Milliarden von Menschen, die sich da unten abrackern. Denken Sie an die ganzen Alltäglichkeiten. Ein überfüllter Zug. Oder ein Fußballspiel. Der erste Kuss ... Dinge, die Tag für Tag und wieder und wieder passieren. Stellen Sie sich das vor. Und fragen Sie sich, was fühlen Sie für diese Menschen.

– Keine Ahnung.

– Es gibt kein richtig oder falsch bei dieser Übung.

– Ich weiß nicht, was ich fühle.

Zuli notiert sich etwas. Dann sagt er:

– Nehmen Sie sich Zeit.

– Es macht mich traurig.

– Warum?

– Weiß nicht. Weil alles lächerlich ist, was wir tun?

Bozorgs Blick schweift ruhelos umher, wandert über die Decke zum Fenster. Dr. Zuli greift nach dem Bügel seiner Brille:

– Sie weinen.

Bozorg reibt sich die Augen, faltet die Hände vor dem Mund. Presst, halb erstickt, zwischen den Fingern hervor:

– Tut mir leid. Geht gleich wieder.

Er wischt im Gesicht herum.

Zuli krault sich den Bart, sagt etwas zu Christos. Christos nickt, holt am Handwaschbecken ein Glas Wasser für Bozorg. Zuli krempelt die Arme seines Arztkittels ein Stück auf:

– Bleiben Sie für einen Moment Astronaut, sagt er, denken Sie noch mal an die Alltäglichkeiten, die ich genannt habe. Führen Sie sich vor Augen, was dort unten passiert. Wie geht es den Menschen dabei?

Bozorg zieht Rotz hoch. Halbwegs wieder gefasst.

– Die Menschen sind häufiger unglücklich als glücklich? Meistens benehmen sie sich wie die letzten Trottel.

– Sie gehen wieder auf Distanz. Eben haben Sie noch *wir* gesagt.

– Ja, wir Menschen.

Zuli legt die Hände flach auf den Tisch.

– Was tippen Sie bei rund acht Milliarden Mitbürgern? Gibt es auf der Erde jemanden, der in einer vergleichbaren Situation steckt wie Sie? Ein junger Mann, der Verlust und Verletzungen erlitten hat. Der weiß, was es bedeutet, um einen geliebten Menschen zu trauern. Der nicht weiß, wohin mit sich und seinem Leben.

– Schon klar, ich bin kein Einzelfall. Ist das der Punkt?

– Denken Sie darüber nach: Das, was Sie als persönliche Katastrophe empfinden, gehört zum Standardrepertoire des Lebens. Menschen versagen, durchleiden schwierige Phasen, werden krank, altern. Gehört dazu. Ein schwacher Trost, mag sein. Kann aber eine neue Perspektive eröffnen.

– Was für eine Perspektive?

– Sie sind nicht allein. Allerdings kommt Ihnen das zuweilen anders vor. Sie erinnern sich? Auf die Frage, was Sie beim Blick in die Sterne empfinden, sagten Sie, Sie fühlen sich allein. Woran liegt das?

– Ist das nicht normal? Was soll ich sagen?

– Ist Ihnen die Frage unangenehm?

– Ich komme mir ertappt vor, ja. Ich komme mir vor wie ein Scharlatan.

– Aber Sie leiden. Haben Sie eine Beschreibung für Ihr Leiden?

– Ein blauer Fleck. Der nicht weggeht.

Zuli blickt auf seine Notizen. Macht einen weiteren Eintrag. Senkt den Kopf dabei, kurz sieht man die kleine Lichtung zwischen den Locken. Rosig schimmernde Haut. Er:

– Das kam jetzt schnell. Woher stammt der blaue Fleck?

Bozorg zuckt die Achseln. Würde er die Augen schließen, kämen noch in dieser Sekunde von überall her die Gesichter aus der Vergangenheit auf ihn zu. Das weiß er. Das will er nicht.

– Eine alte Stelle.

Bozorg hat den Ellbogen auf der Stuhllehne abgestützt. Der Kopf ruht in der Hand. Zuli schmunzelt, streut offenbar einen Scherz ein. Denn Christos amüsiert sich ebenfalls. Er übersetzt:

– Wenn du den Kopf aufstützt, hältst du das Universum in Händen. Altes Sprichwort bei uns.

Bozorg setzt sich wieder auf.

– Und jetzt? Sie sagen mir vermutlich, ich bin depressiv.

Dr. Zuli nimmt seine verbogene Brille ab. Die Augen sehen mit einem Mal viel kleiner aus. Aber auch wacher.

– Aus medizinischer Sicht eine schlüssige Diagnose. Und niemand kann was für seine Depression. Aber dafür, was daraus wird. So formulieren es die Lehrbücher im Allgemeinen.

– Klingt wie eine Entschuldigung. Ich komme mir wirklich vor wie ein eingebildeter Kranker. Was fehlt mir groß? Nichts.

– Das mit dem blauen Fleck ist kein schlechtes Bild. Sie haben einen mitbekommen. Leben hat Konsequenzen. Manchmal tut es auch weh. Seien Sie weniger hart mit sich selbst. Nehmen Sie es gelassener. Ich kann Ihnen ein Medikament verschreiben, das Ihnen dabei hilft. Machen Sie sich aber bitte klar, dass es an Ihnen ist, Ihre Biographie zu gestalten. Begreifen Sie das als Chance. Sie sind kein Kind mehr. Mein Rat: Schaffen Sie sich neue Strukturen. Einverstanden? Kehren Sie zurück auf diesen Planeten.

Zuli klatscht in die Hände. Bozorg:

– Christos hat mir eine Unterkunft besorgt.

– Ein Anfang.

Dr. Zuli wühlt in einer Schublade, holt einen Tablettenstreifen hervor. Bozorg erhält eine Pille, schluckt. Zuli schaut ihn an.

– Hier in Sinillyk gab es einen Künstler. Sein großes Thema waren Rückzugsorte. Kann man einen Ort malen, wo man sich schon als Betrachter sicher fühlt? Die Frage hat ihn umgetrieben. Mal ganz spontan: Wo würden Sie sich verstecken, wenn es hart auf hart kommt?

– Unter der Erde?

– Lustigerweise ist das eine der beliebtesten Antworten. Tatsächlich ist unser Künstler zum Schluss auf einen ganz anderen, auf einen sehr naheliegenden Gedanken gekommen. Wie das ja häufig so ist. Eins der Bilder aus seiner Serie hängt übrigens draußen auf dem Gang.

Christos und Bozorg schauen sich das Werk beim Rausgehen an.

Ein Acrylgemälde, kaum größer als ein Flugblatt. Leicht zu übersehen. Die Leinwand zeigt einen Ring aus Menschen. Und in dem Ring einen freien, kreisrunden Raum. Christos:

– Und das ist Kunst? Würde mich ja nicht wundern, wenn Zuli das selbst gepinselt hat. Schüttelt sich Mythen mal eben so entspannt aus dem Ärmel, wie er einen heben kann. Alter Fuchs, dieser Zuli.

▶▶

|Samstag, 7.Mai
Bozorg zieht am hüfthohen Holzregal. Das Regal, Teil der Theke im La Bar, schwingt ihm quietschend entgegen, gibt einen schmalen Durchgang preis.

Im Hinterraum: kein Christos.

Normalerweise daddelt der Halbgott in Flipflops am Nachmittag gerne ausgiebig auf der Spielkonsole, rettet die Welt vor mutierten Kopffüßlern und anderem Ungeziefer aus fremden Sonnensystemen.

Aber heute: kein Laserkanonengeballer.

Auf dem schlierigen Bildschirm läuft ein Nachrichtensender. Die Startrampe eines Weltraumbahnhofs.

Bozorg dreht sich einmal um sich selbst.

Schnuppert in der Luft.

Weit kann Christos nicht sein: Der F1−11 parkt vor dem La Bar. Und auf einem Wandbrett, neben einem Paar alter Kampfstiefel, neben rostigen Dosen mit Autowachs und Arbeitshandschuhen, dampft es aus einer Tasse Kaffee.

Im Fernsehen erklärt eine Reporterin gerade, warum der Countdown abgebrochen werden musste:

– *Der Transport des Antiteilchendetektors wird verschoben. Schuld ist ein defektes Heizmodul. Pech für die Crew und natürlich für alle Shuttlespotter, die den vorletzten Start dieses Typs Raumfähre live mitverfolgen wollten. Und so zieht sich das Ende des Zeitalters, in dem bei über 800 Einsätzen rund 350 Astronauten ins All aufbrachen, noch ...*

Bozorg meint etwas zu hören, lauscht. Er schaltet den Ton ab.

Draußen Stimmen.

Er blickt aus dem vergitterten Fenster in der Ecke: die Brachfläche hinter dem Gebäude. Wildblumen. Niedriges Buschwerk. Auf dem flachen Dünenkamm ein Zeitgenosse mit Fotoapparat und Clubshirt, athletische Statur. Ein zweiter mit Aktenkoffer und enormem Kugelbauch im schlechtsitzenden Anzug.

Christos kommt ins Bild. Der Staub, der zu seinen Füßen verwirbelt. Die Hemdstöße wehen hinter ihm her. Er gestikuliert und brüllt.

Anzug brüllt zurück.

Der Athlet fotografiert.

Bozorg stürmt durch die Seitentür ins Freie. Grelles Frühlingslicht empfängt ihn. Christos hat sich nach einer leeren Bierflasche gebückt, zerschlägt sie auf einem Stein.

Der Athlet fotografiert weiter.

Christos stößt das Kinn in die Höhe, schiebt die Lippen nach vorn, stapft zornig auf die zwei zu. Aktenkoffer ergreift die Flucht. Rennt. Die linkischen Bewegungen eines Mannes, der wenig aus dem Büro kommt und sicher nie Sport treibt. Es wabbelt unterm Hemd.

Der Halbgott in Flipflops hat ihn nach ein paar Metern am Kragen.

Handgemenge.

Die freie Faust von Christos als feste Schraubzwinge im Schritt des Anzugträgers. Hündisches Winseln. Bevor Christos mit dem gezackten Glas zuschlagen kann, geht Bozorg dazwischen. Der Athlet knipst und knipst immer weiter, bis Bozorg über Christos am Boden liegt.

Christos schnauft aus verkniffenem Mund:
– Diese Stinkpimmel.
Sein behaarter Brustkorb pumpt gewaltig. Bozorg, fordernd:
– Lass die Flasche los.
Die Hand öffnet sich. Ein Schatten fällt über Bozorgs Gesicht. Der Athlet lässt eine wilde Tirade auf sie niedergehen. Spuckt aus. Bozorg spürt Spritzer auf der Wange und dann eine Hand, die ihm ins Haar pflügt und zupackt.
Bozorg lässt von Christos ab.
Der greift sofort nach seiner Waffe. Das Blitzen unter den Wimpern. Das schiefe Lächeln, das er aufsetzt, wenn er richtig Spaß hat. Der wahre König von Sinillyk, im Kampf um den Thron zu allem bereit. Noch im Liegen rammt Christos die Spitzen ins Bein des Athlethen.
Ein kaum unterdrückter Schmerzenslaut.
Blut tränkt den hellen Hosenstoff.
Der Athlet knallt Christos und Bozorg die Köpfe zusammen.
15.32 Uhr.
Die Halsglocken einer Ziegenherde.
Christos setzt sich auf. Zupft an einem verirrten Grasbüschel herum. Klemmt sich einen langen Halm zwischen die Daumen, pfeift darauf:
– Die Fanfare, sagt er, ab sofort tobt das Gefecht um die letzte Garnison. Sagte ich es schon, Hombre? Nicht? Dann sage ich es jetzt: Ich habe vor ein paar Tagen tatsächlich wieder ein Anwaltsschreiben bekommen. Diesmal geht es ums La Bar. Um alles. Die wollen mich fertigmachen.

Bozorg reibt sich die Stirn, bleibt auf dem Rücken liegen.
– Also prügelst du auf Anzüge ein. Damit die Anwaltsschreiben sich bald stapeln.
Christos:
– Hm. Offiziell sieht es so aus, dass die mir mit einer Sperrstunde kommen wollen. Inoffiziell: toller Baugrund. Für eine Segelschule, für einen kleinen Hafen.
Er rollt den Grashalm zur Kugel, schnipst ihn weg.
Bozorg:
– Und jetzt?
Christos:
– Jetzt füllen wir den Pool. Ich habe gestern die Filter gereinigt.
Er hilft Bozorg zurück auf die Beine.

=

Sie stellen das Batterieradio mit den cremefarbenen Kunststofftasten in den Innenhof. Bozorg räumt das Werkzeug aus dem Pool, Eimer und Pinsel. Es tut gut, schwere Dinge zu schleppen. Es tut gut, eine Leiter hoch- und runterzusteigen. Bozorg tätschelt vor dem letzten Aufstieg den Kopf des frisch gestrichenen Tretbootschwans:
– Wasser marsch!
Gurgelnd gluckst es aus der Düse eines Gartenschlauchs. Christos setzt sich damit zu Bozorg an den Beckenrand:
– Mein Großvater war wirklich ein König von Sinillyk. In der Bucht, die dieses Clubpack annektiert hat,

standen mal kleine Hotels. Das größte davon war seins. Und in seiner Generation hat man die Dinge noch von Angesicht zu Angesicht geregelt. Manchmal auch mit dem Messer.

– Jetzt verstehe ich, sagt Bozorg, du lässt alte Traditionen wieder aufleben.

Christos legt sich beim Lachen die Faust auf die Brust. Dann klatscht er Bozorg die Hand auf den Oberschenkel:

– Früher war das wirklich so. Erst wurde gekämpft, Mann gegen Mann. Und hinterher hat man sich zusammengesetzt, um das eigentliche Problem aus der Welt zu schaffen. Der Sieger gab die Richtung vor. Das war natürlich auch idiotisch. Aber heute läuft alles nur mit Geld und Anwälten. Ist das fairer?

– Ich sehe ein, dass du angepisst bist.

– Hombre, ich kann mir das nicht gefallen lassen. Die Sperrstunde nicht ... und überhaupt. Was würdest du tun?

Bozorg überlegt.

– Messer nützen nichts, wenn du einen Clubchef erledigt hast, kommt der nächste.

Christos schnipst mit dem Finger:

– So wird's gemacht!

– Was?

Der Halbgott in Flipflops wedelt ein wenig mit dem Schlauch hin und her. Die Schwanenbrust erbebt. Das Tier scheint seine Federn zu spreizen.

– Ich habe eine Idee, sagt er, wir mischen den Club einmal richtig auf. Wir reiben denen eins rein, das sie zittern lässt. Tiller. Wann kommt der?

Ein kurzer Lacher von Bozorg:
– Uh, planen wir ein Attentat?

Christos schiebt anerkennend die Unterlippe vor, als wäre das ein genialer Plan.

Er denkt laut nach:
– Ich sag dir was, das ist es. Ich weiß noch nicht, wie, aber dieser Tiller wird uns nützlich werden. Wenn im Club etwas passiert, während der da Urlaub macht, ist das ein Debakel für die D'Foe-Leute.

Keine Ironie, die darin mitschwingt.
– Ich weiß zum Glück, dass du nur spinnst, sagt Bozorg, oder hast du eine Gehirnerschütterung?

Christos legt den Schlauch zur Seite, um besser gestikulieren zu können.
– Registrier das doch bitte mal, sagt er, die Verbrecher sind die da in der gestohlenen Bucht, wir sind die Aufrechten. Ich werde denen im Club in diesem Frühjahr noch einmal mit Stil meinen kraftvoll durchgestreckten Mittelfinger zeigen.
– Mit Stil.
– Ja, und mit Grips. Im Namen der Gerechtigkeit.
– Hört sich trotzdem an wie Märtyrerquatsch.
– C'mon, Hombre. Wann reist Tiller an?
– Ist schon da. Seit gestern.

Christos streckt den Rücken. Hände unter den Achseln, Daumen gucken raus. Macher jetzt. Stratege. Stolzgeschwellte Brust. Ein Schwan: nichts dagegen.
– Sehr, sehr schön, Hombre.
– Was?
– Das hatte ich fast schon wieder vergessen. Wir haben ja einen Spion im Club dieses Jahr.

Bozorg merkt, wie sich seine Finger fester um die Kacheln am Beckenrand krallen.

– Schlag's dir aus dem Kopf. Jackie ziehst du nicht mit rein, was immer du vorhast. Nur dass wir uns verstehen.

Die Mimik des Barbesitzers hellt sich auf.

Er legt den Kopf schief.

– Richtig verknallt, Hombre?

Eine beringte Hand versetzt Bozorg einen Stoß. In aller Freundschaft. Ein Friedensangebot.

– Pass auf, sagt Bozorg, gleich staunst du richtig. Sie hat für mich ein Treffen mit Tiller ausgemacht. Er will in meinen Roman reinschauen. Und bevor du fragst: Nein, ich gehe da nicht mit Sprengstoffweste hin.

– L'amour, flötet Christos.

– La chance, gibt Bozorg zurück, wer weiß …

Dann schauen sie eine Weile stumm auf die Spiegelungen im Wasser. Hören das Rauschen. Beobachten den Schwan. Christos:

– Sie hat ihn schon kennengelernt? Gleich am ersten Abend?

– Tiller kann nicht ohne Nikotin. Und sie hatte Dienst an der Poolbar, wo es Aschenbecher gibt. Tatsächlich hat er sie wohl gleich ziemlich dreist angeflirtet. Ein Mann mit Geschmack.

– Oh, oh, Hombre.

– Ich war drei Wochen schneller, sagt Bozorg, Pech für ihn.

Christos:

– Du bist richtig verknallt. So muss es sein, Hombre. So muss es sein. L'amour im La Bar. Aber um einen klei-

nen Gefallen könntest du die vom Mars eigentlich trotzdem mal bitten.
– Nämlich.
– Frag sie doch mal nach dem Türcode.

=

Der Tretbootschwan: bizarr beleuchtet. Die Discokugeln drehen sich. Splitter und Streifen in wechselnden Farben irrlichtern durch die Menge, die gerade ein wenig Fahrt aufnimmt.
21.42 Uhr.
Die Polizei ist nicht aufgekreuzt.
Jackie auch nicht, aber das wusste Bozorg. Seit knapp einem Monat kennt er sie. Genau 24 Tage. Mit ihr ist alles hell, ohne sie dunkler. Das Hirn dann wie ein zerkochter Blumenkohl, manchmal.
Was sie wohl gerade macht?
Ob sie sich wohl gerade dasselbe von ihm fragt?
Er zapft.
Er mixt.
Gibt Flaschen raus, bestückt die Kühlschubfächer neu.
Sein Pappbecher für das Trinkgeld füllt sich.
Der erste Abend der Saison, an dem es zumindest halbvoll wird im La Bar. Der erste Abend auch, an dem Louise Musik auflegt und in ihren Pausen hinterm Tresen herumstreunt.
Sie malt ein Tier auf den Bestellblock, deutet darauf.
– Kaninchen, sagt Bozorg.
Sie versucht es nachzusprechen:

– Kaninschen?

Schon im letzten Jahr hat er mit Louise Vokabeln trainiert. Louise, dieses Nachtgeschöpf, nicht mehr Mädchen, noch nicht ganz junge Frau. Porzellanhaut. Hennabemalung an den Armen. Stirntuch.

Neue Piercings hat sie, eins durch die Lippe, eins durch die Braue. Um den Hals klimpert Holzschmuck, den sie selbst fertigt und auf dem Markt verkauft, wenn sie in den Sommermonaten mit den anderen Aussteigern in der Discoruine kampiert, oben in den Hügeln.

Der Name Shangri-LaBamba stammt von ihr.

– Du meinst, sagt Bozorg, es gibt eine Kaninchenfarm nicht weit weg von Sinillyk? Und was genau hat Christos da vor?

Louise steuert mit unsichtbarem Lenkrad einen unsichtbaren Wagen.

– Auto, sagt sie, eine Stunde.

Bozorg begreift allmählich. Hört dann Flipflops hinter sich.

– Wenn man vom König spricht …, sagt er.

Christos spreizt die Finger zum Victory-Zeichen. Übergroßes Hemd. Übergroßes Lächeln.

– Meine kleine Schwester hat eine ausgezeichnete Idee, Hombre, oder nicht? Ich glaube, wir können zwei Fliegen mit einer Klappe schlagen.

Louise lebt aus dem Rucksack. Tochter einer Cousine oder Nichte von Christos. Auf jeden Fall nicht seine kleine Schwester. Ganz genau verstanden hat Bozorg es aber nie. Genauso, wie er auch nur ein paar Brocken versteht, wenn Louise und Christos sich in ihrer Muttersprache unterhalten.

Wie jetzt.

Lebhaftes Hin und Her.

Letztes Jahr wollte Louise einen humpelnden Esel entführen, um den sich der Besitzer nicht mehr kümmerte. Am Ende kaufte Christos das Tier. Sie bauten ein Gehege hinter dem Shangri-LaBamba.

Jetzt also Kaninchen.

– Kaninchen, murmelt Bozorg vor sich hin.

Er knüllt die Skizze zusammen. Unter dem Bestellblock liegt ein Klatschmagazin. Jackie hat es dagelassen. Zur Vorbereitung. Vorne ein Konterfei von Tiller.

Louise und Christos palavern noch immer.

Bozorg hat Leerlauf, will zum großen Interview blättern, da stößt ihm sein Boss in die Rippen.

– Was hältst du davon, Hombre? Wir befreien ein paar Hoppler aus der Geiselhaft und nutzen den Tiller-Effekt.

– Ich wusste, dass so etwas kommt.

– Wir setzen die im Club auf eine der schönen Wiesen. Mal gucken, wie die das finden. Gekidnappte Versuchskaninchen im Urlaubsparadies, Filmstar reist empört ab. Wie klingt das?

– Genial. Das wird den Clubmanager sofort von allen seinen Plänen abbringen. Keine neue Segelschule. Lang lebe das La Bar!

Louises Zeigefinger pocht dem Tillerbild gegen die Stirn.

– Touristen. Fotos, Fotos, Fotos, sagt sie.

Sie drückt ein paarmal den Auslöser einer unsichtbaren Kamera.

Christos erklärt, was Bozorg längst kapiert hat:

– Das ist eine politische Aktion. Und die Clubgäste werden das für uns brav dokumentieren. Überleg mal! Man muss den Managern dann nur stecken, dass sich Vorkommnisse dieser Art auch häufen können, wenn die mich und das La Bar nicht in Ruhe lassen. Bist du dabei, mein Freund?

Bozorg lacht auf und schüttelt den Kopf, beides eine Spur zu heftig, wie er selbst merkt. Was für ein Schwachsinn.

– Nein, sagt er.

– Du schuldest mir was, Hombre.

– Du hast ein großes Herz, gibt Bozorg zurück, ich schulde dir eine ganze Menge, das stimmt. Deshalb verhindere ich, dass du Mist baust. Was hältst du davon? Ehrlich, ist doch Kinderkram. Die sammeln die Kaninchen aus den Beeten, noch bevor die überhaupt an einem Halm gemümmelt haben.

Christos:

– Wir machen das mit den Kaninchen. Zumindest befreien wir ein paar. Das habe ich Louise versprochen.

Bozorg rollt mit den Augen.

Hofft darauf, dass sich die Sache einfach im Sande verläuft. Das hat er inzwischen gelernt: Im Süden werden mehr Pläne geschmiedet als umgesetzt. Er sagt:

– Heute nicht mehr.

23.10 Uhr.

Er überlegt, ob er sich ein Bier gönnen soll. Kann sein, dass ihm die Ereignisse des Nachmittags noch in den Knochen stecken.

Lange her sein letzter Rausch.

Bozorg verliert sich in Gedanken.

Vielleicht nur für einen Wimpernschlagmoment, vielleicht für endlose Zeit. Plötzlich bemerkt er am anderen Ende des Tresens Dr. Zuli auf seinem Stammplatz. Neben sich den Motorradhelm. Zigarillo zwischen Mittel- und Ringfinger. Er klopft mit der Hand auf den Tresen. Bozorg:

– Schnaps?

Zulis Augen lächeln.

– Schnaps, sagt er.

Mit Zuli-Akzent.

Bozorg schenkt ein. Das kleine Glas wird gehoben. Als es wieder auf dem Tresen steht, füllt Bozorg nach.

Dr. Zulis Augen blicken klar und forschend. Zuli stubbelt den Zigarillo im Ascher aus. Er öffnet den Knopf an seinem linken Hemdsärmel und krempelt den Stoff nach oben. Er zeigt auf Bozorg:

– Okay?

– Ich bin okay, bestätigt Bozorg.

Und, stimmt es nicht? Er nickt, ihm geht es gut. Er reckt den Daumen bekräftigend aus der Faust.

Der Arzt scheint noch nicht zufrieden. Strenge umwölkt seine Stirn. Bozorg hebt fragend die Brauen.

War das eben auch schon so? Es zuckt in einer der Neonröhren hinter Zuli. Der Arzt blickt sich um, stößt gegen den Helm.

Der Helm fällt, schlägt auf, eiert am Boden.

Bilder, die hinter Bozorgs Stirn aufpoppen. Er spürt förmlich die Neuronensalven, die das Geräusch auslöst, und das Nachglühen im Hirn.

Zuli legt einen kleinen Karton auf den Tresen.

Bozorg möchte lächeln.
Aber er kann nicht.
Er kann aber den Karton nehmen.

=

◂◂

|zurück: Neujahr,
vorvorletztes Jahr

Er findet den Lichtschalter im Flur nicht. Stößt an der Garderobe gegen einen Bügel, der auf die Erde knallt. Bückt sich danach, tritt gegen Dominos Ersatzhelm, den ohne Visier und Kinnschutz. Zwängt den Kopf hinein.

Bozorg hofft, dass er Domino nicht geweckt hat. Oder zumindest darauf, dass sie ihn einfach still ignoriert. Wie spät mag es sein?

Die Ziffern auf der Armbanduhr verschwimmen.

Bozorg führt das Handgelenk dichter vor die Augen. Er kämpft mit dem Gleichgewicht, schlägt mit der Schulter gegen die Wand, rutscht hinab, robbt auf allen vieren. Schafft nur die halbe Strecke bis zum Sofa.

Bier Schnaps Gras.

Als er am Boden erwacht, Helm noch auf dem Kopf, blendet ihn Tageslicht. Dominos Wohnung. Blitzblank aufgeräumt. Kein Krümel liegt auf dem Boden, kein Fussel auf dem Sofa. Es riecht nach Duftspray. Das kleinste Zimmer hat sie ihm überlassen. Gästeklappbett, seine Klamotten verstreut im Raum, Filmposter.

– Frohes neues Jahr!

Bozorg stöhnt, schafft es nach einer Weile in sitzende Haltung. Er wischt sich über den Mund.

– Ja, dir auch.

Mit schwerer Zunge.

– Schönen Abend gehabt?

– Nein.
– Wo warst du überhaupt?
– Bei Kitty. Also, bei ihrer Mutter.

Sie wirft Bozorg einen diabolischen Blick zu, den sie dann mit einem Mandelaugenzwinkern als gespielt enttarnt. Sie glaubt ihm nicht:

– Pfft. Du spinnst. Sag mal ehrlich.
– Mir geht es nicht gut. Mir geht es gar nicht gut. Wie spät ist es?
– Nachmittags. Kurz nach drei.

Sie dreht ihre tintenschwarzen Haare zum Dutt, den sie mit zwei Stäben fixiert.

Er nuschelt:
– Noch was vor?
– Geburtstag von einer Kollegin. Erst Kino, dann was essen.

Bozorg trägt nach wie vor den Helm. Er guckt zu, wie Domino vor dem Badezimmerspiegel Lippenstift aufträgt.

– Kannst gleich duschen, bin in zehn Minuten weg.

Sie benutzt ein Papiertuch, betrachtet die Lippenstiftspuren, als lasse sich die Zukunft daraus lesen; und lächelt, als seien die Aussichten rosig.

– Ich war wirklich bei ihrer Mutter, stöhnt er, ich bin so ein Arschloch. Ich wollte nur mal eben zum Friedhof, und sie war auch an Kittys Grab. Eins kam zum anderen. Ich erkenne mich selbst nicht wieder.

Domino schaltet das Licht im Bad aus. Draußen das Pfeifen einer verspäteten Silvesterrakete.

– Du warst also auf dem Friedhof. Und anschließend hast du dann lustig zusammen mit der Mutter deiner toten Freundin gesoffen? Das muss einem auch erst einmal einfallen.

Er blickt zum Fenster. An der Scheibe: Regen. Tropfen wandern das Glas entlang. Dahinter das streng geordnete Geschachtel der monotonen Fassaden gegenüber. Und ein Stück verhangener Winterhimmel. Auf einem der Balkone das bunte Blinken einer Lichterkette. Bozorg:

– Hast du schon mal darüber nachgedacht, dich wegzumachen?

– Ob ich schon mal darüber nachgedacht habe, mich wegzumachen? Na, das wird ja ein heiterer Jahresanfang.

– Hast du?

– Habe ich dir heute schon gesagt, wie sehr du mich ankotzt?

Bozorg hört das eigene Schlucken. Erst jetzt nimmt er den Helm ab:

– Ich habe mit ihr geschlafen.

– Nicht lustig. Okay, ich gehe jetzt.

Sie schlüpft in ihren Mantel und ist aus der Tür. Kehrt noch einmal zurück. Bozorg:

– Ich höre ...

Domino stemmt die Beine fest in den Boden.

– Ich wollte noch gratulieren. Du hast es endlich geschafft. Du hast jetzt die beste Ausgangssituation, dass es wieder bergauf geht. Schlechter kann's nicht mehr werden. Plus: Wenn du noch ein bisschen durchhältst, dann kann dich nichts mehr erschüttern. Dann bist du gewappnet fürs Leben.

– Danke, Dom.

Er meint es von ganzem Herzen. Weiß zugleich, dass es bei ihr anders ankommt. Es folgt ein Hin und Her deswegen. Er würde es ihr gerne erklären. Er würde es ihr wirklich gerne erklären.

– Danke am Arsch.

– Kennst du das, Dom? Kennst du diese Träume, in denen du dich nicht artikulieren kannst, obwohl du nichts sehnlicher willst, und dann fallen dir auch noch die Haare und Zähne aus?

Sie verschränkt die Arme:

– Hol dir Hilfe. Ehrlich. Ich will das nämlich alles nicht mehr wissen.

– Verstehe ich. Ich bin es selbst satt, dass mich grundlos die Angst überfällt, sobald es dunkel wird.

– Wird das ein Quiz? Was redest du da. Was für eine Angst?

– Die hat keinen Namen.

– Geh zum Arzt.

– Ja.

– Ja?

– Ja, ich kümmere mich drum. Auch wenn das alles kein Spaziergang ist. Verstehst du das? Ich fürchte mich davor, dass mir jemand sagt, dass ich nicht mehr funktioniere, wie ich soll.

Domino denkt nach. Dann sagt sie, sehr überlegt:

– Sie war meine beste Freundin. Ich kannte sie mein halbes Leben. Du kanntest sie ein paar Wochen. Und frag dich doch mal, was sie von dir halten würde, wenn sie dich hier und heute kennenlernen würde, hm?

Draußen hebt die nächste Rakete ab.

– Du wärst eine tolle Therapeutin.

Bozorg und Domino tauschen Blicke: zwei Menschen, Lichtjahre entfernt voneinander durch ihre Gedanken. Bozorg:

– Geh.

Seine Kiefer verkrampfen. Da ist Wut, die sich in ihm anstaut. Da ist immer Wut, wenn er Dominos Mitleid spürt. Sie ahnt es wahrscheinlich nicht einmal, wie gut ihm ihre Stärke tut und wie wenig ihm alles andere behagt.

– Ich bleibe, wenn du willst, sagt sie.

Er schleudert den Helm blind von sich, sieht den Schrecken in Dominos Augen. Er brüllt, als wolle er sein Innerstes nach außen kehren:

– GEEEEEH!

Endlich allein, lauscht er in die Stille. Auf das Puckern der Heizung, die entlüftet werden müsste.

Er hievt sich in den Stand, schleppt sich in die Küche. Reißt dort Schubladen auf, bis er das Teppichmesser gefunden hat. Er zerlegt das Plastikgehäuse. Er braucht nur die Klinge.

Auf dem Waschbeckenrand im Bad liegt noch das Papiertuch mit dem Abdruck von Dominos Lippenstift.

⏩

|Freitag, 13. Mai
Der Himmel: in milchiges Orange getaucht. Bozorg schlägt die Wolldecke um die Schultern, setzt sich auf die Planken.

Eine schwache Brise zieht über die Veranda.

Keine fünf Stunden her, dass ihm die Augen zugefallen sind. Lange hat er sich schlaflos auf der Matratze gewälzt. Trotzdem ist er wach.

Bozorg liebt die Zeit zwischen Morgengrauen und Sonnenaufgang. Die Zeit, in der er oft mit dem Schreiben begonnen hat. Die Zeit auch der ersten Gebete für alle, die beten.

Zu denen Bozorg nicht gehört, normalerweise. Er faltet dennoch die Hände ineinander. Das Meer ein nuschelnder Chor im Hintergrund.

– Hallo, sagt Bozorg.

Die Katze kommt durchs taufeuchte Gras auf ihn zugetapst. Während er sie streichelt, erzählt er ihr von seiner Verabredung mit Tiller heute. Und davon, dass er sich labiler fühlt, seit er die Tabletten nicht mehr nimmt.

Ein Gefühl, das einen von innen auswäscht und ihm unwillkürlich Tränen in die Augen treibt. Er nimmt es hin. Er weiß: Die Stimmungschwankungen sind normal beim kalten Entzug.

Fängt sich wieder.

Liest.

Döst.

Sortiert einen Bücherstapel: Sachen, die Jackie unbedingt lesen soll.

Wäscht Wäsche, hängt sie zum Trocknen auf die Leine.

Die Zeit bis zum Nachmittag dehnt sich scheinbar endlos.

Überpünktlich macht er sich zu Fuß auf den Weg. Der Druck auf der Brust, als der Club wie ein Raumhafen inmitten der lehmbraunen Landschaft auftaucht. Gebäudewürfel schmiegen und schachteln sich ineinander, blitzen muschelweiß hinter Palmen und üppigem Oasengrün hervor.

Bozorgs Nackenmuskeln spannen sich an.

Was erwartet er genau?

14.23 Uhr.

Professionelles, kumpelhaftes Tillergrinsen.

Da ist diese Kerbe im Kinn. Der Stoppelbart. Die Sportlichkeit, die in jeder Faser des Körpers steckt. Merkwürdig, einem Menschen zu begegnen, den man nicht kennt und schon tausend Mal gesehen hat. Bozorg:

– Sie sehen sich ziemlich ähnlich.

Tiller ist nicht supergroß, kleiner als Bozorg. Trotzdem fühlt Bozorg sich sofort in der Defensive, als der andere ihm den Oberarm drückt. Tiller:

– Ich lach mich weg. Hör bloß auf, mich zu siezen. Ich bin Valentin. Und du, du bist Bozorg, richtig? Bozorg mit der sommersprossigen Freundin. Ey, die hat Überzeugungskraft, Glückwunsch.

– Jackie, ja. Also, nicht falsch verstehen: Ich glaube, ihr ist diese Sache viel wichtiger als mir.

Der Schauspieler hat Bozorg unter eine weiße Markise gelotst, nicht weit entfernt vom Fitnessraum der Anlage. Hinter den Panoramascheiben sieht man Urlauber auf Crosstrainern und Fitnessrädern strampeln.

Links ein Steingarten. Rechts Blumen über einer scharfgestochenen Rasenkante, ein leuchtendes Beet.

Sie setzen sich in Korbstühle an einen Glastisch. Ein Stapel Papier liegt dort: Bozorgs Roman. Beschwert von einem blitzsauberen Aschenbecher und einer Markensonnenbrille. Tiller:

– Das Ding braucht auf jeden Fall einen anderen Titel.

Er tippt auf die obere Seite.

– Nämlich?

– Darum kümmert man sich am Ende. Nicht kriegsentscheidend im Augenblick. Doch sprechen wir erst mal über dich. Aussteiger und Barkeeper, habe ich gehört. Richtig?

– Barkeeper. Nebenbei Hausmeister für ein paar Ferien-Bungalows.

– Und Autor.

– Na ja.

– Komm, du hast was geschrieben. Wer etwas schreibt, ist Autor. Also, Autor, Aussteiger, Hausmeister und Barkeeper. Vielleicht ein bisschen zu viel gleichzeitig. Sage ich jetzt mal provozierend.

Ein paar Bikini-Schönheiten flanieren Richtung Meer, winken Tiller zu. Alle so schlank, als hätten sie die letzten Wochen nichts als Algenshakes zu sich genommen. Tiller schnappt sich die Sonnenbrille.

Bozorg:

– Meine Strategie für dies Gespräch war eigentlich, mich dafür zu entschuldigen, dass ich mit meinem Stümperkram überhaupt hausieren gehe. Aber ich wollte Jackie nicht vor den Kopf stoßen.

Tillers Mimik beim Zuhören: gebanntes Interesse. Er nickt:

– Niemals entschuldigen. Wichtige Lektion. Du hast was geleistet, jetzt willst du wissen, wie weit dich das trägt. Das ist in Ordnung.

Tiller schiebt die Ärmel seines blauen Ringelpullis hoch. Lauert offenbar darauf, dass Bozorg seinem Blick nicht standhält. Bozorg schaut auch prompt zur Seite, weiß nicht, was er sagen soll.

– Ich weiß nicht, was ich sagen soll, sagt er, ich komme mir gerade vor wie bei einer Prüfung, durch die man nur durchrasseln kann.

– Du gefällst mir, sagt Tiller, rauchst du?

Bozorg schüttelt den Kopf. Er fasst sich ans Handgelenk, richtet das Plastikbändchen für Clubgäste. Strahlendes Weiß. Tut fast weh in den Augen. Bozorg:

– Vielleicht nehme ich doch eine.

Tiller gibt ihm Feuer:

– Ich habe das jetzt mal angelesen. Erste Frage: Was genau soll das für ein Genre sein? Ein Abenteuerroman? Science-Fiction ohne Raumschiffe? Ein Jugendbuch?

Bozorg hat nichts zu bieten außer schwachem Achselzucken.

– Es kommen Jugendliche drin vor, sagt er.
– Aber nicht nur.
– Erwachsene auch. Man wird die nur schwer los.
– Bist du ein Erwachsener?

Bozorg zieht an seiner Zigarette, betrachtet die Asche.
– Nein.

Tiller schickt einen Rauchring in die Luft.

– Ich auch nicht. Ey, als Künstler bleibst du immer ein großes Kind. Das ist mal klar. Zumindest versuchst du, dir eine gewisse Unschuld zu bewahren. Du willst die Welt erobern und verändern. Oder?

Tillers ernster Blick.

– Ist das jetzt so etwas wie, was weiß ich, ein Charaktertest? Ich sehe mich eher nicht als Welteroberer.

Bozorg wird mitleidig angeguckt, als wollte Tiller sagen: Mensch, da hast du aber Pech gehabt. Wie konnte das passieren?

– Shangri-LaBamba, sagt Tiller.

– Verstanden, sagt Bozorg, Sie mochten es nicht.

– Du, sagt Tiller.

Bozorg:

– Es ist ja nur ein erster Versuch.

– Habe ich gesagt, dass ich es nicht mochte?

Tiller grinst. Dann steht er auf und bedeutet Bozorg, ihm zu folgen.

=

Ein Spaziergang über Natursteintreppen zu den Tennisplätzen. Jackie kommt mit einem Eimer Bälle kurz an den Maschendrahtzaun. Pustet sich eine rote Strähne von der Nase.

– Hi. Was treibt ihr so?

Tiller schiebt die Sonnenbrille ins Haar:

– Ich quatsche den jungen Schriftsteller ein bisschen schwindelig. Weil, ich hatte schon immer mal Bock auf eine große Sprechrolle und Charakterfach und so. Läuft.

Bozorg schaut zu Tiller.

Dieser Mann ist mehr als ein Vierteljahrhundert älter als er. Er hat den Blick und die Rastlosigkeit eines Jungen. Bozorg fühlt sich alt.

— Ich muss meine Rolle noch finden, sagt er.

Kein toller Kommentar.

Jackies durch Verlegenheit verformtes Lächeln. Tapfer versucht sie, die Situation zu überspielen. Jackie:

— Bin gespannt auf den Bericht. Hol mich ab, ja? In gut einer Stunde kann ich kurz Pause machen. Danach Probe für die Weltraumshow. Hampeln mit Fühlern auf dem Kopf.

Sie steckt sich einen Finger in den offenen Mund, gespieltes Würgen.

Tiller:

— Ich komme zur Premiere.

— Montag. Wird sicher unvergesslich.

15.10 Uhr.

Tiller und Bozorg ziehen weiter.

Nächster Halt: Die Wassersport-Station am Strand. Dynamische Typen in blauen Crew-T-Shirts, unter denen sich olympiareife Körper abzeichnen. Sie schleppen flappende Surfsegel ans Meer.

Neben der weiß gestrichenen Butze steht ein Metallbottich im Schatten, randvoll mit Eis und Bierflaschen. Tiller reicht Bozorg ein Getränk, bedient sich dann selbst. Tiller:

— Erzähl was. Warum hast du deine Geschichte geschrieben? Und warum sollte jemand wie ich sie lesen?

— Weil du dich noch jung fühlst?

— Okay. Was interessieren dich Schlingpflanzen?

Nichts gegen Schlingpflanzen und ein exotisches Endzeit-Szenario, aber mir kommt die Jugend zu kurz.
– In jeder Weltraum-Saga kommt die Jugend zu kurz. Und trotzdem habe ich so etwas früher geliebt.
– Wegen der Explosionen. Gibt es bei dir welche?
– Das Ende steht noch nicht richtig.
– Dann fangen wir doch vorne an. Erklär mir das Shangri-LaBamba. Wie ist das ganze Projekt entstanden?
– Auf meiner Reise hierher habe ich Tagebuch geführt. Mehr so ein Ritual zuerst. Wenn ich Rast gemacht habe, habe ich notiert, wann ich wo gewesen bin. Unspannend. Also habe ich mir eine neue Reise erfunden.
– Nach Shangri-LaBamba. Ein Ort, den man selbst erschafft, bevor man ihn entdeckt. Und den man nicht mehr verlassen kann, wenn man mal da ist. Ganz hübsche Prämisse eigentlich, wie wir Filmleute so sagen. Beschreib mal den Ort. Ganz konkret.
– Den gibt's oben in den Hügeln. Kann man sich angucken.
– Wir sind aber gerade nicht in den Hügeln. Wie muss ich mir das vorstellen? Gib mir Einzelheiten.
– Ein bizarres Gebilde, erinnert an einen orientalischen Palast, der nie fertig gebaut wurde. Rot getünchte Mauern, kitschig-schnörkelige Fensterausschnitte.
– Weiter.
– Grillen zirpen.
– Weiter.
– Drinnen ein verwilderter Garten, ein Oval, angelegt fast wie eine altertümliche Arena. Aus pseudoantiken Säulen ragen Stahlstrünke. Überall schlauchdicke Schlingpflanzen.

– Mit den Schlingpflanzen hast du es aber.
– Kann sein.

Tiller streift sich Slipper und Socken ab. Netzt seine Füße vorne in der sanften Brandung, die den feinen gelben Sand umgräbt und ein bisschen Gischt spuckt.

– Was passiert denn in den Hügeln?
– Da ist ein besserer Ort.
– Besser als was?

Bozorg schaut sich in der kleinen Bucht um, die durch Felsen abgeschottet ist. Er weiß nicht wieso, doch auf einmal drängt es ihn fast, sich Tiller zu offenbaren.

– Besser als hier unten. Ich kenne das leider, wenn es in einem drin so finster und leer aussieht wie im All. Wenn man sich vor sich selbst fürchtet.

Tiller legt den muskulösen Arm um Bozorg und zieht ihn an sich. Er tippt dem Umarmten mit der Flasche gegen die Brust:

– Das hat mir jetzt gefallen, ehrlich. Merkst du was? Das kam endlich mal von hier, von tief drinnen. Du darfst dich nicht verstecken, wenn du die Leute berühren willst. Du musst auch mal die Hosen runterlassen. Wie alt bist du jetzt?

– 21.

Tillers Miene.

Da sind diese zwei Falten auf Höhe der Nasenflügel. Im ansonsten jugendglatten Gesicht.

– 21? Jung, sehr jung. Du kannst noch lernen. Also pass auf. Ich bin ein emotionaler Mensch, oft impulsiv. Manche Leute stört das, doch mir geht's besser, wenn ich die Dinge direkt rauslasse und nicht ewig in mich reinfresse. Deshalb möchte ich offen zu dir sein.

Alkohol im Atem.

Bozorg lächelt ohne Blickkontakt:

– Leg los.

Tiller:

– Kommst du mit einer Abfuhr klar?

=

Das Schwappen der Wellen. Die warmen Sandkörnchen, die an den Waden gegen die Haut schmirgeln. Jackie, gerade aus dem Meer vom Schwimmen zurück, drückt sich Wasser aus dem Pferdeschwanz. Bozorg:

– Er hat recht. Wahrscheinlich sollte ich noch mal komplett von vorne anfangen. Er meint, ich sollte von den Dingen erzählen, die ich kenne.

Letzte Tropfen, die in den Sand spritzen. In den Sand am Rand der Bucht, ein ganzes Stück weit weg vom Gewimmel, nah an den Felsen.

Was denkt Jackie wohl?

Was würde er an ihrer Stelle denken?

– Wenn ich drüber nachdenke, fand ich Tillers Filme immer scheiße. Dieser Wixfrosch! Ich liebe dein Buch. Der Kerl hat keine Ahnung.

Jackie richtet den Oberkörper auf, wirft das nasse Haar mit Schwung über die Schultern, hebt den Gummiträger des Bikinis ein Stück und lässt ihn zurückschnalzen.

– Und dann habe ich mich gefühlt, als hätte ich einen Frisbee in die Fresse gekriegt, sagt Bozorg, richtig dumm und alt. Aber nicht, weil er mich abserviert hat. Sondern weil ich es habe kommen sehen und es trotzdem nicht lassen konnte, alles Mögliche von mir preiszugeben. Peinlich.

– Was stimmt denn seiner Meinung nach nicht?

– Womit soll ich loslegen? Struktur labyrinthisch, Hauptfigur irgendwie schräg, keine richtige Lösung am Ende. Alles deprimierend, dann aber auch wieder nicht so richtig deprimierend. Den Humor versteht er nicht, meinte er. Ab der Mitte hat er nur noch quergelesen.

– Was für Gelaber.

– Ich soll arbeiten. Härter arbeiten.

– Als wenn du das mal eben an einem Wochenende runtergehackt hättest.

16.30 Uhr.

Dieser Geruch, den die Sonne aus den Felsen treibt. Trocknender Stein. Bozorg kramt in der Erinnerung. Dann kommt er drauf. Fremde Betten und Matratzen können so riechen. Ein Gedanke, den er gerne festhalten würde. Und nicht kann.

Augen auf, ausatmen.

Er sieht im Wasser, weit draußen, einen zerklüfteten Stein aus den Wellen ragen. Dorthin hatte er mit Christos einmal schwimmen wollen.

Warum hat er es nie wieder versucht?

– Was er zu meinem Roman gesagt hat, das war voll in Ordnung. Der lebt halt auf einem anderen Planeten. Und vielleicht hat er recht, und es wäre am besten, alles über den Haufen zu werfen.

Es ist eine dieser Situationen, in denen sich sein Gesicht verschließt. Er spürt es, kann nichts dagegen tun.

Nichts.

Wie sie sich jetzt vor ihm in den Sand kniet. Wie sie sein Gesicht in ihre Hände nimmt. Wie sie zu ihm sagt:
– Warum guckst du wie ein Abwesender? Nicht so gucken.
Er hört es.
Innerlich weit weg.
– Ich traue dem Glück nicht mehr, sagt er, ich fürchte mich vor allem vor deiner Enttäuschung, verstehst du.
– Nein, verstehe ich nicht. Du und das Glück, das passt zusammen wie Kuscheltier und Keks. Wirst schon noch sehen ...
Plötzlich kehrt Bozorg zurück. Plötzlich merkt er, dass sich sein Gesicht wieder öffnet. Jackies Hand, die ihn erneut berührt. Bozorg:
– Danke.
– Du bist empfindlich zurzeit. Das ist okay.
– Ich muss mich erst wieder daran gewöhnen. Das Gute war, dass einem durch die Medikamente in gewisser Weise das meiste egal gewesen ist. Das Blöde war, man registriert trotzdem noch, dass es einem nicht egal sein sollte. Ich will das nicht mehr.
– Du meinst, die Liebe wird es schon richten.
– Mal sehen. Ist die Liebe nicht die Antwort auf alles?
Sie sagt:
– Halt mich fest. Mit beiden Armen, bitte.
Kalt fühlt sich ihre noch feuchte Haut an. Bozorg lässt die Kälte in sich sickern, tief in sich hinein. Kalt wird heiß. Als würde ihm das Blut gewaltsam aus dem Körper gesaugt, bis zum letzten Tropfen, um dann sofort mit großer Kraft wieder hineingepumpt zu werden.
Heiß. Kalt.

Augen zu, einatmen.

Er hält die Luft an.

Ständig hat er, wenn er mit seinen dunklen Gedanken früher allein war, die Momente gehabt, in denen es sich anfühlte, als würde etwas in ihm überanstrengt werden und nicht mehr standhalten. Er hat den Druck für Angst gehalten.

Für etwas, das sich austreiben lässt.

Als er sich Kittys Namen mit der Klinge in die Haut graviert hat, einmal über die halbe Länge des Unterarms, war das eine Austreibung. Ein Versuch. Eine Erfahrung, die er herbeigesehnt hatte, aber nun gern wieder loswerden würde. Kann er sich selbst noch trauen?

Die Umarmung endet. Bozorg lacht:

– Ich hatte das ja nur für mich geschrieben, sagt er, es sollte nur mir gefallen. Und jetzt bin ich gekränkt. Ist das nicht bescheuert?

II

Futur II
- Keine 78 Stunden später: Bozorg wird lange allein am Strand umhergeirrt sein. Ein perlmuttfarbener Hof umkränzt den fast vollen Mond. In seinem Schein glänzt das Meer wie ein schwarzer Konzertflügel. Bozorg denkt zurück an das Chaos im Club, die Panik und die Schreie. Denkt weiter zurück, an die Menschen, die ihm einmal wichtig waren, die ihm nah waren im Leben, flirtet mit dem dunklen Wasser vor seinen Füßen.

- ...

- .

| Samstag, 14. Mai

Im düsteren Stall drückt die Luft auf sie ein wie in einer Wärmeschleuse. Dazu ein Geruch nach schweißgetränkten Handtüchern, der aus dem Stroh unter den Käfigbatterien aufsteigt. Handtücher, die wochenlang in einer Sporttasche vor sich hin ranzen konnten. Die Kaninchen hocken ziemlich apathisch in den Verschlägen herum. Nur die Näschen schnuppern in einer Tour.

Christos und Bozorg haben leichtes Spiel: Die Drahttüren sind nur eingehakt. Bozorg packt hinein ins weiche Fell.

Und ins nächste.

Gitterbox für Gitterbox gehen sie vor.

Christos auf der einen, Bozorg auf der anderen Seite des Gangs.

Leise Tiere.

Das zumindest ist ein Pluspunkt.

Dafür mit einigen Pfunden auf den Rippen. In einem Wäschekorb, der sich ordentlich biegt, schleppen sie die Kaninchen über den Hof zum Zaun. Es gibt ein Loch in Bodenhöhe. Dummerweise deutlich zu klein, um die Plastikwanne hindurchzuschieben. Das Problem haben sie nicht bedacht.

Bozorg zerrt am Maschendraht.

Christos:

– Hilft nichts, dann reichst du mir die einzeln durch.

– Das dauert zu lange.

– Leer die Fuhre aus und hol die nächste, Hombre.

Bozorg passt das nicht. Er deutet auf die einsame Straße jenseits des Zauns, wo der Wagen von Christos parkt. Mit geöffneter Kofferraumlade.

– Das funktioniert doch alles nicht. Nur ein einziger Trecker, und wir haben jede Menge Stress.

Er bückt sich. Das erste Kaninchen hüpft bereits über den Korbrand. Es sind zum Glück auch träge Tiere. Zumindest diese Exemplare. Bozorg hat es sofort wieder eingefangen. Christos wringt den Löckchenbart:

– Nicht diskutieren jetzt. Ich lass mir was einfallen.

Bozorg gibt auf.

Umsichtig kippt er die Transportwanne, bis der letzte Hoppler raus ist. Rennt kopfschüttelnd zurück zur Baracke. Kartonfarbener Anstrich, verdreckt von Autoabgasen, Wellblechdach.

Stolpert fast über die Eisenstange, mit der sie die Tür aufgehebelt haben.

Gerade befreit Bozorg drinnen einen weiteren weißen Brocken aus seiner Gefängniszelle, als draußen der Motor der goldenen Karre mächtig aufröhrt. Weites Zurücksetzen. Gangwechsel.

Bozorg steht da wie ein Denkmal. Kaninchen im Arm. Im Hirn drei Pausepünktchen.

…

Dann das Grollen eines Sportauspuffs. Reifenjaulen.

Bozorg ahnt es.

Dann hört er es tatsächlich scheppern.

16.29 Uhr.

Flipflops, die das Gaspedal voll durchtreten. In null Komma nichts zittert die Tachonadel auf 130 hoch.

Gerade Strecke, entlang endloser Felder.
Vollgas.
Christos trommelt auf dem Lenkrad herum:
– Geschafft, Hombre! Geschafft geschafft geschafft!
Er ballt die Faust und jubelt.
Fuß weiter fest auf dem rechten Pedal.
Ein kleiner Zweitürer, der vor ihnen regelrecht zur Seite hüpft, weil die Fahrerin offenbar Angst hat vor der goldenen Rakete. Bozorg schaut dem Gefährt im Seitenspiegel beim Schrumpfen zu. Er schweigt.
Und dann sagt er doch etwas:
– Im Film nageln die einfach durch diese Tore hindurch. Klappt immer.
Christos:
– Das zeigen die in den Filmen nie, dass diese Zäune stabiler sind, als sie aussehen. Aber was soll's? Den Wäschekorb haben wir durchbekommen.
– Die hatten nicht mal einen Wachhund.
Jetzt lachen sie beide wie völlig irre.
Christos tätschelt Bozorg versöhnlich das Knie:
– Danke, Mann, dass du dabei warst. Meiner kleinen Schwester war das echt wichtig. Eine Woche hat die das alles ausbaldowert. Eine Woche mit dem Rest der Crew an dem Gehege im Shangri-LaBamba gewerkelt. Die Tierchen werden es gut haben.
– Ich bin froh, dass du von dem Plan abgekommen bist.
– M-hm.
– Bist du doch?
– Den Plan mit Tiller meinst du? Hombre! Kennst mich. Südländische Wurzeln. Kaninchen sind Kinderkram. Hattest recht.

Der F1–11 knallt jetzt die Umgehungsstraße runter, vorbei an riesigen Billboards, fliegt auf die Ausfahrt Sinillyk zu und daran vorbei.

Das ist nicht der direkte Weg zum Shangri-LaBamba.

Bozorg schaut raus. Terrakottalandschaft, verpickelt von Steinen in verschiedenen Größen, nichts, woran sich das Auge wirklich festhalten kann.

Er sagt nichts.

17.00 Uhr.

Sie passieren ein Ortsschild: *Soraki*.

Ein Nest wie Urolat.

Dicht an dicht: ein- und zweistöckige Häuschen mit Kalkanstrich und breiten ausgetretenen Steinstufen vor den Eingängen. An den Türen hängen handgemachte Accessoires aus Holz, Muscheln und Metall. Eine leichte Brise weht. Windspiele klimpern.

Am Ende der Siedlung hält Christos vor einem verwilderten Grundstück: Ein Wohnwagen, lange nicht mehr fahrtauglich, befindet sich darauf, sonst nichts. Fenster blind von einem Gemisch aus Flugsand, Staub und Salzluft. Christos hupt.

Die Sonne steht tief. Ein merkwürdiges Licht im Innern des F1–11.

Rikki erscheint. Roulis folgt. Die mit dem Pferdeschwanz lehnt sich auf Bozorgs Seite in den Wagen. Rikki nach der Begrüßung zu Christos:

– Die wollen dir das La Bar abzocken?

– Die wollen mich aufs Kreuz legen, Lady.

– Ich hätte im Club fast mal als Küchenhilfe angefangen. Ich bin sehr dafür, dass denen einer mal eine Lektion erteilt.

– Mal sehen, was sich machen lässt.

Christos öffnet das Handschuhfach.

Geldrolle raus aus dem Fenster.

Papiertüte rein.

Sie landet bei Bozorg auf dem Schoß.

17.04 Uhr.

Zurück auf der ursprünglichen Route.

– Das war eine Menge Geld, sagt Bozorg.

– M-hm.

– Verticken die zwei jetzt Wunderdrogen?

– Die haben ihr Geschäftsfeld ein wenig erweitert. Roulis ist im Grunde ein Romantiker wie du. Er will Rikki unbedingt schnellstmöglich den Traum vom eigenen Restaurant erfüllen.

– Was ist das in der Tüte?

– Ein Schatz aus Polizeibeständen. Eine Blendgranate. Tut niemand weh. Hat aber ordentlich Wumms.

– Ich verstehe kein Wort.

Bozorg öffnet die Tüte, schaute hinein. Ein unscheinbarer Gegenstand. Erinnert ihn an einen abgebrochenen Staffelstab. Christos:

– Wir leben in merkwürdigen Zeiten, manch einer kann nicht mal mehr an einer Mülltonne vorbeilaufen, ohne sich vorzustellen, dass dadrin eine Bombe versteckt sein könnte. Die Welt ist nervös.

– Ich verstehe noch immer kein Wort.

– Das gibt die Bilder, die wir brauchen. Man muss es dokumentieren, verstehst du? Alles fügt sich. Wir inszenieren einen Anschlag.

Ein Gefühl, als wenn sich die Kopfhaut spannt. Der Nacken versteift.

Anschlag.

– Kurze Überlegung: Was, wenn ein Epileptiker oder so anwesend wäre? Stell dir vor, einem knipst der Schreck die Lichter aus. Und überhaupt, sind das nicht auch deine Gäste, die Urlauber?

Bozorg rückt an der Ledermanschette herum. Gegen das Jucken auf der Haut, während Christos die Sache herunterspielt.

– Die brauchen die Urlauber dringender als ich. Die haben 350 Betten, die belegt sein müssen. Und guck in die Tüte. Ist das ein MG dadrin? Ich habe nicht vor, Amok zu laufen.

– Vor ein paar Tagen sollten es noch Kaninchen sein. Jetzt haben wir den Kofferraum voller Kaninchen. Und …

Bozorg bricht ab.

Ist das nicht alles völlig absurd?

Christos:

– War doch ein Spitzentest, unsere Aktion. Wir kriegen hin, was wir uns vornehmen.

Bozorg:

– Mal überlegt, was hinterher passiert? Wie endet der Schwachsinn?

– Brauchst du einen Hirnschrittmacher? Man muss etwas tun, damit sich etwas ändert. Und wir tun das, weil wir die Gelegenheit dazu haben. Darum. Tiller ist unser Mann. Der Typ ist ein Star. Das garantiert die größtmögliche Aufmerksamkeit. Und jetzt dieses Spielzeug? Das ist Fügung.

– Idiot.

17.20 Uhr.

Christos geht ein wenig vom Tempo:
— Das wird groß, Hombre.
Bozorg:
— Du bastelst dir deine Mythen zurecht. Wie Zuli!
— Und?
— Und du hast eigentlich keine Ahnung, warum du tust, was du tust. Der König von Sinillyk.
— Du hast Angst.
— Du doch auch.

Die Behauptung hängt für einen Moment wie ein Fremdkörper in der Luft zwischen ihnen. So kommt es Bozorg vor. Dann schaut Christos zum Beifahrersitz:
— Weißt du, wie ich das sehe? Ist doch gut, wenn es noch was gibt, wovor man Angst hat. Etwas, bei dem es um was geht, Hombre.
— Das ist das, was ich meine, sagt Bozorg, klingt toll, bedeutet nichts.
— Wir bringen niemanden um. Es gibt höchstens ein paar Kratzer an der Einrichtung. Und vielleicht pullert sich jemand ein. Na und? Ich marschiere da rein, werfe das Ding. Und Peng! Du filmst. Ich werde Kampfstiefel tragen und eine Sturmmaske, ich werde etwas herumbrüllen. Und das war's. Ein Streich, mehr nicht. Schock und Verhandlung, wie in den guten alten Zeiten.

Bozorg öffnet das Seitenfenster noch einen Spalt weiter. Die Zugluft rauscht lauter im Ohr.

Christos schaltet einen weiteren Gang zurück.

Vor ihnen eine Schlange von Lastwagen und Traktoren mit Anhängern. Die Ladung: frisch gepflückte Tomaten, die sich zu Hügeln türmen, auf das Entladen in der Ketchupfabrik warten.

Bozorg stellt die Tüte aufs Armaturenbrett.

In der Brust etwas, das Beklemmungen in ihm auslöst. Er will reden, und plötzlich drehen sich die Gedanken im Kreis, immer schneller, bis das Herz zu flattern anfängt.

Seine schweißfeuchte Stirn.

Bozorg:

– Anhalten. Ich muss raus. Fahr du die Kaninchen ins Shangri-LaBamba. Wir sehen uns später.

Christos stöhnt.

17.19 Uhr.

Bozorg steigt aus.

Da!

Der Baum.

Stolpernd hält Bozorg darauf zu, ohne die Bewegung zu spüren. Er spürt aber, dass er das Ziel erreichen muss. Um jeden Preis.

17.20 Uhr.

Er hat sich eng an den Stamm des Baumes geschmiegt, den er umarmt. So wie er es Jackie gezeigt hat.

Ein Lachen von ihr, damals.

Dann ist sie pinkeln gegangen.

Und dreht vorher noch einmal den Kopf, ihr Kinn berührt die Schulter. Die Wangen wölben sich zu festen Hügelchen auf, wenn sie lacht.

Sie strahlt. Er sieht es.

Bozorg verharrt still in seiner Position, spürt die schroffe Rinde an der Haut. Die Unebenheiten, Kerben und Knubbel, die durch die Kleidung gegen seinen Körper drücken.

Blätter rascheln im Wind.

Fernes Krächzen von Seevögeln. Und in ihm steigt diese Ruhe auf, die sonst nur kurz vor dem Einschlafen möglich ist. Wenn man sich schon halb auf dem Weg befindet, fort aus dem Hier und Jetzt, vielleicht noch einmal zuckt, ehe man sich völlig loslöst.

■

... 7

|Samstag, 14. Mai

Die Sonnenstrahlen sanfter jetzt. Domino geht voran. Der eigene Schatten wird länger. Durch den schmalen Schlitz ihrer halbgeschlossenen Augen sieht sie vor sich eine mit spärlichem Gras patinierte Mondlandschaft. Drum herum stille Bilder: Geröll und Bäume. Bäume und Geröll.

Sie dreht sich nach Körts um. Der zwischen Gestrüpp aufleuchtende Rucksack. Körts' Gummisohlen, die unregelmäßig auf dem sandigen Untergrund quietschen. Er humpelt. Domino:

– Was ist los? Brauchst du eine Pause?

Er simuliert bei dem Stichwort sofort den Soldaten, der sich nach langem Marsch nur noch mit letzter Kraft auf den Beinen hält. Die blassen Arme baumeln schlaff wie leere Schläuche links und rechts an den hängenden Schultern herab, die Zunge quillt grotesk aus dem Mundwinkel. Er stöhnt:

– Lass mich zurück. Ohne mich schaffst du es vielleicht. Lass mich einfach hier. Ich halte dir den Rücken frei.

Kurz bevor er sie schlurfend erreicht, plumpst er auf den Hintern, zieht die Schuhe aus und streift die Socken ab.

– Das mit der Pause war ein Scherz, sagt sie.

Er inspiziert seinen Fuß.

– Guck dir das an, ich bin verloren. Ich werde in dieser Einöde elendig krepieren. Für mich wird die Mission an diesem Ort enden. Es sei denn, das ist die Stelle, an der jetzt ein Superheld zur Rettung aufkreuzt.

Am großen Zeh und an der Hacke wölben sich Blasen.
– Pfft. Lauf barfuß. Und jetzt mach.
– Nö.
– Doch.

Eine Bettelgeste von Körts. Er presst die Handflächen auf Stirnhöhe fest aneinander, säuselt:
– Kurze Pause? Bitte, bitte, bitte. Ich spendiere auch ein Eis. Und ich garantiere dir: exzellentes Eis. Ehrlich.

Er wühlt bereits in seinem Rucksack und holt eine knisternde, silberne Packung heraus. Vorne drauf: ein Raumfahrer in voller Montur. Domino:
– Was ist das? Astronautennahrung?
– Original! Das staunst du, was? Hat mir Himmelein-Roden besorgt.
– Wer?
– Ein Freund.
– Du hast Freunde?
– Richtig alte. Himmelein-Roden lebt im Heim. Stabiler Typ. Proviant, hat er mir noch eingeschärft, gehört unbedingt zur Basisausrüstung auf Reisen. Die würzen hier ganz anders, das kann einem die Gedärme zerreißen. Außerdem ganz wichtig: Wasser nie aus dem Hahn trinken! Wusstest du das?

Körts hockt inzwischen im Schneidersitz, packt die merkwürdige Mahlzeit aus. Domino rümpft die Nase:
– Sieht aus wie ein Waffelkeks mit Füllung.
– Ist aber Sandwicheis, sagt er, das nehmen die mit auf ihre Shuttleflüge ins All. Trockengefroren im Spezialverfahren. Probieren? Schmeckt wie … mmh! Genieß-

bar. Ein bisschen wie Baiser. Und keine Spur von Schokolade. Gar nicht schlecht.

– Danke. Nein.

Am Horizont ein letztes Aufflimmern der Sonne. Der Himmel erstrahlt in Rosa und Hellblau.

Domino, mehr zu sich selbst:

– Das macht einen fertig, diese Babyfarben.

– Was?

– Nichts. Wird bald dunkel. Wir sollten mal wieder Richtung Straße.

Körts kaut, bricht eine Ecke von seinem Snack ab, streckt den Arm aus:

– Hier, kleine Stärkung. Verleiht womöglich Superkräfte. Würde ich zumindest erst mal nicht ausschließen. Welche Superkraft hättest du gerne?

– Idioten zum Schweigen bringen.

Es kommt sehr schroff. Und Dominos Augenbrauen stehen auf einmal sehr dicht beieinander. Körts lässt den Arm sinken:

– Meine Fresse. Habe ich Lepra? Sackratten? Syphilis? Pickelkrätze? Habe ich nicht. Ich habe mir ein paar Blasen gelaufen. Und das Zeug hier, das kann man essen. Warum maulst du mich nur die ganze Zeit an?

– Darum!

– Darum? Ich bin enttäuscht. Das hört sich an wie Pausenhof, siebte Klasse. Maximal.

Domino lächelt, aber nur mit einem Mundwinkel.

– Keine Lust auf Keks. Ich will weiter. Jetzt, auf der Stelle. Und ich bin leicht reizbar. Und überhaupt steht mir alles hier.

Ihre Handkante wischt unter dem Kinn längs. Körts

befördert nun auch noch eine eckige Apfelsafttüte aus dem Rucksack. Er so, beiläufig, während er einen Strohhalm in den Karton piekt:

— Klingt, als wenn du schwanger wärst.
— Mach keine Späße. Ich bin schwanger.
— Haha. Der war nicht schlecht.
— ICH BIN SCHWANGER, SCHEISSE! Ich. Bin. Schwanger.

Vorne am Strohhalm bildet sich ein Bläschen. Körts rutscht der Karton aus der Hand. Flüssigkeit versickert im Boden. Er dreht am Hörgerät:

— Du hast einen Astronauten an Bord?
— Lass das.

Körts wischt eine schwarze Ameise weg, die an seinem Schienbein hochklettern will.

— Aber. Ich meine, warst du beim Arzt? Hast du ein Ultraschallbild?
— Wozu? Ich will das nicht sehen. Allein die Vorstellung, dass ich da jetzt eine Nabelschnur und so Zeug in mir drin habe ...
— Du kannst das nicht wissen.
— Was?
— Wenn du nicht beim Arzt warst, kannst du nicht genau wissen, ob du wirklich schwanger bist. Hast du einen Test gemacht?
— Ich habe drei Tests gemacht, Spacko.
— Alle positiv?
— Ich war beim Arzt! Was rede ich hier überhaupt ...

Womit Domino abbricht.

Sie lässt Körts einfach sitzen, nimmt die Mondlandschaft in Angriff.

Körts stopft Strumpfknäuel und Schuhe in den Rucksack, schultert sein Gepäck und keucht hinter Domino her. In einer Hand den angebissenen Keks, in der anderen den Apfelsaft.

Körts schließt zu ihr auf:

– Wahnsinn. Das wird eine Langzeitmission für dich. Wenn ich das geahnt hätte. Bitte, nimm den Rest von dem Kram. Eine geballte Ladung Zucker, Kohlenhydrate und Energie. Die nächsten Monate brauchst du eine erhöhte Dosis von allem.

Im Gehen hält er ihr wieder das Essen hin.

Keine gute Idee.

– Hau ab!

Sie kennt das. Kennt das, wenn ihr Dinge zu viel werden, dann vergisst sie sich. Sie schubst ihn. Er fällt hin. Landet auf dem Rucksack wie ein hilfloser Käfer auf seinem Panzer.

Domino marschiert weiter. Er scherzt noch:

– Ich mag es schmutzig. Aber he! So unartig war ich doch gar nicht …

Sie dreht um, brüllt:

– Arschloch!

Sie bückt sich. Greift blind zu. Sie wirft mit einer Ladung Sand und Steinen nach Körts. Ein Steinchen trifft.

– Au!

Diese Art Wut kennt sie von sich nicht. Sie wirft wieder mit Sand. Und noch einmal. Körts rollt sich zur Seite.

Dann Stille.

19.22 Uhr.

19.23 Uhr.

Körts rappelt sich vorsichtig wieder auf. Klopft sich

Staub und Dreck von den Klamotten. Er richtet das verrutschte Hörgerät. Seine Wangen sind von der Sonne und dem Zwischenfall gerötet. Domino fühlt sich wegen des Steinwurfs ein wenig schuldig. Andererseits: Hat Körts es nicht verdient?

– Alles in Ordnung? Ich wollte dich nicht wirklich treffen. Doch, wollte ich eigentlich schon.

– Ich habe mir das Hemd eingesaut. Sonst alles gut. Bei dir auch?

– So weit ja.

– Wow, sagt er, du warst in Fahrt.

Sie hat den Blick ins Nirgendwo geheftet, dehnt den steifen Rücken.

– Ich weiß nicht, sagt Domino, ich flippe schon manchmal aus. Das da eben war trotzdem anders. Ein bisschen erschreckend.

– Schwangere sind so, ich kenne das von meiner Mutter. Macht mir nichts aus. Ich bin einer, dem hat man früher unterm Tisch die Schnürsenkel zusammengebunden. Und was habe ich gemacht? Ich bin damit den halben Tag rumgehüpft. Ich bin nicht nachtragend.

– Aha, sagt sie.

Pause.

Körts atmet durch.

– Okay. Ganz allmählich checke ich auch, was wir hier treiben. Was *du* hier treibst, wollte ich sagen.

– So, so.

Er legt den Kopf schräg, schützt sich mit der Hand vor der Sonne:

– Wer ist der Vater?

– Den gibt es nicht.

– Wie jetzt? Du meinst, du bist von einem Geist heimgesucht worden? Entschuldigung. Ich hoffe, man hat dich nicht vergewaltigt, oder so?
– Nein.
– Willst du meine Meinung hören?
– Nein.
– Ich an deiner Stelle würde mir keine zu großen Sorgen machen. Du kriegst das hin. Gut, da ist die Sache mit der Figur. Wenn ich mir meine Mutter angucke nach vier Kindern … Möglicherweise ein Vorteil: Die Brüste wachsen. Tut mir leid, tut mir leid, das klingt jetzt wahnsinnig bescheuert. Aber ich muss das erst mal richtig sortieren. Jedenfalls, ich wollte nur festhalten, ich finde das cool, ehrlich. Cool. Und natürlich: Glückwunsch!

Domino verzieht das Gesicht:
– Wir müssen weiter.
Körts nickt.
20 Schritte bleibt er stumm.
Bei Schritt 21 vermeldet er:
– Weißt du, eine wie du kann sich auch mit Kind jeden Kerl einfach aussuchen. Das ist heute ja alles kein Thema mehr. Patchwork. Das kostet dich sicher kaum mehr als das …

Er schnippt mit dem Finger.
– Kevin!

Er kapiert. Körts hält tatsächlich die Klappe. Trottet Domino über die Ebene hinterher, ohne ein Wort zu sagen. Augen auf dem Boden, um mit den bloßen Füßen nicht auf spitze Steinchen zu treten. Erst als sie die nächste Kuppe erreichen, wagt er einen neuen Anlauf.

– Eine Frage noch.
– Nämlich?
– Du willst aber nicht mit Bozorg das Kind großziehen.
– Ich will überhaupt kein Kind großziehen.
– Du ... willst es zur Adoption freigeben?
– Nein.
– Oh.

Körts hält abrupt an. Domino weiß nicht genau wieso, aber auch sie hält an, als sie es merkt.
– Was?

Ein merkwürdiger Gesichtsausdruck. Der Junge, der sonst immer guckt wie einer, den nichts erschüttern kann, wirkt komplett fassungslos.

Dann schüttelt er den Kopf:
– Kann sein, dass du mir gleich wieder eine verpasst. Aber das kaufe ich dir nicht ab. Das machst du nicht. Niemals.
– Du hast recht. Ich verpasse dir gleich eine.

Am Ende von Körts' Armen ballen sich die Fäuste. Er wiederholt:
– Niemals.
– Ich tu's.
– Was? Mir eine verpassen? Das gibt dann eine schöne Schlagzeile: Abreibung nach Diskussion über Abtreibung, Doppelpunkt: Urlauber schwer verletzt!
– Nicht witzig, sagt Domino.

Trotziges Starren von Körts:
– Ich weiß. Das war sarkastisch. Prima Wort. Habe ich erst kürzlich mit voller Absicht in meinen Wortschatz aufgenommen.

– Toll.

Domino wendet sich ab. Schlängelt sich durch einen schmalen Spalt zwischen zwei knotigen Büschen. Körts ruft ihr nach:

– Was wäre so falsch daran, mit Bozorg ein Kind hier großzuziehen? Was ist überhaupt so falsch an Kindern? Und wo willst du hin? Weißt du was? Ich glaube, das ist jetzt der perfekte Zeitpunkt, um dir etwas mitzuteilen: Ich habe keine Ahnung, wo es zum Shangri-LaBamba geht. Ha!

II

... 6

|Samstag, 14. Mai
Der Esel, ein schon recht graumäuliges Exemplar: Zwischen Mähne und Schweif zeichnet sich ein wolliger Streifen weißes Fell ab.

Domino wird langsamer.

Körts wird langsamer.

Umgeben vom Soundtrack der Idylle gelangen sie an ein morsches Gatter. Die Natur scheint mit dem Ende des Tages lauter zu werden. Es zirpt sirrt lispelt von überall her. Körts guckt sich glatt um, ob in den struppigen Bäumen kaschierte Lautsprecher hängen.

Alles echt, offenbar.

Auch das alte Tier mit dem fassartigen Unterbauch. Der Esel reckt Ohren und Nase in den Wind, als sie sich nähern, verfolgt ihre Bewegungen interessiert mit den Augen. Domino:

– Na, super. Fehlt nur noch eine gemütliche Herberge.

Es sind die ersten Sätze seit gut 20 Minuten.

Körts:

– Was ist das?

Domino:

– Ein Esel. Oder kennst du das Wort Herberge nicht?

– Brüller. Die Ruine, meine ich ... auch wenn ich im Augenblick eigentlich nicht mit dir rede.

– Du redest nicht mit mir? Ui!

– Ja, ui!

– Versprich nicht, was du nicht halten kannst.

– *Versprich nicht, was du nicht halten kannst.*
– Kevin!
– *Kevin!*
– Lass das kindische Zeug. Sofort! Welche Ruine?
– Und wenn ich das kindische Zeug nicht lasse, hä? Ich meine, du scheinst ja immer genau zu wissen, was du tun musst. Obwohl du nicht mal siehst, was direkt vor deiner Nase ist.
– Pfft.
– Da! Einfach mal Augen auf ...

Domino entdeckt die Schatten und die dazugehörige Mauer auf der Anhöhe. Rötliche Farbe, die daran abblättert. Ein paar verziegelte Fenster und eine Art Eingang an der Seite, wo eine Säule zwei Rundbögen links und rechts stützt. Jemand kommt von dort.

In knöchellangem Kleid, mehr ein Gewand, weit und äußerst farbenfroh, bunt wie Gewürztische auf dem Markt von Sinillyk.

Sie trägt einen Eimer. Schlendert herbei, um den Esel zu füttern. Summt und lächelt, während sie dem Tier ein paar Möhren ins Maul schiebt. Körts und Domino tauschen Blicke. Sie sehen nicht unbedingt putzmunter aus. Sie sind gerade vier Stunden durch die Gegend geirrt.

Domino räuspert sich:
– We need help.
Körts echot:
– Yes, we need help, please. My name is Kevin and this is Domino. We are looking for a friend, her friend. And we lost our way. Maybe you know a place where we can stay tonight?

Es klingt ziemlich abgehackt, was er vorbringt, aber

inhaltlich gibt es wenig zu meckern. Domino schaut zu Körts:

– Von wem hast du den Text denn?

– Was? Fremdsprachen sind wichtig. Und weißt du etwa, wo wir über Nacht bleiben?

– Hier jedenfalls nicht, sagt Domino.

Die Langhaarige streichelt dem Esel die Kruppe, klopft ihm gegen den Bauch. Dann macht sie Körts und Domino ein Zeichen, ihr zu folgen.

20.03 Uhr.

Honigfarbenes Restlicht ergießt sich über die Plattform der zerfallenen Urlaubsdisco. Es riecht ein wenig nach Heu und Moos, vielleicht auch nur nach Garten. Körts fingert ausgiebig an seinem Hörkasten. Eine Flut von Eindrücken und Informationen, die es zu verarbeiten gilt, stürzt auf ihn ein.

Da ist ein Regal aus pockennarbigem Holz.

Da sind alte Konservendosen, aus denen Pflanzen wachsen. Kräuter, die sich zum Kochen oder Rauchen eignen, das sieht Körts sofort.

Weiße Kaninchen hoppeln herum.

Da gibt es Spuren von Rostwasserrinnsalen unter einem Rohr. Da ist der Schriftzug *Shangri-LaBamba* mit farbigem Styropor an die Wand gepinnt, neben einer spakigen Plastikpalme.

Körts muss die Buchstaben anfassen. Er so:

– Die Hoffnung stirbt zuletzt, was? Wahnsinn. Und hast du die weißen Kaninchen gesehen? Die verfolgen uns.

– Sprichst du mit mir?

– Nö.

Körts stellt den Rucksack ab. Neben eine verbeulte Schubkarre, die auf Kipp steht und in der Kissen liegen. Womit sie zum Sitz umfunktioniert ist.

— Ich schulde dir was, versucht es Domino.

— Ist noch Zeit bis zum Rückflug, murmelt er, und kümmere dich am besten erst mal um deinen Kram.

Es findet sich eine Übersetzerin, auffällig blass, allerhand Piercings im Gesicht, auch in der Lippe, dazu ein breites Stirntuch: Louise, die mit ein paar Auskünften helfen kann.

Die Kette aus Holzplättchen um ihren Hals klackert.

Ja, Bozorg, den aus dem Norden, den kennt sie. Sie rät, den nächsten Morgen abzuwarten, nicht durch die Dunkelheit zu stiefeln. Es gibt eine freie Hängematte. Es gibt ein altes Sofa.

— Bleibt über Nacht, sagt Louise, bleibt hier.

Sie macht sich auf, für Domino nach einer Tunika zu suchen. Körts nippt bereits an einem Begrüßungsbier. Tut beschäftigt mit Beobachten. Hört den sich mischenden Stimmen und Sprachen zu. Die internationale Truppe ist gut 20 Leute stark, Körts hat das gleich mal überschlagsweise erfasst.

Domino:

— Wie auf einer Klassenfahrt ohne Lehrer.

Körts grummelt:

— Endzeitfilm. Die Erde wurde gerade mit schweren Laserkanonen und Neutronengeschützen beballert. Und ein paar Überlebende beginnen auf einer primitiven Zivilisationsstufe neu.

— Und wer ist der Anführer? Der mit dem Bärtchen?

Körts muss von dem Bier aufstoßen:

– Die haben alle Bärtchen.
– Vielleicht warten die auf die Ankunft des Messias.
– Der mit der runden Retrobrille ist der Messias. Der schürt das Feuer. Der hat auch die auffälligste Hennabemalung an den Händen.
Sie:
– Woher haben die wohl die ganzen karierten Wolldecken?
– Handel mit interstellaren Schmugglern.
– Nichts für Farballergiker, sagt sie.
Körts grinst schon beinah hoch bis zu den Ohren. Merkt es und wird wieder ernst. Er so:
– Wahrscheinlich hast du recht. Gitarren-AG. Und haben alle Angst vorm Friseur. Aber freundlich und harmlos. Guck, die winken.
Körts winkt zurück. Domino:
– Die wollen, dass wir uns dazusetzen, glaube ich. Kannst du besser Fersen- oder Schneidersitz?
Und zack, sitzen sie mit im Kreis.
Eigene Wolldecken.
Man reicht Teller, isst mit den Fingern und schmatzt. Es gibt Fladen, die mit roter Paste bestrichen und mit grünem Gemüse belegt werden. Danach kreisen Joints. Domino trinkt schlückchenweise dünnen Kräutertee. Man bietet Körts einen Schnaps an. Er so:
– Riecht, als könnte man Möbel damit abbeizen.
– Schmeckt auch so, sagt einer.
Der Messias. Seine Frisur ein schmutzigblonder Mopp. Und er hat recht: Körts' Speiseröhre steht in Flammen. Im Magen liegt ein glühendes Brikett. Heiterkeit in der Runde.

Körts, mit belegter Stimme:
— Noch einen!
Er hustet in Richtung Achselhöhle.
Erneut aufbrandendes Gelächter. Körts trinkt mehr. Der Abend geht in die Nacht über. Körts kommt, Schnaps um Schnaps, in Wallung. Die Runde spricht nach einer Weile im Chor mit:
— Noch einen!
Schnaps neun.

Körts legt eine Breakdance-Einlage hin. Wie damals in der Mittelstufe. Er kann das. Das motorische Gedächtnis hat alles behalten. Er kann seine Arme ausstrecken und in den Ellbogen rechtwinklig abklappen lassen und so tun, als ginge ein Stromstoß durch den Körper, schnell oder langsam. Von oben nach unten, von links nach rechts.

Er kann plötzlich, wie von einem Wackelkontakt geplagt, einnicken und aufwachen und sich selbst am Ohrkasten in unterschiedliche Geschwindigkeitsstufen schalten.

Ein Solo für Körts.

Er animiert die Anwesenden zum Mitklatschen. Er sieht Domino, die bis eben noch still vor sich hin gelächelt hat, mild und still.

Er übersieht in seinem Glück eins der weißen Kaninchen.

Körts ruckt robotermäßig mit dem Kopf. Fixiert Domino. Stellt das eine Bein zur Seite. Eine kalte Kaninchenschnauze berührt interessiert den großen Zeh. Körts verheddert sich bei der Drehung, sein linker Fuß hakt hinter der rechten Wade ein.

Er taumelt.

Berappelt sich. Will Schnaps zehn.

Da greift Domino ein.

Zerrt ihn weg. Ein bisschen, wie man einen Hund wegzerrt, der am Hintern eines anderen Hundes schnüffelt.

Domino verfrachtet Körts in eine der Hängematten. Seine Gegenwehr hält sich in Grenzen. Vor seinen Augen tanzt es: Die Lichtspiele an der Decke, Schatten von flackernden Kerzen und Feuertonnen und Öllampen.

Domino bringt ihm seinen Schlafsack. Er lallt:

– Ganz ehrlich, du wärst eine phantastische Mutter.

– Du Kotzbrocken.

Sie sagt es nicht sehr laut, sagt es sogar, findet Körts, mit einem Hauch von zärtlichem Unterton. Und selbst ihr Atem riecht toll.

– Was soll ich sagen, sagt Körts, ich nehme nicht zurück, was ich gesagt habe. Ich nehme nichts zurück. Null.

– Ich will's nicht hören, sagt Domino, verstehst du.

Er salutiert im Liegen:

– Roger! Habe ich verstanden. Deutlich.

– Gut.

Sie gibt der Hängematte einen sanften Stoß und geht. Sofort ein Rascheln von Nylonstoff hinter ihr. Körts:

– Hey, was machst du?

– Ich leg mich später hin.

– Du haust ab? Ohne Gute-Nacht-Lied? Warte.

Er versucht, aus der schwingenden Hängematte zu klettern. Domino:

– Bleib, wo du bist.

– He, willst du mich etwa aus deinem Leben werfen?

– Ja.
– Jetzt sofort?
Domino seufzt:
– Mal sehen, spätestens morgen. Jetzt bleib liegen.
Körts gibt sich geschlagen, fällt zurück.
– Du wirst ihm mit Spucke Schokoeis aus dem Mundwinkel wischen.
– Ihr.
– Weißt du das schon? Ich weiß jedenfalls, du bist nicht so herzlos, wie du tust. Bist du nämlich nicht. Und Mädchen sind toll.
Er zieht sich den Schlafsack unters Kinn.
Und Domino setzt sich noch für einen Moment ans Feuer. Kälte von hinten und diese Backofenhitze von vorn, die sich gegen einen wirft, die Wangen zum Glühen bringt.
Scharfer Brandgeruch.
Sie hält die Luft an.
Inzwischen weiß sie, dass Bozorg sich ganz in der Nähe aufhält. Inzwischen ist es tiefste Nacht. Am nächsten Morgen wird Christos erwartet.
Was sie nicht weiß: Was kommt.
Was sie erhofft.
Eine der Kommunardinnen, die bei einem der Kerle auf dem Schoß sitzt, ruft Domino etwas zu. Es ist Louise:
– Jetzt ist hier, sagt sie, morgen ist niemals.
Die Holzplättchen klackern.

II

... 5

|Samstag, 14. Mai
Die Katze entwischt in die Nacht, als Bozorg die Tür zu seiner Hütte öffnet. Am Ende des Flurs bleibt er stehen, betrachtet Jackie. Sie liegt bäuchlings auf der Matratze, blättert beim Schummerlicht einiger Kerzen in einem Buch. Sie so, ohne aufzuschauen:
— Hast du mal über einen Fernseher nachgedacht?
— Du willst fernsehen?
Jetzt dreht sie sich um, stützt den Kopf auf die Hand.
— Ich musste lange warten. Hast du nie Fernsehen geguckt? Auch früher nicht? Wie bist du nur groß geworden?
— Ich habe in einer Videothek gearbeitet. Die Glotze lief bei mir ständig. Aber nicht dieser hirnzerstörende Dreck für den Pöbel. Nur nachts manchmal.
— Aha.
— Nur Telefonsexwerbung.
— Dafür ist es noch zu früh. Da müssen wir noch warten, bis wir uns das zusammen angucken können, in fünf bis zehn Jahren vielleicht. Aber warum nicht mal schauen, was sonst so läuft. Was meinst du?
Mit einem Stift vom Schreibtisch malt sie etwas an die kahle Wand gegenüber der Matratze. Sichere Armschwünge. Die Skizze eines nostalgischen Fernsehapparats, samt Antenne.
Bozorg guckt zu.
Die steigende Hügellinie ihrer Schulter, die in den Na-

cken übergeht. Das hochgesteckte rote Haar. Bozorg trifft es mit Wucht: Ein kostbarer Moment, den man genießt, weil man schon weiß, dass man ihn nie wieder erleben wird.
— Wir müssen reden.
Sie erhebt sich aus der Hocke und versenkt die Hände hinten in den Hosentaschen. Ihre Augen verengen sich. Sie überlegt nicht lange, sie rätselt nicht lange.
— Du willst mit mir Schluss machen?
Jackie kehrt ihm den Rücken zu. Ein Kribbeln, das seine Wirbelsäule hochkriecht:
— Weinst du?
— Ich lache!
Und jetzt tut sie es wirklich. So, dass man es hören kann. Laut und entwaffnend. Bozorg:
— Du findest das komisch?
— Allerdings. Sehnst du dich nach der Zeit der einsamen Masturbation zurück? Was bitte soll das? Erklär mir das mal. Mein Kopf ist sehr klein, sonst würde mir vielleicht selbst etwas einfallen.
Stille.
Bozorg schaut zum Fenster. Schwarzes Quadrat. Er sieht es scharf, unscharf. Und dann auch noch ein paar verschwommene Spiegelungen. Er:
— Besser jetzt als später.
Sie hebt die Augenbrauen.
— Wie alt sind wir? 15? Das zieht nicht mehr.
— Gut, dann zieht es eben nicht mehr.
Das Funkeln unter Jackies Wimpern.
— Okay, sagt sie, das heißt, wir haben also unseren ersten Streit. Aus dem Nichts. Bescheuert. Vielen Dank.

Bozorg stöhnt:
— Unseren letzten auch. Und jetzt?
— Jetzt änderst du deine Taktik. Und erzählst die Wahrheit.
— Wozu?
— Ich will mich nicht geirrt haben. Du gefällst mir. Du kannst Witze über Telefonsexwerbung machen. Du weißt, wie man Bäume umarmt. Was ist los? Ich verstehe kein Wort. Ich verstehe nichts. Wo kommst du um diese Zeit überhaupt her?
— Aus der Bar.
— Ruhetag, stand am Tor. Du warst nicht in der Bar. Und ich habe gewartet. Hier oben lief ein Horrorfilm nach dem nächsten.

Bozorg nickt.
— Wie auch immer, ich bringe dich zurück in den Club.

Er weiß, was jetzt passiert.

Jedenfalls glaubt er, dass er es weiß.

Er rechnet mit Weigerung. Er rechnet damit, dass sie flucht und schimpft. Womit er nicht rechnet: Jackie nimmt ihn einfach an der Hand. Und ehe er sich's versieht, sind sie draußen und mittendrin in der Nacht, ja, Hand in Hand. Richtung Club?

Die Luft würzig vom Meer. Vogelschreie.

Und über ihnen Sterne, die leuchten, als müssten sie etwas beweisen.

— Ich habe mit Tiller rumgeknutscht, sagt Jackie.

Sie hat ihre Finger in seine geflochten und lässt nicht los. Alle Wärme sammelt sich in Bozorgs Brust.

— Warum erzählst du mir das?

– Tut das weh?
– Ich dachte, wir sind keine 15 mehr.
– Tut das weh, habe ich gefragt.
– Was willst du hören?
– Ja oder nein.
– Ja.
– Jetzt hast du einen Grund, mit mir Schluss zu machen. Geht es dir damit besser? Mir würde es besser gehen, wenn ich wüsste, warum es vorbei sein soll. Verstehst du?
– Ich verstehe, dass du sauer bist.
Sie gehen im selben Tempo weiter wie bisher. Jackie:
– Warum fragst du nicht nach der Sache mit Tiller?
– Ich will es nicht wissen.
Jackie:
– Der Idiot hält sich für unwiderstehlich. Ich bin aber eine viel bessere Schauspielerin als er. Und er hat nicht bekommen, was er wirklich wollte. Möglich, dass ich das nur deinetwegen getan habe.
– Meinetwegen?
– Wo warst du heute? Und lass mich jetzt ja nicht los.
Sie hält seine Hand fester. Er spürt ihre Nägel in der Haut.
– Ich war mit Christos unterwegs.
– Einfach so?
– Einfach so.
– Du lügst. Ich kann auch lügen. Aber man braucht jemanden, für den man lügt. Für wen lügst du?
– Für dich?
Kopfschütteln von Jackie.
– Warum formulierst du das als Frage? Warum ver-

letzt du mich? Und warum glaubst du, dass mir die Sache mit uns egal ist?

– Es geht nicht darum.

– Worum dann?

– Um das, was kommt …

– Das kannst du nicht wissen.

Bozorg reibt sich mit der freien Hand die Augen.

In der Ferne sieht man bereits einige Klötze der Clubanlage aus der Landschaft ragen, funkelnd wie verirrte Ufos.

– Alles hat Folgen, sagt er, und manche Dinge weiß man lange vorher sehr genau. Bleibst du hier, wenn die Saison vorbei ist?

Sie lacht stumm und verächtlich auf:

– Ts! Dann werfe ich dir einen Kuss zu und mache mich aus dem Staub. Ist es das, was du wissen musst?

– Es ist das, was wahrscheinlich ist.

– Und wäre das schlimm?

– Nein, ich habe ja jetzt einen Fernseher. Ich werde es also kaum mitkriegen. Du hast recht.

Bozorg heimst ein kurzes Lächeln dafür ein.

– Du kannst mir rechtzeitig einen Heiratsantrag machen. Meine Eltern kommen in ein paar Wochen vorbei. Geh Ringe kaufen. Papi wird die Kinnlade runterklappen. Du könntest mich schwängern. Mir könnte plötzlich einfallen, dass ich es großartig finde, genau hier eine Familie zu gründen. Tolles Klima.

– Du weißt es. Ich weiß es. Wird alles nicht passieren.

Jackies Ton wird schneidender:

– Du bist Hellseher? Arbeitest du im Auftrag höherer Mächte? Merkwürdigerweise bin ich in deiner Geschichte die, die das Weite suchen wird. Wieso eigentlich? So wenig Selbstwertgefühl? Oder wie heißt das? Jetzt, da wir uns frisch getrennt haben, könnte ich außerdem anmerken: Du willst es offenbar gar nicht anders. Und ich weiß noch immer nicht, warum.

Bozorg stoppt.

– Du hast nicht wirklich mit Tiller geknutscht.

– Doch. Aber das wusstest du ja nicht.

Er, Gesicht im Himmel, um kühle Luft aufzusaugen:

– Scheiße, Jackie.

Sie:

– Ja, Scheiße, Barkeeper.

Und dann hört er ihren Atem. Und er wünscht sich fast, dass sie ihm eine knallen würde. Oder dass jemand da wäre, dem er eine knallen könnte.

Aber es ist niemand da.

Aber es kommt auch niemand vorbei.

Es gibt nichts außer der Dunkelheit, die größer ist als diese Nacht, und Bozorg kann sich nicht mehr anders helfen. Er krümmt sich.

0.00 Uhr.

Schreien, bis die Lungen leer sind.

Bis es sich anfühlt, als hätte sich sein Innerstes auf links gedreht.

Nach Luft schnappen.

Und am Ende hat Jackie noch immer ihre Hand in seiner. Sitzt neben ihm auf dem körnigen Asphalt. Und er bettet seinen Kopf in ihren Schoß, kippt zur Seite und zieht die Knie an.

– Wir müssen uns was einfallen lassen, sagt er, ich war mit Christos unterwegs heute. Kaninchen befreien.

– Kaninchen? Wie süß.

– Leider ist das alles nicht komisch. Wir müssen uns wirklich was einfallen lassen. Sonst … keine Ahnung, werde ich demnächst als Mitglied einer Terrorzelle zur Fahndung ausgeschrieben.

– Wir kriegen das hin.

– Ich will Christos nicht ans Messer liefern. Ich will dich aber auch in nichts reinziehen. Ich will das alles nicht. Deshalb wäre es einfach besser, wenn Schluss ist. Begreifst du?

– Wir kriegen das hin, wiederholt Jackie.

Dann reden sie.

Schmieden Pläne.

Drehen schließlich zusammen um. Gehen den ganzen Weg, den sie gelaufen sind, gemeinsam zurück. Bozorg:

– Christos wird sich nicht davon abbringen lassen. Wenn er sich einmal was in den Kopf gesetzt hat, dann zieht er das durch.

– Es wird nichts passieren.

– Nicht?

– Nein. Gib ihm das Gefühl, dass du dabei bist. Gib ihm aber auch das Gefühl, dass du skeptisch bist. Sonst schöpft er Verdacht.

– Ich soll ihn reinlegen?

– Du musst die Kontrolle haben. Und dann bläst du die Aktion kurz vorher ab. Wenn wir es geschickt anstellen, wird er am Ende dankbar sein.

... 4

▶▶

|Sonntag, 15.Mai
Licht fließt über die Hügel. Domino schält sich aus der Decke. Körts liegt eingemummelt in der Hängematte. Augen geschlossen. Das Gesicht aschfahl im frühen Morgengrauen.

9.25 Uhr.

Das Quad hüpft über die bucklige Piste. Hagelschauer loser Steinchen, die von unten gegen das Fahrzeug spritzen. Domino sitzt hinter Christos. Das Shangri-LaBamba verschwindet, als hätte es nie existiert.

Eine kurvige Strecke. Es geht durch ein Gehölz, in dem ein Weg aus Betonplatten verlegt wurde, sicher Jahrzehnte zuvor.

Einmal müssen sie halten: Eine Ziegenherde passiert die Straße. Die Hirtenhunde kläffen dem Quad nach, das wieder Fahrt aufnimmt.

Plötzlich öffnet sich der Blick aufs Meer.

Und auf freier Strecke ein Schuhschachtelgebäude mit Rundbogentor, vor dem sie halten. Ein paar Palmen. Schotterflächen links und rechts, hier und da trockenes Unkraut.

Im schattigen Innenhof ist es kühler.

Weit oben sind Nylonleinen mit verwitterten Fähnchen von der einen zur anderen Seite gespannt. Barhocker umgedreht auf dem Tresen. Davor schnürt gerade jemand einen hüfthohen Müllsack zu.

Ist er das?

Die Ledermanschette.

Durch die Ritzen der Fensterläden fallen Lichtstreifen auf seine kantigen Wangenknochen: Er ist es.

Das Haar läuft in struppigen Strähnen aus, Überbleibsel der Dreadlocks. Fransen fallen über Augen, die sie immer wiedererkennen würde, hell in der Mitte und nach außen hin dunkler. Die Traurigkeit darin. Die Scheu.

Sie erinnert sich.

Er war immer einer, in dem es gärt. Einer von den Labilen.

Domino verlangsamt den Schritt.

Er wirkt jung und alt zugleich. Auch das war nie anders.

Die Stimme füllt Räume:

– Dom?

Sein Gesicht erstrahlt. Er stellt den Sack zur Seite, in eine schiefe Reihe mit anderen Säcken. Bozorg stürmt auf sie zu.

Domino verschwindet in seinen Armen und schmiegt einen Moment den Kopf an seinen Hals. Domino:

– Du bist ja ein Klappergestell geworden.

Sie lösen sich voneinander. Bozorg:

– Du bist blond geworden.

– Weniger mädchenhaft, bilde ich mir ein, sagt sie, du hast wirklich ordentlich abgenommen. Und du hast auch keine langen Haare mehr.

Beide lachen. Bozorg:

– Ich weiß nicht, wieso, aber ich wusste, dass du auftauchst.

Domino spürt auf einmal den Muskelkater in den Beinen. Dazu dieser Nachgeschmack des Knoblauchs, der gestern in einer der Pasten war. Wann hat sie zuletzt geduscht?

Im Shangri-LaBamba gab es kein fließend Wasser.

Und auf einmal realisiert sie, wie unwirklich diese Begegnung ist. Welche Entfernungen hinter ihnen liegen, in Kilometern, in Ereignissen, in Stunden Tagen Monaten. Domino:

– Wie wär's mit ein paar Entschuldigungen.

Er lächelt:

– Welcher Art?

– Nicht ein Anruf, keine Nachricht, nichts, fast zweieinhalb Jahre lang.

Schlagartig verschwindet die Fröhlichkeit aus seinem Gesicht.

– Ich wusste, dass du auftauchst, wiederholt er, ist das nicht schräg? Und jetzt spazierst du einfach hier rein.

Sie blickt sich um im La Bar.

Der Tretbootschwan in der Mitte. Der Boden fleckig und stumpf, gedüngt mit dem Schweiß unzähliger Menschen.

– War gar nicht leicht, dich zu finden.

– Ich weiß nicht, was ich sagen soll, sagt er, ich war nie gut in solchen Dingen. Begrüßungen, Abschiede. Wie lange bleibst du?

– In drei Tagen geht der Flug zurück.

– Gut.

– Ja, keine Sorge, ich bin schnell wieder weg.

– Nein, ich meine, wir haben also ein bisschen Zeit.

Und dann flappt Christos auf seinen Flipflops heran.

Er begrüßt Bozorg mit dem üblichen Faustgruß. Hinterher: Victory-Zeichen.

– Peace, Hombre! Sieht so aus, als wenn du ein paar Stunden frei brauchst, wenn ich mich nicht täusche. Wir sollten aber später noch mal einen Moment sprechen. Bevor wir öffnen.

Bozorg erklärt:

– Mein Boss. Christos. Der wahre König von Sinillyk.

– Wir kennen uns schon. Er hat mich hergebracht, sagt Domino, und kein Stress. Kann man hier irgendwo duschen?

– In meinem Bungalow, ist nicht weit.

11.24 Uhr.

Bozorg und Christos sind allein im La Bar.

Der Kühlschrank brummt, auf der Ablage daneben klirren leise Gläser und Kaffeetassen. Bozorg fertigt eine Skizze des Clubs an. Er zeichnet die Lage der Personalgebäude ein. Dahinter die Tennisplätze. Er zieht eine Linie für den Zaun. Bozorg:

– Es gibt Bewegungsmelder, die Eingänge sind alle kameraüberwacht.

– Stört mich nicht. Und tu nicht so, als wäre der Club eine Botschaft, vor der Wachhäuschen und Panzer stehen.

– Es gibt Sicherheitspersonal.

– Pah. Sind das Typen mit Schutzweste und Maschinengewehr im Arm? Sind es nicht. Ich bin maskiert. Ich finde es nicht schlecht, wenn es ein paar Überwachungskamerabilder gibt. Ich spaziere durch die Lobby raus.

Bozorg deutet auf einen Kringel in der Mitte der Skizze.

– Von der Arena, wo die Show stattfindet, musst du dann durch die halbe Anlage. Einmal hin und wieder zurück. Keine gute Idee.

– Hin muss ich ja nicht maskiert sein. Und es ist dunkel.

– Trotzdem.

– Interessant wird es danach. Wahrscheinlich besser, den Wagen weiter weg zu parken. Wenn, dann kommen die ersten Einsatzwagen von hier. Aus Sinillyk.

Er zeigt auf den Rand der Karte, dreht den ausgestreckten Zeigefinger in der Luft und macht das Kreisen des Blaulichts nach.

– Wie kann ich dir das eintrichtern? Es ist noch größerer Blödsinn als die Sache mit der Kaninchenfarm. Was, wenn wir hopsgenommen werden?

– Wir? Du tust doch nichts. Ich bin ein Einzeltäter.

– Trotzdem. Warum? Warum das Risiko? Du machst nur die Sandburg von den großen Jungs kaputt.

Christos stellt sich breitbeinig auf. Er lockert seine Schultermuskulatur. Dann packt er Bozorg auf einmal blitzschnell am Oberarm:

– Wie oft noch? Ich brauche eine Verhandlungsgrundlage. Die sollen nicht denken, guck mal der Typ da: Eine Maus ballt ihre Pranke, ein Würmchen strafft seinen Rücken. Ich will, dass die mit diesem Anwaltsschrott aufhören. Wenn die das Grundstück hier haben wollen, bitte. Kann man drüber reden. Aber erst gibt es auf die Fresse, damit ein anständiges Angebot kommt, wenn sich der Rauch gelegt hat.

Bozorg macht sich los:

– Wie in den guten alten Zeiten. Ich habe es kapiert.
– Hast du? Hast du wirklich? Mit Anfang 20 habe ich die Dinge auch noch lockerer gesehen. Werde erst mal 30. Man hat es dann einfach satt, sich immer nur rumschubsen zu lassen.

– Das Leben ist zu kurz für Kompromisse. Willst du mir das sagen?

– So ist es. Ich will mir am Ende nicht vorwerfen, dass ich einfach immer meine Fahnen eingerollt habe, wenn es hart auf hart kam. Du wirst mir nichts ausreden.

– Und ich will mir nicht vorwerfen, tatenlos dabei zugesehen zu haben, wie du mit wehenden Fahnen untergehst. Du bist mein Freund.

Christos lacht.

Er krault den Löckchenbart.

– Hast du mit Tiller nicht auch noch ein Hühnchen zu rupfen?

Christos schlägt mit der beringten rechten Hand gegen die Innenfläche seiner linken Hand. Bozorg schüttelt den Kopf:

– Ich bin kein Terrorist. Und du bist auch keiner.

– Mach dir keine Sorgen. Mein Gefühl sagt mir, die Sache geht glatt. Ich sehe alles genau vor mir. Du machst dir morgen einen schönen Tag im Club. Du hast einen Grund, da zu sein, wo deine Freundin arbeitet. Sie will, dass du die Show siehst. Bestimmt besorgt sie auch für deine Bekannte ein Gästebändsel. Oder? Dann kannst du in Begleitung gehen.

– Noch ein Störfaktor mehr.

– Entspann dich, Hombre. Du hast nichts zu befürchten. Nichts daran ist verdächtig, wenn einer mit Kamera im Club herumläuft. Und nichts anderes musst du tun. Was stresst dich so?

Bozorg stöhnt, wendet sich aber wieder der Skizze zu.

– Also, zurück zur Karte, sagt er, schmeiß hier die Klamotten über den Zaun, die du brauchst. Mach das ruhig tagsüber. Das Gras ist dort hoch, keine Kameras. Umziehen kannst du dich dann hinter dem Fitnessraum. Von da sind es bis zur Arena über diese Treppe nur ein paar Meter.

– Ich muss wissen, wann ich loslegen kann.

– Ich schau mir die Generalprobe an, morgen.

– Wann?

– Mittags. Gegen 14 Uhr, glaube ich.

– Gut, dann treffen wir uns gegen 18 Uhr an der Wassersportstation. Da gibst du mir dann die Information. Ich muss wissen, wann der beste Zeitpunkt für die Aktion ist. Es wird bestimmt eine Menge Musik geben. Wir sollten auf einen eher stillen Moment warten.

– Ich will, dass Jackie nicht auf der Bühne ist.

– Ich werde auf der Bühne sein, Hombre. Such dir einen guten Platz. Und noch eins: Deine Freundin darf nichts wissen.

– Wieso nicht?

– Das belastet sie nur. Okay? Auch hinterher nicht.

– Ich verstehe.

Christos hält Bozorg die Faust hin. Bozorg schaut einen Moment darauf, einen Moment länger als sonst, aber dann schlägt er ein. Christos:

– M-hm. Kann ich mich auf dich verlassen, Hombre? Es ist viel los bei dir. Du hast es selbst gesagt: Jetzt auch noch Besuch.

— Wenn viel los ist, kann man nicht viel nachdenken. Das ist das Beste überhaupt. Meine Erfahrung. Wirklich, alles unter Kontrolle.

Christos nickt:

— Ich will es hoffen.

II

... 3

|Sonntag, 15. Mai
Manchmal, wenn unerwartet Dinge passieren, die einen freuen, können sie den Verdacht schüren, nur Vorboten des Unglücks zu sein.

Bozorg versucht, in Dominos Gesicht zu lesen.

Sie erzählt von ihrer Schwangerschaft. Manchmal ein Lachen. Dann schimmern ihre Augen plötzlich, und die Stimme droht zu brechen. Er sagt schlicht und hörbar verblüfft:

— Wow!

Mehrfach.

Das beständige Murmeln und Raunen des Meeres. Die Sonne scheint, wie es ihre Art ist, keine Wolke drum herum, nur unergründliches Blau.

Domino und Bozorg gehen am Strand spazieren.

Domino und Bozorg kehren zurück zu seiner Hütte.

Domino und Bozorg sitzen auf der Veranda. Er schneidet mit seinem Klappmesser triefende Stücke aus dem Fruchtfleisch einer Melone.

Die Katze mit dem geringelten Schwanz maunzt vor Dominos Füßen. Domino streichelt dem Tier gegen den Strich durch das Fell.

— Sie sieht aus wie Kittys Katze, sagt sie, zumindest ein bisschen.

Bozorg fragt:

— Warum bist du genau hier?

— Ja, warum, echot sie.

Und warum hat sich die bittere Spucke in ihrem Mund wieder verdoppelt und die Kehle sich so unangenehm verengt?

Nur mit Mühe gelingt das Schlucken.

Bozorg:

– Du bist doch nicht nur hier, um mir zu erzählen, was ich für ein Arschloch bin. Und ganz sicher bist du nicht hier, um von mir einen klugen Rat zu hören. Das wäre jedenfalls sehr erstaunlich. So kenne ich dich nicht.

Domino:

– Weißt du noch? Eine Situation wie in einem Traum, in dem du dich nicht artikulieren kannst, obwohl du nichts sehnlicher willst. Und dann fallen dir Haare und Zähne aus.

– Ich verstehe nicht.

– Das hast du mal zu mir gesagt.

– Du meinst, du willst doch einen Rat?

Domino schließt die Augen. Eine Stimme in ihrem Kopf sagt undeutlich: Rede über was anderes. Die Stimme sagt noch mehr. Diesmal laut. Domino hört sich selbst sprechen:

– Tut mir leid, aber ist das wirklich so ein Riesending, wenn sich eine Frau gegen ein Kind entscheidet? Seit ich 14 bin, nehme ich die Pille. Sonst wäre ich wahrscheinlich schon hundertmal schwanger gewesen. Und? Schlafe ich deshalb schlechter? Kein Stück, oder? So ein Eingriff, das ist auch bloß eine Art Verhütung. Nur nachträglich eben. Ich meine, ich …

Sie kneift ihre Lippen zusammen.

Schweigt.

Trommelt mit den Fingerspitzen lautlos auf den wippenden Knien, weil sie sonst keine Beschäftigung für ihre Hände hat.

Spürt eine Berührung am Arm.

– Erde an Domino, sagt er.

Die Berührung endet: Sie kreuzt die Arme vor der Brust. Sammelt sich kurz.

Domino:

– Ich fühle mich im Stich gelassen. Weiß aber nicht mal, von wem.

Sein Gesichtsausdruck.

Als hätte er vor kurzem begonnen, Schauspielunterricht zu nehmen. Und das ist das Zwischenergebnis: ein unbeholfenes Stirnrunzeln.

Bozorg:

– Weißt du, was ich an dir immer mochte? Du konntest feiern, als gäb's kein Übermorgen. Und gleichzeitig hattest du immer klare Ziele. Ich meine, du hast diesen Job gehabt. Deine Mutter hat dir ein Praktikum beim Fernsehen verschafft. Und du hast nicht lockergelassen, bis sie dir einen Platz für die Ausbildung gegeben haben. Ich fand das beeindruckend. So war ich nie.

Ein Kribbeln auf Dominos Nacken. Sie:

– Mein Leben lang wollte ich älter sein. Ich glaube, jetzt hätte ich zum ersten Mal Lust, wieder 15 zu sein.

– Und du willst das Kind ganz sicher nicht behalten?

Er lächelt.

Sie nicht.

– Nein. Ich meine, das ist ja nicht mal eben wie eine Verabredung ins Kino absagen. Oder eine Hose zurückzuschicken, die man auf Verdacht bestellt hat und bei der einem die Farbe nicht gefällt. Das kapiere ich schon. Aber ich …

Sie bricht ab.

— Ich höre zu, sagt er.

— Ich will einfach mein Leben nicht auf den Kopf stellen lassen. Und mir fällt kein Grund ein, warum ich es behalten sollte. Mir fallen immer nur Zillionen anderer Sachen ein wie Schwangerschaftsstreifen.

— Ohne dich beeinflussen zu wollen: Aber dich beschäftigt vor allem die Angst, hinterher weniger attraktiv zu sein?

— Quatsch. Andere Beispiele gefällig? Allein die ganzen Krankheiten, die man vererben kann, und die Irren, die da draußen rumrennen. Unfallgefahren. Mit Geld kann ich auch nicht gerade um mich werfen, von Erziehung habe ich null Plan. Nicht den geringsten.

Bozorg spuckt ein paar Melonenkerne ins Gras.

— Wolltest du nicht immer Kinder?

— Nicht jetzt. Anfang der Woche war ich bei dieser Beratung. Danach war ich mir noch völlig sicher. Ich fürchte mich nicht vor dem Eingriff. Termin habe ich auch schon. Ende nächster Woche.

Domino wippt mit dem Fuß, sieht Bozorg an, dann guckt sie in Richtung Strand und sucht etwas, um ihre Augen zu beschäftigen.

Das Meer ein türkiser Teppich, der an manchen Stellen silbrig funkelt, zerpflügt von einem Schnellboot.

— Seit wann schwankst du?

— Seit eben? Seit ich es ausgesprochen habe. Und vielleicht bist auch du schuld? All das hier. Du hast neu angefangen. Und du hast es geschafft.

Jetzt holt er tief Luft wie vor dem Tauchen:
– Ich wollte weg. Ich war so einsam wie ein Erkundungsroboter auf einem fernen Asteroiden. Es ging nur um mich.

Er sagt es mit fester Stimme. Innerlich aber meint Bozorg, das erste Mal überhaupt zu begreifen, was gewesen ist. Wie war das alles möglich?

Kurz ist ihm, als zucke sein Körper, die Finger, die Arme. Alles. Muskeln spannen sich an und lassen sich nicht wieder entspannen. Dann ist es aber auch gleich wieder vorbei.

Domino:
– Alles in Ordnung?
– Bei mir? Ja.

Bozorg nickt. Er schaut sie an.

Sie schaut auch und streichelt wieder die Katze:
– Kann ich Jackie kennenlernen?
– Warum nicht?
– Ich meine, das wird bestimmt komisch. Wegen Kitty, verstehst du. Aber ich glaube, mir ist das wichtig.
– Du kannst sie nachher sehen. Sie kommt heute ins La Bar.
– Meint sie es ernst mit dir?

Er zuckt mit den Schultern.
– Alle haben immer ihre Pläne. In letzter Zeit habe ich viel darüber nachgedacht. Das Problem ist: Du kommst da nie an, in der Zukunft.
– Du weichst aus.
– Sie meint es ernst. Und sie ist ein Glücksfall. Ich bin gespannt, was du von ihr hältst. Ich bin wirklich gespannt.

Und so wird es Abend.

21.23 Uhr.

Die Musik im La Bar, das sich mehr und mehr füllt, wird lauter. Jackie umarmt Domino. Mit bezauberndem Mangel an Befangenheit. Jackie:

– Muss ich eifersüchtig sein?

Hände auf den Hüften, Finger gespreizt.

– Nein.

– Gut ...

Bozorg versorgt sie mit Getränken. Cocktails, laut Karte ein Baikonur, ein Sputnik. Gläser mit gezuckertem Rand. Strohhalme stecken zwischen dem schwimmenden, klimpernden Eis.

Er bekommt nicht mehr mit, worüber Jackie und Domino reden. Bozorg hat zu tun.

Und: Vor ihm sitzt Körts.

Körts, der sich vom Tresenhocker aus im La Bar umsieht: Arme werden gehoben, Köpfe geschüttelt, Hintern in Bewegung gebracht. Hot Pants und Trägerleibchen. Körts mag es:

– Ein guter Planet ist schwer zu finden. Aber manchmal macht dieser echt Laune. Dein Laden?

– Zum Glück nicht.

– Klar, klar: Eigenes Unternehmen bedeutet auch immer einen Haufen Trouble. Vielleicht besser, nur die Bar zu besetzen. Wie viel Trinkgeld macht man denn an einem Abend? Im Durchschnitt.

– Warum? Willst du kellnern? Hemd hast du ja schon.

Körts friemelt am Hörgerät. Bozorg bedient: öffnet Flaschen, verteilt sie, kassiert. Stopft einen Schein in ein Glas. Körts:

– Arbeiten, wo andere Urlaub machen. Gar nicht doof. Aber auch Stress mit den Meuten von Pauschalurlaubern im Sommer, tippe ich mal. Reicht denn, was man in der Saison einfährt, fürs Jahr?
– Mir schon.
– Und wie ist denn die Wohnsituation so?
– Eigener Bungalow.
– Zur Miete?
– Wird gestellt, quasi.
– Wenn du mir jetzt noch erzählst, man bekommt einen Firmenwagen obendrauf, bin ich praktisch an Bord.
– Gibt Busse, wie du weißt.
– Der war nicht schlecht! Was man so Busse nennt eben. Unterm Strich muss man die eigenen Ansprüche hier wohl ziemlich zurückschrauben, was? Respekt, dass du dir das schon Jahre antust.
– Aus freien Stücken.
– Du willst also nicht zurück. Nie?
– Kann ich mir nicht vorstellen.

Bozorg fördert aus einem Schubfach eine eisgekühlte Flasche zutage, macht eine weitere Lage Getränke fertig. Giftgrüne Schnäpse.

Körts schweigt einen Moment, beobachtet die Tanzenden: Hände rühren in der Luft. Gerne wird auch mal übertrieben laut gejuchzt.

Körts wieder zu Bozorg:
– Und was läuft so sexuell? Touristinnen, Urlaubsstimmung? Man hört, da geht eine ganze Menge …
– Die wollen alle nur, dass man zuhört.

Dann strebt auf einmal ein ganzer Pulk Leute zum Ausgang.

Körts:

– Warum gehen alle raus?

Bozorg:

– Feuerwerk.

22.55 Uhr.

Domino, Jackie, Körts, Bozorg: Sie treiben im Strom mit, lassen den Lärm im La Bar zurück, die Gitarren-Schrummel-Elektro-Mix-Musik inklusive Rauschen.

Das Licht der Außenscheinwerfer spiegelt sich in den glänzenden Lacken der parkenden Autos. Jenseits des Behelfsparkplatzes ist ein erhöhter Punkt mit Aussicht auf den dunklen Strand.

Der Mond, gestochen scharf.

Jackie bei Bozorg. Sie tippt ihm auf die Schulter. Als er sie anschaut, lachen ihre Augen:

– Das Leben, ist es nicht toll?

– Wie kommst du darauf?

– Das musste einfach mal gesagt werden. Und ach, Domino ist eine Nette. Aber wer ist eigentlich der rallige Kauz, den sie mitgeschleppt hat?

Sie nickt Richtung Körts. Bozorg:

– Gute Frage.

– Aber die haben nichts miteinander, oder? Und du zuckst bitte nicht mit den Achseln. Haben die was miteinander?

Bozorg zuckt mit den Achseln.

– Menschen treffen sich und verlieben sich, oder auch nicht.

– Idiot.

– Der Kerl ist noch Jungfrau, sagt er.

Jackie lehnt sich an ihn:

– Bist du gewappnet für morgen?

– Christos ist gewappnet. Ihm ist wichtig, dass du von nichts weißt.

– Ich weiß von nichts. Ich weiß aber, alles wird gut. Er wird einsehen, dass er eine Schnapsidee hatte.

Bozorg starrt in den Weltraum.

– Ich hoff's.

– Die Idee mit der Tasche ist super. Wenn der Sicherheitchef die findet, rufen die im Club Alarmstufe Orange aus. Und nichts passiert.

Bozorg nickt.

Dann sieht er hinter dieser Wand aus Dunkelheit, gegen die er starrt, auf einmal Funken sprühen. Licht.

22.59 Uhr.

Ein Krachen. Salven, die wie Flintenschüsse klingen. Feuerfontänen schießen in die Luft, um als aufpilzende Farbgarben mit dumpfem Bollern zu explodieren und dann herunterzuregnen.

Grüne, blaue, rote, silberne Sträuße, umgeben von Dampfschwaden.

Domino merkt, dass Körts hinter ihr steht.

Körts:

– Magst du Raketen?

Domino:

– Ich rufe nicht Oh und Ah.

– Welche Raketen magst du besonders. Welche Farben? Und welche Art? Palmen, Sterne, Feuerblüten? Oder die, die so knistern? Ich persönlich finde ja die Buketts in Rot und Gold am besten.

Domino stöhnt:

– Wieso? Wieso dieser Vortrag?

– Ich hatte da diese Idee. Ich wollte neulich ein Feuerwerk zünden, nur für dich. Einfach so, als Überraschung.
– Sag mir bitte, dass das nicht stimmt.

Er riecht sie. Ein Hauch von Moos. Es ist sein Lieblingsduft. Er lächelt versonnen und raspelt sich über sein Kurzhaar:

– Doch, doch, ich habe versucht, Raketen zu besorgen. Ein ganzes Set.
– Ich mag kein Feuerwerk. Du erinnerst dich? Neujahr. Das Blaulicht. Die Sache mit der Klinge.
– Trägt er deshalb diese Ledermanschette. Oh Mann!
– Genau.
– Meine Meinung? Der Kerl hat einen Knacks. Warum genau wolltest du ihn noch mal sehen?
– Es war eine fixe Idee. Schätze ich.
– Hat funktioniert.
– Ja.
– Ziemlich cool.

Domino versucht noch ein Lächeln.

Missglückt.

Sie merkt, dass die Mimik nicht an der richtigen Stelle einrastet.

– Danke.
– Gernstens!

Domino:

– Möchtest du ein Bier?

Wildes Kopfschütteln. Fürs Erste hat Körts genug vom Alkohol.

Sie gehen wieder rein.

II

|Montag, 16.Mai
Ein Glanz bewegt sich auf dem Meer. Wattewölkchen spielen Schattenwerfen am Strand. Vor der Butze der Wassersportstation kämpft ein Typ in leuchtenden Shorts mit einem Sonnenschirm. Bozorg beobachtet, wie die Plane nach dem Aufspannen immer wieder schlapp in sich zusammenfällt.

Dann bemerkt er Körts, der zurück ans Ufer watet.

Körts hat sich zuvor in der seichten Bucht treiben lassen. Jetzt stapft er über den Strand, stoppt an einer lebensgroßen Sandfigur. Eine Nixe, der Unterleib ein schuppiger Flossenschwanz. Körts schaut sich um. Er geht in die Hocke, bearbeitet die Skulptur. Hinterher betrachtet er sein Werk, klatscht zufrieden Hände sauber.

11.55 Uhr.

– Was hast du da gemacht?

Bozorg reicht Körts ein Badetuch. Körts vergräbt das Gesicht in dem flauschigen Stoff. Kokosweiß natürlich. Riecht auch ein wenig so. Später wird er nur solche Badetücher im Schrank haben, mehrere Stapel. Beschließt er spontan.

– Bitte?

– Was hast du da mit der Nixe gemacht?

– Anatomische Korrekturen. Die Dame hat jetzt wieder Beine und auch eine anständige Muschi.

– Findest du das witzig?

– Du nicht?

– Mein Wort wäre vermutlich *pubertär*.

Körts nimmt seinen Ohrkasten entgegen und klemmt ihn fest.

– Danke fürs Aufpassen übrigens, sagt er, und was die Ex-Nixe angeht: Habe mal gehört, Kinder kriegen einen Knacks weg vom Anblick dieser Halbwesen. Mich zum Beispiel hat es immer davor gegruselt. Apropos, wie wär's mit einer Runde Silikonbrustraten?

Er schaut vergnügt zwei Frauen nach, die über den Bohlenweg zum Wasser flanieren, ausgestattet mit üppigen Dekolletés. Bozorg:

– Was dagegen, wenn du allein knobelst?

– Prüde oder nur schlecht drauf? Wir könnten um Fettabsaugen und aufgespritzte Lippen erweitern. Die da hinten! Na, egal. Domino hat schon angedeutet, dass du nicht unbedingt der Anführer der Witzbolde bist. Trotzdem: Nur für dich hat sie sich auf den Weg gemacht. Muss ja was heißen.

– Sehr nett.

– Keine Ursache.

Bozorg legt den Kopf schief:

– Weißt du was? Ich glaube, in Wahrheit hat Dominos Reise wenig mit mir zu tun. Wenn sie nicht hierhergefahren wäre, hätte sie einfach etwas anderes unternommen.

– Kriege ich nicht auf die Kette.

Bozorg lächelt, deutet auf den Typen, der inzwischen den Kampf mit dem widerborstigen Sonnenschirm gewonnen hat. Gerade breitet er ein Badetuch aus, legt zupfend Hand an. Bozorg so:

– Guck mal, der mit dem tätowierten Arm. Bestimmt

fünf Minuten hat er um Schatten gerungen. Und ich schätze: Eigentlich ist ihm Schatten schnuppe.

Körts richtet sein Besucherbändsel am Handgelenk:

– Roger. Du hast einen vierstelligen IQ. Ich nicht. Ich habe noch nicht mal einen Schulabschluss. Bislang.

– In ihrer Situation, worum geht es da? Es geht darum, ein paar Dinge über sich herauszufinden. Denk doch mal nach.

Ein Nicken von Körts.

Er schnappt sich seine Klamotten:

– Mach ich, mach ich. Spätestens auf dem Rückflug. Aber ich bin dann jetzt mal unterwegs. Gucken, ob mir Tiller über den Weg läuft, was Domino treibt. Und so. Erkundungen anstellen.

Am Ende der Strandtreppe wirft er sich sein Hemd wieder über und traumwandelt umher. Durch einen Palmenhain. Hier ruhen einige Gäste unter eleganten Strohschirmen auf Korbmöbeln mit sandfarbenen Kissen.

Ein paar Kinder huschen vorbei. Setzen über eine Bank. Und auch noch über die nächste. Und verschwinden in den Weiten der Anlage über schnieke Rasenteppiche.

Körts' Augen weiten sich praktisch jeden Meter aufs Neue.

Perfektion gibt es bekanntlich jenseits der Phantasie nicht, aber dieser Ort scheint Körts nah dran. Diese Anlage sieht einfach von vorne bis hinten spitze aus. Nirgends sichtbare Macken.

Apartmenthäuschen, wie hingezaubert. Balkone mit Holzgeländern. Kleine Mäuerchen aus Bruchstein. Alles ein wenig rustikal, trotzdem aber in der Summe modern.

Und dazu die Botanik!

Wie Wimpel hängen überall Blumen im Grün. Prachtvolle Frühlingsblüte: Hibiskus Bougainvillea Oleander. Buh-gänn-wie-lea. Die Namen weiß er aus den Prospekten im Reisebüro, die Aussprache von der Dos Santos.

Libellen. Schmetterlinge.

Die kennt er.

Körts lässt die Fingerkuppen lustvoll über das Mosaik gleiten, das eine grob verputzte Steinwand schmückt. Es zeigt einen Baum, sehr abstrakt, und erinnert ihn an den Science-Fiction-Baum zu Hause.

Es ist so ungefähr das Einzige.

Er hört das Gluckern aus einem Zierbrunnen.

Tolles Geräusch.

Es gibt sogar einen Mini-Wasserfall. Und moosbewucherte Steine in einem Bach. Das Moos sieht aus wie mit der Nagelschere in Form gehalten.

Vor allem aber gibt es: flammenblaue Pools. Eine Terrassen-Landschaft, verbunden durch Holzbrücken. Drum herum Sonnensegel und natürlich Liegen in lockerer Ordnung.

Und knappe Bikinihöschen. So viele Kurven und Hügel und Bauchnabel und was sonst noch alles. So viel von allem, was die Instinkte reizt.

Und er ist hier. Allein reisend. Wie das in der Tourismusbranche heißt. Was hast du in den Ferien gemacht, Kevin? Club D'Foe in Sinillyk. Haha. Ja, haha. Wollt ihr Fotos sehen? Geschossen in freier Wildbahn und in Farbe. Das ist was anderes als Freibad. Zehn Klassen drüber.

Die Frau da vorne auf dem aufblasbaren Sessel.

Sie zupft mit geschlossenen Augen an ihrem knappen Badeanzug. Die Ausbuchtungen der Brüste sind zu sehen. Körts' Gedanken treten kurz auf der Stelle. Er merkt es. Der Schock der Echtheit.

Er könnte hingehen und diese Frau anstupsen.

Oder lieber Arschbombe ins nächste Becken?

Er knöpft das Hemd auf, streift es ab.

Arschbombe.

13.32 Uhr.

Er zieht die Shorts über die luftgetrocknete Badehose, stopft sich das Hemd sorgfältig in den Bund. Gar nicht weit vom großen Rondell vor der Lounge und den Restaurants. Sehr dicht bei der Liege, auf der Domino döst. Körts verschafft sich einen guten Ausblick, indem er sich ungefragt an den Tisch zu Bozorg fläzt, der gerade an einer Kamera herumdoktert.

Körts streift die Socken über und schlüpft in die Schuhe.

Ihm fällt nicht auf, dass der Ort von Lärm überflutet ist. Gespräche. Gelächter. Badelatschen auf Kacheln. Das Plätschern. Klingende Gläser.

Bozorg fällt es auf.

– Laut hier.

Körts lüpft die Sonnenbrille und blinzelt ins Licht.

– Ist ja kein Hospiz. Und die Leute packen ordentlich was auf den Tisch, um hier Spaß zu haben.

Er macht mit dem Finger die Geldbewegung. Reibt und grinst.

– Mit anderen Worten, du bist begeistert.

– Fünf Sterne sind fünf Sterne.

Bozorg schiebt die Kamera zur Seite:

– Stell dir vor, du wärst hier gefangen, sagt Bozorg.
– Gibt schlimmere Schicksale. Was genau stört dich? Leckeres Buffet? Weiße Flauschhandtücher? Die galaktische Ärsche-Titten-Parade? Zugegeben, auf Dauer leben möchte ich hier unten wahrscheinlich nicht, davon mal ganz abgesehen. Sehr dörflich drum herum. So viel Sonne, dass man sich ständig eincremen muss. Ich habe Toiletten gesehen, da war nichts als ein Loch im Boden. Aber Luxus macht mir keine Angst.

Bozorg:
– Ich habe gehört, du wohnst in den Riegeln bei Cems Markt, richtig?

Körts betrachtet Fußabdrücke am Beckenrand.
– Klingt jetzt so nach dem Motto: Nä-nänä-nä-nä!
– Versoffene Rentner und unterernährte Kinder. Fünf Sterne sind fünf Sterne. Oder wie war das?

Körts zuckt mit den Achseln:
– Ich kontere mit: Das Zuhause ganz einmaliger Geschöpfe.

Lässige Geste Richtung Domino.

Bozorg stimmt zu:
– Sie ist was Besonderes, das lasse ich gelten.

Körts schielt zu ihr hin. Wie ihr weißblondes Haar in der Sonne glänzt. Die Zierlichkeit ihrer schlanken Füße.
– Ein Naturwunder, sagt er, ich habe oft drüber nachgedacht. Man findet sonst immer einen Makel, selbst bei den schönsten Frauen. Bei der einen sind die Waden zu dick, bei der anderen die Hände zu rot oder die Zähne zu weiß oder gelb. Bei ihr stimmt alles. Schlank, aber nicht klapperdürr. Ihr Gesicht: Kannst du ewig angucken, wird nie langweilig. Ihr Charakter!

– Ja?

Nun schaut Bozorg gespannt. Körts:

– Speziell, aber nicht kompliziert. So würde ich das mal umschreiben. Ein wenig eingebildet. Ist für mich allerdings kein Minuspunkt.

Er gönnt sich einen weiteren Seitenblick auf Domino.

Das blütenweiße Dreieck ihres Bikini-Höschens. Ein kleiner Ring ziert den oberen Saum. Bis zum Oberteil eine weite Ebene freie Haut. Das eine Bein ist lang ausgestreckt, das andere angewinkelt.

Diese Beine.

Körts könnte dahinschmelzen.

Er hat einen leichten Halbständer.

Vielleicht sollte er gleich mal nach dem gemeinsamen Foto fragen. Körts sieht es vor sich: Sie beide, wie sie lässig mit den Ellbogen am Beckenrand hängen. Da platzt Bozorg in seine Träumerei:

– Du weißt, dass das nie was wird. Sie will dich nicht.

– Nö. Weiß ich das?

– Ja. Wir beide wissen das. Schon mal erlebt? Manchmal begegnest du Menschen, und du siehst sofort, was aus ihnen wird. In Kindern siehst du die Jugendlichen, in Jugendlichen die Erwachsenen. In Erwachsenen die Alten. Ich sehe das manchmal sehr, sehr deutlich.

– Klingt nach einem kostbaren Talent.

Bozorg reibt sich das Kinn. Tut so, als würde er Körts sehr aufmerksam begutachten. Dann sagt er:

– Wirst du später an einer angesehenen Universität Betriebswirtschaft studieren, Nebenfach Publizistik? Oder Jura?

– Was ist Publizistik?

Bozorg beugt sich leicht nach vorn, Unterarme auf die Tischplatte gestützt. Er schaut rechts daran vorbei auf den Boden:
— Deine Socken. Welches Material?
— Wen juckt das? Sockenmaterial.
— Vielleicht Kaschmir?
— Kaschmir ist was Teures. Das weiß ich.
— Ich tippe auf Baumwolle. Ich tippe außerdem, dass auch später das Material für deine Strümpfe kein Garn sein wird, das aus dem Unterfell von Kaschmirziegen gesponnen wurde. Weißt du warum?

Dieser arrogante Klugscheißerton. Körts nuschelt:
— Weil das egal ist?

Bozorg klappt das Ohr nach vorn wie ein Schwerhöriger:
— Lauter, das habe ich leider gerade nicht so genau verstanden …
— Es ist egal, Mann!
— Dir ist das egal, Mann! Aber das ist nun mal die Wirklichkeit! Und zwar die gleiche Wirklichkeit, in der du nicht studieren wirst. Ich gucke dich an und sehe, was kommt. Alles. Sehe ich Frauen im geschlitzten Abendkleid mit einem Glas Champagner um dich herum? Cabrios, Colliers? Sehe ich nicht. Wird es nur im Fernsehen für dich geben. Genauso wie es eine Frau wie Domino für einen Vogel wie dich nur in seiner Phantasie geben wird. Weil eine Frau wie sie ganz andere Ansprüche hat. Aber das scheint dich alles nicht zu stören. Obwohl das alles völlig klar auf der Hand liegt.
— Das kannst du nicht wissen.
— Kann ich. Ganz ohne Kristallkugel.

– Das mit Domino nicht.

– Wach auf. Du kommst daher, wo auch ich herkomme. Glaub mir, das hier ist nicht deine Welt und auch nicht deine Zukunft. Du lebst in den Riegeln.

– Domino lebt auch in den Riegeln. Und ich interessiere mich für Geld. Wenn Ziegensocken so wichtig sind, dann kaufe ich mir welche. Gleich nächste Woche. Und später fahre ich einen Sportwagen. Speziallackierung. Schwarz. Vielleicht bade ich später auch in Champagner. Morgens und abends. Warum nicht? Ich hab's immerhin auch nach Sinillyk gepackt.

– Ist das ein Kunststück?

– Mit Domino! Soll ich dir was sagen? Auch Adil hat mich ausgelacht, weil der dasselbe über die Sache mit Domino gedacht hat wie du. Andere Liga und diese Grütze. Mein bester Kumpel. Aber he! Jetzt lache ich.

Tut Körts nicht.

Er schaut grimmig. Bozorg auch:

– Du bist nicht *mit* Domino hier. Sie ist hier, du bist hier.

– Ohne mich hätte sie dich nie gefunden. Nie. Sie hat mich gebraucht. Was willst du überhaupt? Seit drei Tagen bin ich mit ihr unterwegs. Mehr oder weniger. Ist das nicht die Wirklichkeit?

– Und jetzt hoffst du tatsächlich auf mehr?

– Du nervst.

Bozorg sieht es, Bozorg hört es: Körts mag nicht mehr. Aber Bozorg kann nicht aufhören. Er so:

– Hoffnung kann einen fertigmachen, weißt du das? Je aussichtsloser die Lage, desto mehr hofft man. Aber Hoffnungen zerstieben. Was denn, wenn Geld gar nicht die Währung für alles ist? Was, wenn es darum geht, sich nicht immer nur für sich selbst zu interessieren? Hast du mal eine Sekunde darüber nachgedacht, dass du es bist, der nervt?

– Ich lasse bloß nicht locker. In Dinge, die mir wichtig sind, stürze ich mich voll rein. So einfach ist Raumfahrt! Was soll daran verkehrt sein?

– Du bist rücksichtslos.

– Ich sage, ich bin ehrgeizig.

– Du bist jung, du bist naiv. Und deswegen gehst du mir auch so auf die Eier. Vor ein paar Tagen habe ich hier im Club gesessen wie du. Wo ich nicht hingehöre. Wie du. Bescheuerte Hoffnungen im Kopf. Wie du. Anders. Aber im Prinzip wie du. Dann hat mir jemand die Wirklichkeit erklärt. Tat weh.

Bozorg lehnt sich zurück. Zwinkert seinem Gegenüber zu.

Körts stöhnt:

– Fertig?

– Mehr oder weniger.

Körts wirft die Hände in die Luft:

– Halleluja. Darf ich dann noch etwas anmerken? Etwas, das mir mächtig unter den Nägeln brennt.

– Bitte.

– *Du* gehst mir auch auf die Eier.

Er zeigt auf Bozorg. Der nickt aber bloß:

– Ich gehe mir selbst auf die Eier.

– Das war jetzt die Botschaft? Heilige Hackfresse, bist du mies drauf. Socken, Flauschhandtücher-Phobie, Hass auf sich selbst. Dann hoffe ich mal für dich, du kriegst das wieder auf die Reihe.

Bozorg hat die Arme vor der Brust verschränkt.
Körts verschränkt die Arme vor der Brust.
Sie sind fertig.
Erleichtert nehmen sie zur Kenntnis, dass drüben im Babybecken die Druckanlage für den Wasserpilz den Betrieb aufnimmt.

II

... 1

|Montag, 16. Mai

Rauschen weckt Domino. Der Wasserpilz. Ansonsten ist es still geworden. Die Hitzestille des Mittags. Ein kühlender Wind haucht Domino gegen den Körper.

Sie blinzelt.

Da sitzen Bozorg und Körts.

Körts, Flauschbadetuch um den Hals, putzt die Sonnenbrille am Hemd. Bozorg scheint ihn mit seinem verkniffenen Blick an den Stuhl tackern zu wollen. Richtig glücklich wirken beide nicht.

Domino will gerade die Augen wieder schließen, als nicht weit von ihr ein kleines Mädchen auf den Poolfliesen ausrutscht. Mit der Verzögerung von einer Schrecksekunde hebt das Geheul an.

Ein Mann eilt an den Ort des Geschehens. Ein Knie am Boden, nimmt er die plärrende Sirene in den Arm, stopft den Schnuller zurück ins Mündchen.

Der Schnuller ploppt auf der Stelle wieder aus dem Gesicht. Das Geheul geht in die nächste Runde. Der Kniende macht Faxen mit dem Schnuller:

– Bist du meine kleine Freundin?

Seine Stimme klingt einen Tick zu bemüht. Domino muss sauer aufstoßen. Sie denkt darüber nach, dass der Mann ihr bekannt vorkommt.

– He! Das ist Tiller.

Körts.

Domino wendet den Kopf.

Ein Stuhl ruckt zurück, und Körts springt auf. Er schüttelt die Hand des Filmstars. Und Tiller tätschelt ihm tatsächlich die Schulter:

– Dich kenne ich.

Im nächsten Moment lässt Tiller ihn aber schon wieder stehen. Haut ab in Richtung Rondell. Domino ist neugierig auf Bozorgs Reaktion.

Aber da sitzt niemand mehr an seinem Platz.

13.43 Uhr.

Bozorg will Tiller aus dem Weg gehen.

Er würde sich selbst gerne aus dem Weg gehen. Was war das gerade eben? Musste das sein, dieser gehässige Vortrag?

Wer ist er denn?

Einer, der davongelaufen ist. Barkeeper, aber kein richtiger Barkeeper. Hausmeister, aber kein richtiger Hausmeister.

Möchtegern-Möchtegern in einem Touristennest.

Bozorg schleicht an den Pools entlang.

Drüben am Beckenrand: eine, die sich die Ohren mit Musik zugestöpselt hat, die Beine ins Wasser getaucht. Schenkel blass wie Hühnerfleisch. Und das T-Shirt: militärisches Muster, in sandgrauem Wüstentarn. Um den Hals baumelt eine Kette mit Holzplättchen.

Könnte glatt Louise sein.

Eine Sporttasche steht neben ihr.

Weil Bozorg mit niemand aus dem Shangri-LaBamba rechnet, braucht es ein paar Sekunden, bis die Information ins Bewusstsein dringt. Kurzes Kopfflimmern. Was macht Louise hier?

Warum hat sie die Sporttasche?

Er will zu ihr, registriert plötzlich aus dem Augenwinkel, dass jemand direkt auf ihn zusteuert.

Bozorg stolpert fast in Jackie hinein.

Jackie mit Haarreif, an dem zwei Fühler pendeln. Mit Glitzerlidschatten und falschen Wimpern. Sie steckt, so kurz vor der Generalprobe, bereits im Kostüm. Weißer Reißverschlussanzug. Auf der Brust ein Komet mit langem Schweif. Weiße Handschuhe.

– Beep! Beep! Ich habe ca. drei Stunden vorm Spiegel gestanden. Ein paar Schmeicheleinheiten, bitte.

– Wie von einem anderen Stern, sagt Bozorg.

Langsam dreht Jackie sich ins Profil und tippt, Augen geschlossen, auf ihre Wange. Bozorg drückt einen Kuss darauf. Leicht irritiert.

– Lippen sind schon geschminkt, erklärt sie.

Er sieht es. Und darüber die winzigen Schweißperlen zwischen den hellen Härchen und Sommersprossen. Bozorg:

– Generalprobe, genau. Wie lange habe ich noch?

– Ein paar Minuten. 14 Uhr geht's los. Ich muss weiter. Was ist mit den anderen beiden? Kommen die auch?

Bozorg stellt fest, dass sich Louise verdrückt hat.

Der Beckenrand: leer.

13.56 Uhr.

Körts und Domino schenken sich die Testvorführung:

– Nö, sagt er.

– Ich hasse das, wenn Amateure singen und tanzen, sagt sie. Reicht, wenn ich mir das heute Abend einmal antue.

Liege an Liege die zwei, inzwischen.

Domino auf dem Bauch, Körts mit aufgerichtetem Rückenteil, Badetuch im Schoß. Bozorg registriert es: Körts trinkt das Bild in sich hinein.

Er gönnt es ihm.

Im Fortgehen bemerkt Bozorg außerdem noch, wie Körts eine Flasche Sonnenmilch hervorzaubert. Domino schüttelt kurz und entschieden den Kopf.

Ohne aufzuschauen.

Manche nennen es Ehrgeiz.

13.58 Uhr.

Auch Bozorg steht Schweiß auf der Oberlippe. Wärme steigt von den Steinwegen auf. Vor und hinter ihm: die sich überschneidenden Rhythmen von Schritten und Trittgeräuschen. Geplapper und Gezwitscher. Leise in dieser Sprache, laut in jener.

Er biegt zum Theater ab.

Ein winziges Stadion mit fester Bühne. Ein Rund, in dem die Sitzreihen stufenweise ansteigen. Die Arena ist nur spärlich besetzt. Aber heute Abend wird es voll sein. Man wird zusammenrücken. Ellbogen und Schultern, die sich berühren. In der Luft gedämpfte Aufregung. Die unbestimmte Erwartung.

Bozorg kann es sich ausmalen.

Er setzt sich weit nach oben, sieht es vor sich: Der Himmel wird dunkel sein. Scheinwerfer werden leuchten. Ein Teil der Zuschauer wartet ungeduldig auf den Beginn. Andere tuscheln, lachen. Das Knistern einer Tüte, die jemand dabeihat. Kinder hampeln unruhig auf ihren Plätzen. Zischende Eltern rufen sie zur Ordnung. Und niemand ahnt etwas von einem geplanten Anschlag.

Er hebt die Kamera vors Auge. Und alles Wehren

hilft nichts: Seine Nervosität, die ihn selbst nervös macht.

Weshalb?

Er nimmt die Kamera wieder runter und legt den Kopf in den Nacken, starrt hoch. Keine Wolken mehr, nur noch Schlieren. Eine Antwort bleibt aus.

– Hier noch frei?

Bozorg fährt herum:

– Du?! Was willst du denn jetzt schon?

Christos.

Halbgott in Muskelshirt. Clubbändsel am Handgelenk. Unschuldiger Blick:

– Zugucken. Mich von der Muse küssen lassen.

– Wie bist du reingekommen?

– Na, mit dem Türcode. Warum so nervös, Hombre?

Bozorg blickt über die Stufen nach unten. Auf der Bühne bespricht man noch Organisatorisches. Die Clubchefin, elegantes Sommerkostümchen, welliges Haar, spricht mit dem Chefanimateur, Sommerhose, Polohemd, auch welliges Haar, aber lang. Er ist der Regisseur, er hat ein zusammengerolltes Schulheft in der Hand.

Die Assistentin des Chefanimateurs klappt einen Laptop auf.

Bozorg:

– Wir müssen das abblasen.

Der Chefanimateur übergibt das Schulheft an die Assistentin, steckt seine Rechte in die Hosentasche, in der Linken hält er nun ein Mikro, prüft den Sound. Christos:

– M-hm. Der Ort ist nicht gut. Ein geschlossener Raum wäre besser.

Bozorg:
— Hörst du mir zu? Es stimmt was nicht.
— Ich höre.
— Louise läuft hier rum.
— Ich weiß.
— Was soll das? Und wolltest du selbst nicht erst am späten Nachmittag kommen? Gibt es einen neuen Plan?
— Louise hat meine Ausrüstung reingeschmuggelt. Ich war mir bei der Sache mit Über-den-Zaun-Werfen nicht so sicher. Wenn eine Tasche lange im Gras liegt, weißt du nie … am Ende kommt doch mal ein Gärtner vorbei.
— Wir blasen das ab.
Christos lehnt sich zurück:
— An der Stelle, wo ich die Tasche rüberwerfen wollte, war das Gestrüpp auch gar nicht besonders hoch. Sah frisch gemäht aus.
— Es soll vielleicht nicht sein.
Bozorg hofft auf ein Nicken. Auf ein Zeichen der Einsicht. Der Halbgott im Muskelshirt schüttelt den Kopf:
— Willst du mir das noch ausreden? C'mon. Alles ist arrangiert. Und Tiller jetzt da. Perfekt. Hier und heute.
Er pocht mit dem Zeigefinger auf den Stein.
Keine Ringe.
— Zu großes Risiko, beschwört ihn Bozorg, es sind nicht nur die Kameras. Ich bin mir sicher, die haben auch wegen Tiller immer ein Auge auf alles, was verdächtig wirkt.
— Du bist ein schlechter Lügner.
— Was soll das heißen?
— Ich bin ein guter Menschenkenner. Du hattest von Anfang an die Hosen voll. Aber keine Sorge, ich finde

auch jemand anders, der mir die Bilder besorgt, die ich brauche.

Bozorg:

– Schlaf noch mal drüber.

– Vielleicht willst du mich ja auch verpfeifen. Vielleicht hast du ja der Rothaarigen doch was vom Plan erzählt.

Bozorg befühlt sein Gesicht. Die Augen brennen. Es ist noch da. Aber es will sich kein Bild dazu einstellen. Als könne er sich nicht mehr an sich selbst erinnern.

– Verpfeifen? Du glaubst, das würde ich tun?

– Ich sehe, wie du die Rothaarige anguckst, wenn du sie anguckst. Ich höre, was du sagst, wenn du etwas sagst, Hombre. Ich nehme dir das nicht mal übel. Aber ich habe nachgedacht.

– Worüber?

Christos legt Bozorg die Hand in den Nacken, spricht:

– Darüber, dass du ganz gerne mal Bäume umarmst. Darüber, dass du lange nicht mehr bei Dr. Zuli warst.

– Weil es mir gutgeht.

– M-hm.

Die Generalprobe beginnt.

– Leck mich, sagt Bozorg.

Rotes und blaues Licht blitzt durch Luken in den Kulissen. Aus den Boxen krawummst und wummert der Ton. Trockeneis-Nebelschwaden wabern auf den Bühnenboden, beleuchtet von Strahlern mit Farbfiltern. Grün. Pink.

– Viel Spaß, Hombre. Peace!

Das Victory-Zeichen.

Christos drückt Bozorg beim Aufstehen die Schulter.

Bozorg kommt es vor, als würde die Welt von ihm forttreiben. Er kann der Show nicht folgen. Sie beginnt mit einer Horde Steinzeitmenschen, die im Knöchelgang herumlaufen und Keulen schwingen.

Ein Papp-Ufo landet auf der Bühne.

Mehr Trockennebel.

Es gibt Außerirdische, die wie Transvestiten in Fischnetzstrumpfhosen und Miedern herumstöckeln und Federboas schwingen. Es gibt ein halbes Dutzend Musical-Einlagen. Und nach knapp einer halben Stunde endet der Klamauk. Die Steinzeitmenschen kapern das Ufo.

Mehr Trockennebel.

Schluss.

Magerer Applaus von den spärlich besetzten Rängen. Bozorg verlässt das Theater. Louise. Er muss sie finden.

Vielleicht weiß sie gar nicht, was vorgeht? Vielleicht blufft Christos?

14.48 Uhr.

Jackie steckt noch in der Maske, schminkt sich ab. Bozorg läuft die Poollandschaft ab, über die Holzbrücken, findet sich am Becken beim Rondell wieder. Keine Sporttasche, keine Louise, kein Christos.

Nirgends.

– Und, wie war die Show? Wird's ein Welterfolg?

Körts, noch immer am selben Platz, aber allein.

In Rekellage.

– Eine Menge Nebel, sagt Bozorg.

– Spezialeffekte mag ich.

Bozorg sieht sich doppelt in der Sonnenbrille von Körts gespiegelt, einmal im linken, einmal im rechten Glas, skurril verzerrt. Er:

– Die Brille sitzt schief. Wo ist Domino?

– Sich umziehen. Wir wollten gleich mal einen Happen nehmen. Dabei?

Bozorg richtet die Ledermanschette:

– Gerade nicht, murmelt er, ich hatte mit Jackie verabredet, dass ich sie abhole.

14.50 Uhr.

Körts schaut dem Schlaks hinterher, der wieder Richtung Palmenhain stiefelt.

Dann trant er selbst über das Rondell in die Lounge.

Plätschernde Musik in den Ohren.

Der ganz große Andrang herrscht nicht mehr. Das Mittagsbuffet wird bereits abgeräumt. Holzschalen mit Obst stehen noch auf einem langen Tisch. Ein paar Sandwiches liegen auf Porzellantellern. Zahnstocher stecken im Toast. Das gefällt Körts.

Er wartet auf Domino.

Nimmt die Sonnenbrille von der Nase, klemmt sie sich in den Ausschnitt seines Hemdes.

Auf dem Wandbildschirm läuft ein Nachrichtensender. Börsenkurse tickern unten am Rand von rechts nach links. Darüber Liveaufnahmen: Die Übertragung eines Shuttlestarts, weit weg, an einem anderen Ort der Welt.

Urlauberinnen mit Strandröcken lehnen draußen an einem Stehtisch wie Möchtegernmodels. Kinn heben, Mund ein wenig öffnen, gelangweilt gucken, gelangweilt an etwas nippen: Das sind so ihre Tätigkeiten. Das, woran sie nippen, sind sehr sonnenglutfarbene Getränke.

Bowle mit Früchten. Oder etwas in der Art.

14.55 Uhr.

Drinnen kommt Domino aus einer Tür, kommt von der Toilette. Zugluft greift ihr ins Haar. Eine Strähne löst sich, fällt ihr über die colabraunen Augen.

Sie schreitet auf Körts zu, fragt nach einem Kaugummi:

– Ich habe einen komischen Geschmack im Mund, sagt sie.

Körts reißt das Zellophanband an einer Packung auf.

Der Boden rund um die Startrampe erbebt. Aufwirbelnder Staub. Das Gerüst klappt zurück. Die Rakete schraubt sich in den Himmel, Richtung All.

Körts:

– Früher gab es Konfettiparaden, wenn die zurückkamen. Heute interessiert sich keine Sau mehr für diese Missionen.

14.56 Uhr.

Die Großaufnahme einer Feuersäule. Eine Feuersäule, aus der eine Rauchsäule wächst, auf der das Shuttle steckt.

Schnell sieht das nicht aus.

Eher behäbig.

An einem Tisch rührt jemand im Kaffeeschlamm einer Tasse.

Tiller.

Körts sieht Louise am Ausgang zum Rondell: Sie hält eine Kamera in der Hand und interessiert sich offenbar für etwas in seiner Richtung.

Weswegen? Und überhaupt: Was treibt die hier?

Da tauchen auch Bozorg und Jackie auf, im Laufschritt, angespannte Gesichter. Körts spürt eine Berührung an der Hand.

Silberpapier scheuert an Silberpapier.

Domino zieht einen Kaugummistreifen aus der Verpackung.

Ihr Blick verengt sich.

Tiller schaut von der Tasse auf, Löffel in halber Höhe.

Das Shuttle ruckelt durch die Atmosphäre, entfernt sich weiter und weiter von der Erde. Keinen interessiert das.

Lauter Köpfe drehen sich jetzt in dieselbe Richtung.

II

... 0

|Montag, 16. Mai
Breitbeinig baut sich die Gestalt am Ende des Raums auf, in Kampfstiefeln Camouflagehose Militärjacke. Unter der Sturmmaske quillt lockiger Bart vor. Der Maskierte hat die Arme erhoben. Er hält einen Stab in der Hand:
– STO EXÍS, TA PARÁSITA!
Er brüllt es.
In einer Lautstärke, dass alle in Schockstarre verfallen.
Körts.
Domino.
Tiller Bozorg Jackie.
Die Clubgäste, das Personal.
14.56 Uhr.
Dann wirft der Maskierte die Granate.
Wirft sie nach oben, die Granate beschreibt eine Parabel, an deren höchstem Punkt sie für einen Moment, eine gefühlte Ewigkeit, in der Luft stillzustehen scheint, um dann plump zu Boden zu fallen …

!

… schieres Licht.

Der Knall rammt mit Abrissbirnenwucht aufs Trommelfell.

Enorme Druckwelle.

Unter dem Schub heiserer Luft splittert Glas zerreißt Holz platzen Früchte. Von der Decke regnen Teile nach unten bröckeln rieseln.

Körts schmeckt Blutspucke im Mund. Schmeckt den Staub und sogar das Nachglühen des Lichts. Schmeckt, wie er meint, das Licht tatsächlich zwischen den Zähnen, in den Zahnzwischenräumen, hart und metallisch.

Es ist zu still. Körts sieht eine Brille auf dem Boden eine Gabel ein Hörgerät. Zerbrochenes Glas wie Juwelen. Kaugummistreifen in Silberpapier wie Kaugummistreifen in Silberpapier. (Und ein bisschen wie Konfetti.)

14.56 Uhr, noch immer.

Übergenau in den Bewegungen werden.

Die Hand, die greifen will.

Finger ausstrecken, dann in Reglosigkeit verfallen.

Die Richtungsbefehle des Hirns, die nicht mehr zu entschlüsseln sind: Körts kippt seitlich auf die Schulter, niedergedrückt von einer Hand, die er nicht sieht, die es nicht gibt. Dann knallt er mit der Schläfe auf den Boden. Hat dabei die Momente vor der Explosion wie ein Nachglühen auf der Netzhaut. Domino, die sich wegdreht. Er, der sich nicht mehr vor sie stellen kann.

Domino.

Er riecht sie, ganz nah. Ein Hauch von Moos. Nebeneinander liegen sie am Boden. Seite an Seite. Dominos Brustkorb hebt und senkt sich. Gutes Zeichen. Körts:

– Bleib unten. Bist du in Ordnung?

Er hört die eigenen Worte kaum, die Ohren pfeifen.
Körts fragt sich, was vorgeht.
Gesehen hat er nur einen Maskierten.
Und der ist verschwunden.
Komplizen?
Wimmelt es auf dem ganzen Gelände von militanten Irren? Werden sie gleich als Geiseln genommen, verschleppt und später geköpft? Vielleicht finden draußen am Pool gerade Hinrichtungen statt.

Sie brauchen einen Fluchtweg. Einen sicheren. Auf dem sie nicht von Kugelsalven aus Maschinengewehren niedergemäht werden.

Körts lauscht.
Da ist noch immer das Pfeifen im Ohr.
Aber es fallen keine Schüsse, ziemlich sicher nicht.
Vielleicht besser liegen bleiben?
Körts rückt noch ein Stück dichter an Domino heran. Schwebstoffe wie von Raumspray senden Signale von der Nase ans Hirn. Wer weiß, was kommt: Er tut es. Körts presst das Gesicht in den Stoff ihres Trägerhemdchens.

– Bist du in Ordnung?, fragt Domino zurück.

Er blutet aus einem Kratzer am Schienbein. Und auch im Gesicht hat er wohl was abbekommen. Er spürt ein Brennen auf der Haut über dem Auge.

Nicht wild.

Er tastet nach seiner Sonnenbrille. Machtlos gegen das Zittern der schweißigen Finger. Körts bemerkt Bozorg.

Bozorg schiebt sich zu ihnen durch.
Etwas Ungelenkes, Fahriges in den Bewegungen, noch

mehr als sonst. Er steigt über die hinweg, die noch am Boden liegen, Blick dabei starr auf Domino. Wie er guckt.

Er guckt wie jemand, der nicht weiß, wie man jetzt gucken soll. Hilflos, besorgt. Dann verschlitzt er die Augen.

Und Domino?

Körts erschrickt.

Sie blinzelt wie jemand, der Angst hat.

Namenlose Angst.

Bozorgs Mund bewegt sich:

– Alles gut.

14.57 Uhr.

Auf dem Bildschirm an der Wand, unbeschädigt, hat die Rakete Fahrt aufgenommen, zieht ihren Schweif.

Alles gut?

Hat er das wirklich gerade gesagt?

Bozorg hört die eigene Stimme im Kopf nachhallen.

Alles gut.

Ist es das, was Menschen einfällt in solchen Situationen? Menschen, die nie damit gerechnet haben, dass Fernsehnachrichten auch sie selbst einmal betreffen könnten.

Was muss er erklären?

Wem muss er es erklären?

Wie viel Zeit, bis Polizei oder Militär eintrifft?

Er hilft Domino auf.

Ihre Pupillen scannen unruhig den Raum. Die Verwüstung. Urlauber unter Schock, die konfus nach draußen stolpern und stürzen, über Splitter, durch Pfützen aus glutroter Früchtebowle.

Jackies Hand auf Bozorgs Schulter. Ihre Stimme:

– Hier lang. Kommt schnell, sagt sie.
Bozorg packt Domino am Arm, Körts folgt.
Durch die Küche.
Herdplatten Töpfe Pfannen.
An den Wänden weiße Kacheln. Kellen und Messer liegen herum, ein Salatkopf ist auf den Boden gerollt. Weit und breit kein Mensch. Maschinen gurgeln, Displays blinken, ein Monitor fiept.
Jackie öffnet eine kleine Tür.
Der Windhauch wie eine vorsichtige Berührung, mit der ihn jemand zu beruhigen versucht. In Bozorg stieben mehr Gedanken durcheinander, als er rote Blutkörperchen hat.
15.01 Uhr.
Domino will weg, runter vom Gelände.
– Weiter. Wohin jetzt?
Die Luft erfrischt nicht. Die Luft kommt Domino vor allem so vor, als wäre sie zäher als gestern und auch zäher als am Morgen noch. Der aus der Nase kommende Atem, der nicht kühlt.
– Es ist vorbei, sagt Jackie, keine Sorge. Wir sind sicher.
Bozorg sagt nichts.
Er sieht Dominos Hand Dominos Bauch streicheln.
Körts:
– Wie kommen wir am schnellsten hier raus?
Jackie weist auf den Personaleingang.
Und dann queren Körts und Domino auch schon das Gras, Luftlinie.
Ein paar weiße Karnickel hoppeln vor ihnen zur Seite.
Jackie:

– Mir ist übel. Ich such mal was zu trinken. Warte hier, ja.

Sie schlüpft zurück in die Küche.

Bozorg setzt sich auf die Stufe.

Das Tackern eines Rasensprengers, der ein grellgrünes Wieseneck wässert. Dahinter eine Hecke wie mit der Richtschnur geschnitten. An der Seite warten zwei Kieshaufen darauf, breitgefegt zu werden.

Ein Bild mit Randunschärfe. Weil er nichts gegen seine Gefühle tun kann. Er kann gar nichts mehr tun.

Bozorg horcht in sich hinein.

Eine Leere, als hätte man ein Computerspiel durchgespielt. Und er hat keine Ahnung, was nun kommt, was nun wird.

■

|Später ...

|KÖRTS

Wind fegt feinen Sand ins Gestrüpp. Ansonsten nichts zu sehen außer ein paar Luftspiegelungen. Da kann Körts das leere Asphaltband in beiden Richtungen absuchen, so viel er will. Was er nur tut, weil es ablenkt. Dominos Gesicht: beinah kalkig? Gefällt ihm nicht. Schleudertrauma? Schlimmeres? Der einzige Arzt, den er im Umkreis von 3000 Kilometern kennt, praktiziert in Sinillyk. Wie Körts blinzelt und nach Worten sucht. Domino springt ein: Bloß zur nächsten Bushaltestelle jetzt. Oder hitchen. Zur Not einfach zu Fuß weiter. Nur nicht weg von der Straße. Eine Fahrt im Eselskarren fehle noch in ihrer Sammlung. Früher oder später wird schon einer aufkreuzen. Körts gefällt ihr Gesichtsausdruck ganz und gar nicht.

TILLER

Tillers Instinkte sind geschult, solche Szenen kennt er. Für einen Actionpart hat er sich vor Jahren Grundlagen als Ersthelfer angeeignet? Eine Tischdecke als Bandage zerreißen: Versorgung der offenen Wunden, meist nur Kratzer. Er lässt sich eine Flasche Rum bringen. Zum Desinfizieren. Hier ein Pflaster ins Gesicht, dort ein Beutel Eis aufs Knie. Mit Zigarette im Mundwinkel sondiert er anschließend die Lage. Sinniert, angestachelt vom Adrenalin, über die fließenden Grenzen zwischen Realität und Fiktion? Später werden die Medien ihn interviewen, die Polizei um Autogramme bitten, das Militär um das Posieren für Fotos. Zum Abschalten macht er sich dann auf die Suche nach einer nahen Bar. Hinterm Tresen ein frisch rasierter Typ. Die Art, wie er sich bewegt? Die Physiognomie? Schauspieler sind akkurate Beobachter.

CHRISTOS

Der F1−11: gut getarnt in einem Feldweg unter Pinien. Christos tauscht die Kampfstiefel gegen Flipflops. Schleudert Sturmmaske und den Rest seiner Kostümierung in den Kofferraum, in dem überall weiße Härchen kletten, in dem es penetrant nach Karnickel müffelt. Ringe zurück an die Finger stecken. Das Knattern des Quads hören? Louise? Feste Umarmung zwischen ihnen, beinah hysterisches Lachen im Rausch der Tat. Von beiden. Dann aber: schnelle Kameraübergabe. Alles nach Plan. Die Aufnahmen müssen jetzt nur noch um die Welt gehen. 204 Pferdestärken wiehern auf. Christos gibt dem Fahrzeug die Sporen, nagelt kurze Zeit später die Küstenpiste entlang. Von wegen kein Fluchtauto, arschgeiles Fluchtauto. Einen halben Kilometer weiter dann: Qualm vor der Windschutzscheibe. Leckgeschlagener Kühler.

HHR

In Hausschuhen und Morgenmantel schlurft Heinrich Himmelein-Roden aus dem Zimmer. Eine Küchenkraft ist ausgefallen. Auf einem Servierwagen im Gang stapelt sich benutztes Geschirr. Käsescheiben von unnatürlichem Gelb, die sich an den Ecken bereits einrollen. HHR klopft bei der Dame von 123, die ihn seit Tagen zum Halma überreden will. Ob sie Zyankali in der Hausapotheke habe. Herzliches Glucksen. Komplimente für seinen Humor. Der sei ihm circa seit der Mondlandung abhandengekommen, gleichzeitig mit seiner Manneskraft, kontert HHR. Dann leiht er sich Nähzeug. Schlurft zurück. Mühsam fädelt er Garn ein, näht, nicht zuletzt auch, um Zeit zu schinden, übersorgfältig einen Knopf an ein Herrenhemd, klassischer Schnitt. Auf seiner Bettkante die Dame von 127, die ihm gestern Himmel und Erde gekocht hat. Sie blättert interesselos und ungeduldig in Urlaubskatalogen.

JACKIE

Mit einer Flasche Branntwein kehrt Jackie zurück vor die Tür, wo Bozorg auf sie warten sollte. Sie stutzt, nimmt zögernd die eine Stufe nach unten, betritt den menschenleeren Rasen, will nicht wahrhaben, was sich Wimpernschlag um Wimpernschlag zur Gewissheit betoniert. Sie hält für einen Augenblick die Luft an. Wo ist er hin? Eins: Los, um Christos Vernunft einzubläuen? Zwei: Unter Schock den beiden anderen nach, um zu helfen? Drei: Sich im Bungalow verstecken. Vier: Nach Sinillyk zu Zuli? Alles möglich. Später, nach den ersten Schlucken Schnaps, werden ihr noch mindestens vier andere Szenarien einfallen, unschönere.

ANGELA KÖRTS

Sie streicht die neue Seidenbluse über den Hüften glatt. Im Markt bei Cem. Ob der Commander schon geschrieben habe? Cem-Grinsen mit Stummel im Mund. Praktisch allen in den Riegeln hat sie von der Dienstreise ihres Sohnes erzählt. Allein da runter! Nach nur ein paar Tagen Praktikum! Ihr Junge! Ist das zu fassen? Andererseits: Das Schicksal spielt doch ständig verrückt. Stand nicht neulich erst ein Filmstar in ihrem Flur? Beim Friseur hat sie heute Wort für Wort ein großes Interview gelesen. An einer Stelle bekam Angela glatt Pfützen in den Augen. Dieser Tiller. «Wissen Sie, was die stärkste Droge der Welt ist? Ein Kind. Diese Art Liebe, die lässt sich mit nichts vergleichen.» Vor Glück hat sie Hardy die guten Chicken Wings gekauft, die mit der Feuersoße, und den Kindern Popcorn für später. Wie die glänzende Tüte sich in der Mikrowelle aufbläht, immer genial. Und jetzt einmal Cems Süßgebäck für sie?

DOMINO

Eine Haltestelle im Nirgendwo, 20 Gehminuten vom Club D'Foe entfernt. Auf staubigem Asphalt, in sich eingesunken: Domino. Reibt sich die Arme, den Bauch, wippt vor und zurück. Wind, der in den Ohren rauscht. Blätter, die in den Büschen klimpern. Dann mischt sich ein fremdes Element in die trostlose Geräuschkulisse. Körts stellt sich auf die Fahrbahn, winkt mit den Armen wie ein Hampelmännchen. Aber der F1–11 jagt beinah ungebremst an ihm vorbei. Später sehen sie den Wagen am Straßenrand. Mit dampfendem Kühler.

|DIE DOS SANTOS UND BIANCA

Uhrzeiger, die unaufgeregt Richtung Feierabend ticken. Typisch Montag. Bis zwei Lolli lutschende Rotzlöffel mit kleiner Töle ins Reisebüro trampeln, auf der Suche nach dem Praktikanten? Sie lassen zwei Knallfrösche da. In einer Klarsichthülle. Tackern noch einen krakeligen Vermerk fest: *Schwachkopfset Bombastico*. Abgang mit Kaubonbons. Später Diskussion der Dos Santos mit Bianca darüber, ob man Kevin ein paar Genesungsgrüße senden soll. Blick auf Strandbälle, schlappe 20 Stück. Dann erzählen sie sich Witze, bei denen die Pointe neuerdings immer vor der Pointe kommt. *Bucht eine Frau eine Kreuzfahrt, schifft sich ein nach Shangri-La Bamba ...*

|ULLA
Im Mietwagen am La Bar. Tagträume von Bauarbeitern? Verwoben mit der Sorge um Domino. Zwei Mal hat sie sich an der Rezeption im Hotel Paradise die Nase gestoßen. Gedanken zu jungen Frauen. Später Begegnung mit einer Rothaarigen, die offenbar auch mittendrin steckt in einer dieser unsäglichen Männergeschichten. Tröstungsversuche?

| ADIL
Nach der Frühschicht haben sich Hardy und Adil am Fabriktor postiert. Tipu Suleman fährt vor? Die ausdruckslosen Gesichter um sie herum durchzuckt Faszination: Kollegen, die vom Taxi abgeholt werden. Unterwegs Anruf für Adil: Körts, mit Nachrichten über Leben und Tod? Hardy schnarcht, aus den Kleidern dünstet Schokoladengeruch. Tipu Suleman lächelt über den Rückspiegel seinem Sohn zu, als ob er sich an etwas erfreut, das nur er sieht. Später wird er ihm über das Haar streichen. Adil, ausgeknockt von der Arbeit, ist über Flugzeugbildern auf der Couch eingenickt. Trotz Bauchschmerzen?

DIE KATZE

Die Frau mit dem Giraffenhals setzt Jackie in Urolat ab. Jackie, mächtig einen im Kahn vom Branntwein? Im Bungalow wird sie schier verrückt. Der Rucksack von diesem Kauz steht da. Der Klapprechner steht da. Die Katze mit dem gestreiften Schwanz schnurrt um die Ecke. Kein Bozorg. Der Stoß Papier auf dem Tisch. Ging es damit nicht los? Ihre Wut auf Tiller. Ihre Wut auf alle. Wut auf sich selbst. Später dann: Jackie im Gestöber aus Papierschnipseln. Als wäre die Hütte eines dieser Touristenmitbringsel, in denen sich Glitter aufwirbeln lässt. Die Katze tatzt nach den zu Boden rieselnden Stückchen des Romans.

RIKKI UND ROULIS
Sie wischt auf einem Telefon herum, er kratzt in einem Becher Kratzeis? Die große Portion. Blau. Gibt es auch in Fydl am Kiosk. Der Treffpunkt, der für die Übergabe ausgemacht war. Aufnahmen übernehmen und anonym in der Welt verbreiten. Später diskutieren sie noch lange, ob sie womöglich zu viel Geld verlangt haben. Oder zu wenig.

| JO

Der Sportplatz des Studentennestes: Jo sitzt, Stollenschuhe geschnürt, in der Umkleidekabine, Telefon am Ohr? Es ist diese Lynn. Letzten Donnerstag hatte er sie schon mal am Apparat, nach einiger Detektivarbeit. Erste Spur: Der Kleintransporter mit dem Senderlogo, der in der klirrenden Aprilnacht vor dem Hotel stand. Er telefonierte sich durch bis zur Redaktion, lief dort aber auf. Was er hinnahm, so sehr es schmerzte. Er wollte niemanden in Schwierigkeiten bringen oder gar belästigen, nicht in das Leben anderer pfuschen. Und jetzt das: Die Redaktionsassistentin gesteht, dass sie nur schwer habe schlafen können, und gibt ihm eine Nummer durch und einen Namen. Später nach dem Training wird Jo es probieren und lange rätseln, weshalb der Anschluss von Domino wohl gesperrt ist.

DR. ZULI

Das kreiselnde Licht auf den Dächern der Fahrzeuge spiegelt sich in der Scheibe. Stumm und blitzend blau. Dr. Zuli am Fenster der geschlossenen Praxis? Polizei und Militär, von rechts nach links, vorbei an der ehemaligen Tankstelle vor dem Busbahnhof Richtung Fernstraße. Ein Wagen bleibt an der nächsten Ecke mit plattem Reifen liegen. Uniformierte steigen aus, diskutieren eine Weile, verschwinden in einem Imbiss, um nicht wieder aufzutauchen. Später erscheint von links ein klappriger Tomatenlaster mit leerer Ladefläche. Ein Paar klettert aus dem Führerhaus. Sie: ein bisschen dünn und blass, blondiertes Haar. Er: ein wenig verkratzt und die Haut gerötet von zu viel Sonne, Kurzarmhemd. Dr. Zuli ahnt, dass gleich der Türsummer ertönt?

|Nachrichten über
Leben und Tod ...

|Montag, 16. Mai

Sie werden beide die Armlehnen ihrer Stühle fest umklammert haben. Körts fasst sich an die nackte Ohrmuschel, hört, wie Domino eine Sandale an ihrem Zeh schlappen lässt, pausenlos. Hinter dem Schreibtisch im Behandlungsraum hängen Diplome Zertifikate Auszeichnungen. Sie füllen die ganze Wand.

Körts:

– Ein Top-Mann.

Domino im Seitenlicht, das Gesicht halb verschattet. Dr. Zuli tritt ein, grummelt einen Gruß. Domino richtet sich auf.

Ihre Augen: feucht und rot. Die Mundwinkel zucken. Es scheint, als hätte sie einen Moment lang überlegt, die Angst wegzulächeln, und den Gedanken dann schnell verworfen.

16.11 Uhr.

Ihr fällt beim Erzählen auf einmal das Wort für Hafen wieder ein, das sie nicht braucht. Aber was heißt Schwangerschaftswoche? Was Krankenhaus?

– Ich muss wissen, was Sache ist. I have to know if … maybe I have to go to the hospital? I don't know.

Dr. Zuli mustert Domino.

Dieser Vollbart, durch den unermüdlich seine Finger gleiten.

Diese übernatürliche Stille.

Wie in einem Raum, in dem alle das Schreien unterdrücken. Oder das Lachen. Bis Dr. Zuli die Hand aus dem Gestrüpp nimmt.

Er deutet auf die Behandlungsliege, um die sich eine stattliche Anzahl medizinischer Apparate gruppieren. Relikte einer vergangenen Epoche, dem Aussehen nach. Wie das Stethoskop, das Dr. Zuli sich um den Hals klemmt.

Körts wird nun rausgeschickt, auf den Flur.

Ein kasernengrader Gang, zerlatschtes Linoleum.

Was soll er jetzt anfangen?

Körts geht auf und ab. Auf und ab, bleibt stehen, wippt auf den Füßen. Keine Menschenseele weit und breit. Sie sind außerhalb der Sprechzeiten da. Der Empfang: verwaist.

Körts zählt.

Eine Besucherbank mit drei, vier, fünf, sechs verschrammten Schalensitzen aus Plastik. Eine Klimaanlage rasselt in der Wand: zwölf Lamellen.

Körts reizen die beiden geschlossenen Schränke, wuchtig und grau. Er spekuliert auf dicke Pflaster für die Blase an der Hacke. Oder auf große Einwegspritzen. Ideal, um im Wasser Scherze damit zu treiben. Wer weiß, wenn alles gut ausgeht, könnte später noch ein Bad im Meer drin sein.

Zu seiner Enttäuschung sind die Türen abgeschlossen.

Was, wenn die Sache nicht gut ausgeht?

Was heißt überhaupt *gut* in diesem Fall? Körts bricht vorsichtshalber das Denken in die eingeschlagene Richtung ab. Nimmt auf Schale Nummer drei Platz. Wechsel auf fünf, dann auf eins, die Schale, die dem Behandlungsraum am nächsten ist.

Er lauscht.

Nichts zu hören. Außer dem Gerassel aus der Wand. Körts blättert im Verzeichnis seines Telefons alle Kontakte durch. Vor und zurück.

Anruf bei Adil:

– Das ist ein sackteures Ferngespräch, hörst du! Spuck für mich ein paarmal über die Schulter. Was kaust du da, Schokolinsen?

Adil, der angestrengt schluckt:

– Wo steckst du, Kevin? Wie ist das Wetter?

– Pass auf, ich will, dass du mir Glück wünschst. Es klingt dramatisch, ich weiß: Es geht hier um Leben und Tod. Aber keine Sorge, Wetter ist bombig. Vielleicht gehe ich nachher noch eine Runde schwimmen.

– Leben und Tod?

– Erzähl ich wann anders. Mein Hörkasten ist im Dutt. Ansonsten bin ich so weit in Ordnung. Mach dir keinen Kopf, schipp einfach ein paar Schokolinsen nach. Mehr wollte ich nicht.

Er beendet den Anruf, stöhnt.

Blick zum Bild gegenüber. Ein Ring aus Menschen, die sich bei den Händen fassen. Erinnert Körts an das Werk eines Grundschülers für einen Malwettbewerb. Mindestens dritter Platz.

Nächstes Stöhnen.

Blick zur Decke: quadratische Gipsplatten mit kleinen Löchern. Körts zählt sie, multipliziert und addiert Ergebnisse. Zum Teil keine unkomplizierten Rechenoperationen.

Endlich!

Geräusche drinnen, die verraten, dass gleich etwas passiert, dass gleich die Ungewissheit vorbei ist.

Mehrere Möglichkeiten jetzt.

Eins:

Patientin vorn, Arzt dahinter erscheinen im Türrahmen, mindestens eine Armlänge Abstand zueinander. Sie schütteln vielsagend die Häupter, und Zuli legt Domino eine haarige Hand auf die Schulter. Ihr knicken die Beine weg, Körts kann gerade noch auf Knien heranrutschen, um sie aufzufangen und …

Zwei:

Unten fährt ein Krankenwagen vor, und Weißkittel hasten mit einer Trage die Treppe hoch. Große Hektik. Die Türen der Ambulanz schließen sich, Körts erhascht ein letztes, kraftloses Winken und …

Möglichkeit eins und zwei: überspringen.

Drei:

Domino kommt aus dem Behandlungsraum. Dr. Zuli geleitet sie, setzt zu einer Art Lächeln an, sieht dabei gar nicht mehr ganz so trottelig aus. Zuli hat die Arme vorm Arztkittel zur Schaukel verschränkt, wiegt ein unsichtbares Kind hin und her, lächelt hoffnungsfroh, bevor er sich dann zurückzieht.

Körts lächelt auch.

Sogar Domino, zumindest schwach.

Körts' Herz macht einen kleinen Hüpfer, denn plötzlich sitzt sie neben ihm, greift seine Hand. Direkt neben ihm, auf Schale zwei.

Er starrt auf diese zauberhaft zerbrechlichen Finger, die sie in seine geflochten hat. Starrt in ihr Gesicht. Wie ihr Blick zu den Löchern in der angestaubten Decke wandert, als wären es keine Löcher, sondern ein Haufen feuerwerksheller Sterne. Oder so.

Man könnte glatt meinen, dass ihre Wangen im Glück der frohen Botschaft glühen. Das Weiß in ihren Augen glänzt.

Und er?

Weint er?

Es ist ein Fastweinen, zumindest. Er lachweint. Kein Zentimeter am Körper ohne Gänsehaut. Und dann küsst sie ihn über dem Ohr ins Haar. Kein Hörgerätkasten, der stören könnte. Domino so:

– Knurrt dein Magen auch? Ich könnte jetzt ein halbes Schwein auf Toast vertragen. Hast du noch Geld?

Körts nickt.

– Möglichkeit drei, sagt er, ja. Drei …

|Dienstag, 17. Mai
Die Katze wird sich vor Jackie auf der Matratze zusammengerollt haben, tröstlich schnurrend. Um dann sofort aufzuspringen beim Erscheinen von …
Körts und Domino.
– Ihr?!
Enttäuschung blitzt unter Jackies verklebten Wimpern auf.
Sie schnieft.
– Mein Rucksack, erklärt Körts.
Er deutet darauf.
Wegen des Gepäcks sind sie hauptsächlich gekommen. Und um sich zu verabschieden. Jackie fällt förmlich in sich zusammen:
– Ich habe seine Klamotten gefunden. Unten am Strand. Ordentlich zu einem Bündel gelegt. Obendrauf die Ledermanschette. Ihr seid zu spät …
Eine leere Flasche Fusel neben dem Bett. Zerlaufenes Schwarz in ihrem Gesicht, gerahmt von wirrem Haar, feurig rot. Hinschauen kommt Körts geradezu unanständig vor. Wegschauen geht allerdings auch nicht.
Domino stellt ihre Tasche auf dem von Schnipseln übersäten Boden ab. Kann es sein, dass Bozorg wirklich ins Meer gegangen ist? Jackie will sich nicht davon abbringen lassen. Domino hält das für ausgemachten Blödsinn, mehr nicht. Tut zumindest alles, um diesen Eindruck zu vermitteln.

– Das sieht ihm ähnlich, sagt sie, warte es ab. In ein paar Jahren kommt unter Garantie eine Postkarte.

Die Härte um ihren Mund.

– Er hat alles dagelassen. Alles!

Körts verwirrt das Spektakel. Fast ebenso wie die Zeichnung an der Wand. Ein Fernsehapparat wie von früher. Was soll das?

Es bleibt ein Rätsel. Dafür kitzelt Domino aus Jackie, Bruchstück für Bruchstück, die Vorgeschichte des Anschlags heraus. Körts braucht einen Moment, bis er es entschlüsselt hat: Fast enttäuscht nimmt er zur Kenntnis, dass kein internationales Terrornetzwerk dahintersteckt.

Der mickrige Racheakt eines Barbesitzers?

Keine Nachricht, die um die Welt gehen wird?

Andererseits fügt sich das noch stimmiger ins Bild, überzeugt Domino nun vollends davon, dass Bozorg einfach nur allen einen Bären aufbinden will.

Sie zu Jackie:

– Komm runter, er hat einen verkorksten Roman verzapft. Na und? Pfft. Wer liest schon Bücher? Deshalb geht die Welt nicht unter.

Jackie beruhigt das alles nicht.

– Und wenn doch? Wenn er tot ist?

Domino:

– *Wenn, wenn.* Keine Leiche, kein Toter.

Und wenn, ja wenn ihre Version der Geschichte zutrifft oder zumindest sie selbst für den Moment überzeugt, kann Domino dann jetzt nicht auch seelenruhig das alte Foto an der Wand betrachten und die Nase rümpfen?

Und darf sie dann nicht kühl erklären, dass Bozorg schon immer einen ausgeprägten Hang zu Dramatik gehabt habe, zu Verschwörungstheorien und Selbstmitleid. Jackie:

– Ich halte das nicht aus. Hätte ich doch bloß nicht diese blöde Idee gehabt. Ich habe ihm den Floh ins Ohr gesetzt. Von wegen berühmt werden und etwas aus seinem Talent machen.

– Das wird ihm bestimmt geschmeichelt haben.

– Es war alles gut bis dahin! Ich will, dass alles wieder so ist, wie es war.

Ein Wunsch, den Körts ganz sicher nicht hat.

Im Gegenteil. Ihm behagt die Domino, die er hier und heute erlebt. Domino, dieses eigensinnige Wesen.

Mit Hauruck schultert er seinen Rucksack. Denn Domino legt keinen gesteigerten Wert darauf, den Aufenthalt in Bozorgs Domizil länger als nötig auszudehnen. Das spürt er. Das riecht er förmlich.

Er riecht ihr Deo, eine dezente, leicht süßliche Note. Darunter mischt sich der Duft aus ihren Poren, durchwirkt die Luft im Raum mit Energie.

Und Aufbruch.

Sie lassen Jackie mit dem Gespenst von Bozorg allein. Sie nehmen nur ihr eigenes Gespenst von Bozorg mit.

12.05 Uhr.

Ein Restaurant gar nicht weit weg vom Hafen in Sinillyk.

Über den Tischen mit den rot-weiß und blau-weiß karierten Decken spannen sich lange Jutebahnen als Dach. Ein TV-Gerät zeigt tonlos *Terror im Urlaubsclub:* eine zertrümmerte Lounge, Uniformen, sprechende

Köpfe, ein Zusammenschnitt aus Tillers polarisierendsten Rollen. Darunter Börsenkurse. In einem Käfig neben dem Bildschirm zwitschern dazu Sittiche.

Warten auf das Essen.

Körts schnappt sich ein Stück Brot aus einem Korb, schluckt einen Haps trocken runter. Er so:

– Ich habe es schon mal angemerkt, der Typ ist nicht stabil. Ich meine, wer mit seinem Kumpel plant, am hellichten Tag Granaten auf Urlauber zu schmeißen, und das auch noch durchzieht. Hallo?! Da wäre wohl dringend mal die Reparatur der Steuereinheit hier oben nötig.

Körts tippt sich gegen die Stirn.

Sein Satz versickert in einem längeren Schweigen. Ein LKW nagelt vorbei, die Schwingungen sirren durch die Körper.

Domino danach:

– Er ist bestimmt abgehauen. Ich glaube aber nicht an die Sache mit dem Wasser.

– Du meinst, es passt zu gut? Stellt sich trotzdem die Frage, was hat er vor? Abhauen ist ja das eine. Aber man muss auch mal irgendwo ankommen und weitermachen.

Domino zuckt mit den Achseln:

– Ganz ehrlich: Ich will mich damit nicht weiter beschäftigen. Punkt.

Körts rutscht auf dem Stuhl herum.

– Du tust doch nur so hart, oder? Gib's zu.

Aber in dem Moment kommt der Kellner mit zwei Tellern. Domino entschuldigt sich:

– Ich muss mal eben verschwinden.

Sie lässt ihre Tasche am Stuhl zurück. Was Körts

einige harte Momente beschert. Er ringt noch mit sich, ob er die Gelegenheit nutzen soll, als seine Finger bereits forschen. Sie ertasten Stoff, ertasten einen metallischen Ring.

Kein Slip. Aber ein Bikini-Unterteil. Körts zieht die Kostbarkeit heraus, so vorsichtig und hochkonzentriert, als berühre er Seifenblasen.

Zungenspitze im Mundwinkel.

Als Domino zurückkehrt, hat er den Fund bereits sicher verwahrt. Seine Wangen glühen. Er so:

– Kennst du das? Wenn die im Fernsehen von Katastrophen berichten, stört mich das nicht. Egal, wie schlimm es kommt. Aber der Gedanke, dass du jetzt auf dem Klo warst, um eine Runde wegen Bozorg zu heulen, der vermutlich quicklebendig ist, das macht mich fertig. Findest du das seltsam?

– Bei dir nicht.

– Nein, sag mal.

– Was soll ich sagen? Es gibt ein Leben nach dem Tod. Das habe ich gelernt. Für die, die zurückbleiben.

Körts lässt das kurz sacken.

– Tja dann, sagt er, guten Appetit.

Domino schaufelt Reis auf ihre Gabel.

– Ich habe übrigens nicht geheult, sagt sie, ich habe gekotzt.

■

|Und ganz am Ende …

|Dienstag, 17. Mai
Eine steile Rampe führt vom Ende der Straße hinunter ans Meer, wo eine sanfte Brandung den feinen gelben Sand umgräbt und ein bisschen Gischt spuckt. Ganz so, als würde jeden Moment ein Filmstar im Bild erscheinen.

Möwen gleiten über das pfauenblaue Wasser.

Und dann ist da Domino.

Und dann ist da auch Körts.

20.10 Uhr.

Die letzten Stunden Sinillyk: Domino und Körts werden sich am nächsten Tag auf den Nachhauseweg machen. Sie werden Ulla am Flughafen begegnen. Ulla mit neuen engen Jeans, die keck in ihren Boots stecken. Ein Trostkauf. Aus den erhofften Abenteuern wurden nur ein paar enttäuschende Flirts. Beim nächsten Mal will sie woanders hin.

Ulla verteilt Rätselhefte.

Domino und Körts werden damit rund 3000 Kilometer ohne Zwischenfall reisen. Und Körts wird nach der Landung von Tipu Suleman und Adil abgeholt werden. Und Domino steigt mit ins Taxi. Für ihn, Commander Körts, die Taxifahrt seines Lebens, triumphal.

Er wird noch eine Weile davon zehren.

Und nicht nur davon.

Jeder, der schon einmal im Ausland war, kennt dieses Phänomen: Nach einer Reise fühlt man sich selbst als Tourist in der eigenen Heimat, jedenfalls eine Zeitlang.

Womöglich sogar wie ein Außerirdischer, Kategorie überlegene Intelligenzform, die alles durchschaut.

Körts wird folglich den Kolleginnen im Reisebüro die letzten paar Tage seines Praktikums gehörig auf den Senkel gehen. Selbstverständlich wird ihm niemand glauben, dass sein angeblich krankheitsbedingter Ausfall nur Teil eines Plans war, einen Trip in den Süden zu unternehmen. Plus Wiedersehen mit Valentin Tiller.

Künstlerpech, wohl wahr.

Doch vorerst sind er und Domino ja noch in Sinillyk.

20.10 Uhr.

Domino hat sich in das Licht der tief stehenden Sonne gestellt, das sie beinah golden überflutet, lässt die Wärme von oben sichtlich zufrieden in sich einströmen. Körts so:

– Guck mal, der Himmel verblutet. Wenn das nicht ein prima Hintergrund für das Foto ist, das du mir noch schuldest.

– Schwieriges Licht, gibt Domino zu bedenken.

Aber sie akzeptiert, dass Körts sich für ein Selbstauslöserbild neben sie stellt. Sie legt sogar eigenständig den Arm um ihn. Auch für eine zweite und sogar noch für eine dritte Aufnahme.

Vor der vierten ist Schluss.

Körts kann damit umgehen. Er hat, was er wollte. Und gleich neue Ziele. Er, betont beiläufig, während er noch an der Kamera herumspielt, um die Ergebnisse zu kontrollieren:

– Ich mache jetzt mal einen wirklich verrückten Vorschlag. Ich kümmere mich mit um das Kind.

– Pfft.

Domino ringt sich nicht einmal dazu durch, Körts einen Vogel zu zeigen. Sie verdreht auch nur ansatzweise die Augen ins Weiß. Körts:

– Warum nicht? Immerhin: Ich bin leicht zu haben.

Domino:

– Du würdest wahrscheinlich gerne beim Stillen zuschauen. Aber das wirst du nicht. Wir werden, wenn wir zurück sind, einfach weitermachen wie früher. Das hat astrein funktioniert.

Körts:

– Ich weiß, du fragst dich, wie sollen wir das alles schaffen? Der Kerl ist 16. Aber he! Ich bin im Sommer mit der Schule durch.

– 15.

– Bald 16. Und ich habe jetzt Auslandserfahrung. Ich werde vermutlich beruflich so was von durchstarten. Mit Auslandserfahrung punktet man richtig. Speziell in der Reisebranche. Das läuft wie beim Quartett – sticht! Ich würde sagen: Mir gehört die Zukunft.

Er fixiert sie.

Jedes Fältchen um die Augen ist zu sehen und auch diese kleinen Härchen um die Lippen. Aber kein Lächeln.

– Zum Mitschreiben, Kevin: Es geht nicht um das Alter. Und es hat auch nichts mit Geld zu tun. Und absolut gar nichts mit beruflichen Perspektiven. Die wären mir selbst dann egal, wenn die Hand und Fuß hätten.

– Das nehme ich als Vielleicht.

Domino schüttelt den Kopf.

– Überreiz es nicht.

Sie hat die Stimme gesenkt. Körts reibt sich das nackte Ohr, dort, wo sonst sein Hörkasten hing.

– Ich kann es nicht versprechen. Erwähnte ich das schon mal? Ich gebe nicht so schnell auf. Ich bleibe dran.

– Ich meine es ernst, sagt Domino.

– Schon klar. Schon klar, sagt Körts.

Sie schaut in die Ferne:

– Ich werde genug damit zu tun haben, ein Kind zu ertragen. Und alles andere ist jetzt vorläufig alles andere. Roger?

– Roger!

20.30 Uhr.

Vielleicht ein paar Minuten eher, vielleicht ein paar Minuten später.

Der Tag klingt allmählich aus, begleitet von den Wellen, die ruhig und gleichmäßig wie Atemzüge kommen und gehen.

Der Mond schimmert bereits am eindunkelnden Himmel hervor. Und unter ihm ändert das Meer kaum merklich sein Aussehen.

Das Wasser hat die Farbe von angelaufenem Silber.

Und Körts?

Und Domino?

Sie sind weg.

Ob sie es ahnen, dass sie beim Verlassen des Strandes, und mit dem eigenen langen Schatten vor sich, den gleichen Gedanken hatten?

Es ist tatsächlich so:

Nach Hause unterwegs sein wird schön.

■

Sonst wackelt und aus.
Futur II

Soundtrack

▶

Magic Star – Margie Singleton   1:56
The Moon Song – Karen O feat. Ezra Koenig   3:08
Don't Dream It – Be It – Tim Curry   3:36
Girl From Mars – Ash   3:30
Un Peu D'esperance – Mireille Mathieu   4:10
Love Missile F1–11 – Sigue Sigue Sputnik   3:47
Twinkle Song – Miley Cyrus   3:43
Intergalactic – Beastie Boys   3:54
Astronaut – San Fermin   3:28
Forever Young – Alphaville   3:39

■

(Jenfeld, Amrum, Nida, 2012 & 2014–2016)

Nils Mohl bei rotfuchs

MOGEL

Vorstadttrilogie
Es war einmal Indianerland
Stadtrandritter
Zeit für Astronauten

Nils Mohl bei rororo

Birth. School. Work. Death.
(nur als E-Book erhältlich)

Kasse 53

Schön, dass du da warst
(nur als E-Book erhältlich)

Von den Elefanten sprechen wir später
(nur als E-Book erhältlich)

Nils Mohl
Es war einmal Indianerland

Jugendbuch

Stell dir vor, du bist 17 und lebst in den Hochhäusern am Stadtrand. Der Sommer ist heiß. Es ist Mittwochnacht, als dir Jackie den Kopf verdreht. Im Freibad. Fuchsrotes Haar. Sandbraune Haut. Stell dir vor, wie dir die Funken aus den Fingern sprühen vor Glück. Und plötzlich fliegt die Welt aus den Angeln.
Deutscher Jugendliteraturpreis

352 Seiten

Nils Mohl
Stadtrandritter

Jugendbuch

Mädchen trifft Junge wieder. Traum wird Wirklichkeit wird Albtraum. Am Stadtrand, dort, wo die Hochhäuser stehen. Ein Fest wirft seine Schatten voraus, und der Herbst kommt. Laub fällt. Regen, Regen, Regen. Und am Ende gerät die Zeit aus dem Takt, steht die Kirche in Flammen. Ein Kurzschluss? Brandstiftung? Die Folge all der Kreuzzüge, die im Namen von Eifersucht, Trauer, Rache und Überzeugung geführt wurden? Die Frage, die bleibt: Was, wenn sich alle bisherigen Gewissheiten in Rauch auflösen? Woran überhaupt glauben?
Die Stadtrandsaga geht weiter.

688 Seiten

Weitere Informationen finden Sie unter www.rowohlt.de

Das für dieses Buch verwendete Papier ist FSC®-zertifiziert.